Christian Canella

SIXIÈME SANG

Les enquêtes de Jules Lanvin – tome 4

SIXIÈME SANG

Copyright © Christian CANELLA

Version 2.2 – Décembre 2023

Amazon KDP – Septembre 2023

ISBN : 979-8-853-22383-7

Dépôt légal : 9 octobre 2023
DLE-20231009-69397

Photo de couverture : Miroslaw – Miras DNA

Tous droits de reproduction, d'adaptation et de traduction, intégrale ou partielle réservés pour tous pays. L'auteur est seul propriétaire des droits et responsable du contenu de ce livre.

REMERCIEMENTS

Merci à mes fidèles amis pour leur aide.

En particulier, Valérie pour ses conseils et Luc pour sa relecture attentive et ses commentaires pertinents. Vos idées et vos remarques me sont toujours très précieuses. Sans elles, mes histoires resteraient entachées d'incohérences et de fautes.

Merci à ma femme pour sa patience. Promis, après la parution de ce tome, je reprends les travaux de déco à la maison.

Merci enfin à vous, mes lectrices et lecteurs, qui me suivez depuis plusieurs années, ou plutôt qui suivez les aventures de Jules Lanvin que vous aimez tant.

Sans vous tous, j'aurais probablement baissé les bras depuis longtemps.

SIXIÈME SANG

CHAPITRES :

ÉVA 7
MARTINE 11
SAMIA 27
JULES 31
CASSANDRE & LÉA 43
MADELEINE 51
LÉA 73
PASCAL 83
MERL & MERYL 99
CAMILLE 113
EINS, ZWEI, DREI… 127
JULIEN, JULES & Co 135
SECHS 163
LA VENTE 183
L'ORPHELINAT 201
LE LABORATOIRE 229
LA CONFÉRENCE 253
POSTFACE 277
DU MÊME AUTEUR 305

SUIVEZ MON ACTUALITÉ !	307
À PROPOS DE L'AUTEUR	309

ÉVA

Mercredi 21 mars 2018, 03 h 15, Paris 18ᵉ

Cent quatre-vingt-dix pulsations par minute. Son cœur battait à tout rompre dans sa poitrine. Les mains fermement posées sur son ventre, elle puisait dans ses dernières ressources pour continuer à courir.

Comment avaient-ils fait pour retrouver sa trace, ici ? Même si ce n'était pas la question la plus importante, pour le moment, c'était celle qui l'obsédait. Fuir à tout prix, se cacher, leur échapper pour ne plus jamais retourner là-bas. Telle était l'urgence pour l'instant.

Ses pieds nus heurtaient le goudron du trottoir à un rythme effréné. La pluie ruisselait sur son doux visage où les traits de l'enfance semblaient s'attarder. Elle venait s'ajouter à l'eau des larmes qui coulaient sur ses joues et brouillaient sa vision. Sa robe détrempée moulait son corps nu et empesait tous ses mouvements. Elle s'était délestée de son manteau pour courir plus vite, mais elle se sentait encore trop lourde pour tenir très longtemps.

Elle perdait l'équilibre et risquait de chuter, chaque fois qu'elle regardait en arrière pour voir où en étaient ses poursuivants. Toujours à bonne distance, apparemment. Heureusement pour elle, ils étaient âgés et pas très sportifs. Ils peinaient à la rattraper. Malgré son état, elle parvenait à conserver l'écart entre elle et eux. Mais pour combien de temps ? Ses poumons la brûlaient. Son souffle commençait à défaillir. Le point de côté n'allait pas tarder à arriver.

Son salut ne pouvait pas venir de sa fuite, elle le savait. Il ne pouvait pas venir des promeneurs, non plus. À cette heure avancée de la nuit, et avec ce temps pourri, il n'y avait personne dans les artères de la capitale. Quelques rares voitures se pressaient de rentrer chez elles, leurs essuie-glaces à pleine vitesse, et ne voyaient pas les gestes désespérés qu'elle faisait sur le bord de l'avenue à leur passage.

Elle devait trouver un endroit où se cacher, une porte cochère, une cour, une ruelle. N'importe quoi, mais vite ! Ses jambes commençaient à donner des signes de faiblesse. Elles allaient bientôt lâcher sous son poids.

Et puis soudain, une lueur d'espoir ! Bleutée, tournoyante, elle illuminait le rez-de-chaussée des immeubles haussmanniens, à cent cinquante mètres devant elle. Une voiture de police arrêtée à un carrefour. Éva rassembla ses dernières forces et les engagea dans une ultime course folle. Elle fonça droit vers le gyrophare. Ses lèvres adressèrent une prière muette à un hypothétique Dieu pour qu'il lui laisse le temps d'atteindre le véhicule, avant que le feu ne passe au vert.

Ses poursuivants comprirent son intention et hésitèrent. Ils se regardèrent, puis marquèrent le pas.

ÉVA

« Au secours ! », hurla-t-elle désespérée en agitant un bras au-dessus de sa tête pour attirer l'attention. « Aidez-moi ! ». Ses pieds heurtèrent quelque chose de mou. Déséquilibrée, elle chancela, manqua de s'affaler sur le tas d'ordures dans lequel elle venait de shooter, puis retrouva miraculeusement sa stabilité et reprit sa course éperdue en soutenant son ventre. Le feu passa au vert. La voiture de police pivota vers la gauche et disparut dans une ruelle adjacente. Tous ses espoirs s'envolèrent.

Le couple revint alors à la charge, redoublant d'efforts pour rattraper les mètres perdus. Cette fois, Éva était à bout de souffle. Un point douloureux lui vrillait le flanc droit. Son sang battait dans ses tempes et sa tête tournait. Son corps refusait d'aller plus loin. Elle s'immobilisa, haletante, et pivota pour faire face à ses poursuivants. Après avoir traversé toute la France en auto-stop, en train et à pied, après s'être cachée dans la nature, dans des granges, avoir quémandé de la nourriture et volé des vêtements, après avoir parcouru tous ces chemins pour leur échapper, son évasion s'arrêtait là, pitoyablement, dans une rue déserte de Paris, à cinq kilomètres à peine de ses parents. Les bras ballants, la tête penchée sur sa poitrine, elle regarda avec désespoir ce ventre et ces seins lourds qui l'avaient condamnée à retourner dans son cachot et à retrouver ses tortionnaires.

Alors qu'elle s'était résignée à se laisser attraper, du coin de l'œil, elle aperçut une bouche de métro éclairée de l'autre côté de l'avenue. Peut-être son ultime espoir ? Elle tenta le tout pour le tout. Elle traversa la chaussée comme une furie, sans voir s'il venait des voitures, et s'engouffra dans l'escalier. Tout en bas, une grille barrait le passage. Qu'à cela ne tienne, elle dévala les marches puis frappa de toute la force de ses petits poings la lourde barrière qui lui interdisait l'accès à la station. Elle fit un vacarme infernal, hurla au secours et agita les bras devant la caméra qui se trouvait derrière. Qu'espérait-elle ? Qu'un agent de la RATP comprenne sa détresse et lui ouvre depuis son pupitre ? Ou qu'il envoie une équipe de police ? Elle arriverait trop tard. Réalisant que sa démarche était vaine, elle craignit de voir ses poursuivants apparaître d'un instant à l'autre en haut des marches, et décida de remonter.

L'homme et la femme finissaient de traverser l'avenue, en reprenant leur souffle. Ils savaient Éva coincée dans la bouche de métro et ne se pressaient plus. Ils s'apprêtaient à la cueillir au fond de sa souricière.

En proie au plus profond désespoir, elle surgit de l'escalier à quelques mètres d'eux et fila droit devant sans réfléchir. La course poursuite reprit, à un rythme cependant moins soutenu, car tous étaient à bout de souffle.

À une centaine de mètres, elle tomba sur le chantier nord du tramway. Au loin, derrière, un terrain vague à la palissade partiellement enfoncée lui parut offrir une bonne cachette, le temps de semer ses poursuivants.

La main gauche posée sur son ventre, elle fonça s'y réfugier.

MARTINE

Mercredi 21 mars 2018, 08 h 40, Porte de Clignancourt, Paris 18ᵉ

Le capitaine Cordis s'arrêta devant le barrage qui fermait la rue. Il colla sa carte de service contre le pare-brise dégoulinant de sa voiture et le policier, au-dehors, s'empressa d'écarter la barrière pour le laisser entrer. Trempé et frigorifié, l'agent salua le véhicule à son passage et remit en place la grille juste derrière lui.

Pascal roula à faible allure dans la zone délimitée par la police. Il chercha l'endroit idéal où se garer, c'est-à-dire au plus près de la scène de crime, car il n'avait pas pensé à prendre un parapluie en sortant de chez lui. La buée qui se reformait immédiatement sur les vitres après un essuyage du dos de la main rendait sa navigation hasardeuse. Les faisceaux bleu et rouge des gyrophares des voitures de police et de pompier déchiraient le rideau de pluie à un rythme syncopé et l'aveuglaient. Et c'était sans compter tous ces gars de la PTS[1] qui ne tenaient pas à la vie et traversaient devant lui comme des lapins apeurés. Il trouva enfin un endroit où s'arrêter, entre deux fourgonnettes, à quelques enjambées de l'emplacement délimité par les bandes jaunes. Il soupira, coupa le contact et enfila son imperméable sans quitter l'intérieur de l'habitacle. Il remonta son col, ouvrit la portière et grimaça en prenant la pluie en pleine figure.

Quel temps pourri pour démarrer une enquête ! Rien de tel qu'un terrain vague détrempé, en bordure de chantier du tramway, pour saloper ses chaussures et ses bas de pantalon. Justine allait le tuer ce soir. Sans compter qu'il allait rester comme ça toute la journée. Il faudrait qu'il pense à laisser une paire de bottes dans son coffre en permanence, pour ce genre de situation.

Il souleva une bande jaune et se glissa à l'intérieur du périmètre où le corps avait été découvert quelques heures plus tôt. Il se planta à côté d'un petit bout de femme en imperméable beige qui tenait fermement un parapluie au-dessus de sa tête. Ses fines jambes gainées de collants couleur chair disparaissaient dans deux hautes bottes noires un peu trop grandes pour elle.

— Madame la Procureure, salua respectueusement Pascal en regardant devant lui la PTS qui s'affairait dans la boue sous la tente dressée pour protéger la scène de crime.

— Capitaine Cordis, répondit-elle sur le même ton

---

[1] Police Technique et Scientifique.

cérémonieux, en gardant ses yeux fixés sur les hommes en combinaisons blanches qui prenaient des photos et moulaient des empreintes de pas autour d'une bâche grise sous laquelle on devinait les formes d'un corps allongé.

— Au fait : joyeux anniversaire, Madame !

— Merci Capitaine. Mais pour mes quarante-sept printemps, voyez-vous, j'aurais préféré rester au chaud dans mon bureau, ou encore mieux : dans mon lit !

— Les gens ne choisissent pas le temps qu'il va faire pour mourir.

— Non, mais les criminels pourraient avoir un peu de respect pour nous et notre boulot ! Ils pourraient opter pour des lieux fermés, abrités, ou des jours plus secs au moins. »

La procureure leva son bras et déplaça le parapluie pour protéger le capitaine. Celui-ci se rapprocha d'elle et lui prit la poignée des mains. Avec ses vingt centimètres de plus, il fatiguerait moins à maintenir la toile au-dessus de leurs deux têtes.

— Qu'est-ce qu'on a ? demanda-t-il.

— Une vraie boucherie ! Une jeune femme, la vingtaine, entièrement dévêtue, ventre ouvert, organes étalés autour de son corps...

— Pfff. Quel genre de tordu peut faire un truc pareil ?

— Ça, c'est votre travail de le déterminer ! Et j'espère que vous le coincerez. À propos : où est le commissaire Hardouin ?

— Je ne sais pas. En route, je pense.

SIXIÈME SANG

— Toujours en retard, celui-là ! A-t-il, au moins, conscience qu'on l'attend pour faire les premières constatations ? Il serait bien qu'il se presse. Je vais finir par attraper la mort dans cet imper détrempé et dans mes bottes en caoutchouc. Vous n'imaginez pas ce que je donnerais pour un thé bien chaud, emmitouflée dans un plaid, une bouillotte sous mes pieds... Comment ça se passe avec lui ?

— Ça se passe.

— Hum, je vois... Vous étiez dans l'équipe du commissaire Lanvin avant. C'est ça ?

— Oui. Mais cela fait plus de huit ans maintenant.

— C'est bien Lanvin qui vous a formé, n'est-ce pas ?

— J'ai débuté sous ses ordres, en effet. Pascal sembla surpris par les questions de la procureure à propos de l'ancien commissaire Lanvin, mais se dit que c'était sans doute pour discuter et faire passer le temps.

— Je n'ai jamais travaillé avec lui, je suis arrivée après, mais j'en ai beaucoup entendu parler. C'est presque une légende. Il avait des états de service remarquables, à ce qu'on dit. Pas toujours très orthodoxe dans sa manière de conduire les enquêtes, mais des résultats éloquents. Il était, aussi, proche de ses hommes, il paraît.

— Assez paternel, c'est vrai.

— Cela doit vous changer !

— ...

— Il a disparu du jour au lendemain. Vous savez ce qu'il est devenu ?

— Il s'est éloigné des sentiers de la loi quand la secte du Crépuscule[2] s'en est prise à sa femme. J'ai essayé de l'aider, mais il n'en a fait qu'à sa tête... Hardouin l'a arrêté. Il a été jugé. Il a payé sa dette à la société. Et on a perdu sa trace après sa sortie de prison.

— J'ai le sentiment que vous l'admiriez, mais que vous n'étiez pas toujours d'accord avec ses décisions. N'est-ce pas ?

— En effet, Madame. Il était très intuitif. Il sentait bien les choses et suivait les bonnes pistes. C'était un excellent limier. Mais il se laissait un peu trop emporter par ses émotions et avait son interprétation de la loi... Face à ce qu'il a subi, je ne sais pas comment j'aurais réagi, moi-même. Peut-être pareil ?

— Ou peut-être pas... Vous êtes plus respectueux des règles. Bon, si Hardouin pouvait se pointer maintenant, on pourrait passer aux choses sérieuses et rentrer se sécher.

Un petit homme grassouillet, crâne dégarni, arriva en courant par-derrière eux. Il les éclaboussa en piétinant une flaque d'eau boueuse juste à côté. Martine grogna :

— Toujours avec vos gros sabots, Hardouin !

Le commissaire ne releva pas et les salua :

— Madame la procureure, Pascal... Désolé du retard, je suis retourné chez moi prendre des bottes quand j'ai su que c'était dans un chantier du tram. Alors qu'est-ce qu'on a ?

---

[2] Voir la trilogie du Crépuscule.

— Allez voir vous-même. Faites-moi vos premières constatations. Moi je reste ici, je suis trempée et gelée.

Le commissaire chemina dans la gadoue jusqu'à la bâche en évitant soigneusement les repères numérotés posés au sol par la PTS. Le capitaine Cordis se sentit obligé de rendre son parapluie à la procureure et de le suivre. Il tenta d'épargner ses chaussures et ses bas de pantalon en progressant sur la pointe des pieds, mais c'était peine perdue. Il s'enfonçait dans la terre détrempée comme dans de la guimauve.

Une fois devant la bâche, un technicien de la PTS les rejoignit et la souleva. Pascal eut du mal à supporter la vue du corps éviscéré. Il ferma les yeux, un bref instant, puis les rouvrit lentement en se mordant la lèvre inférieure. L'homme en combinaison blanche en haut et noire de boue en bas énuméra les constats sur un ton détaché et monocorde :

— Jeune femme, brune, entre vingt-cinq et trente ans, trouvée allongée sur le dos, entièrement nue. Aucun vêtement à proximité. Éventrée, la peau du ventre coupée au-dessus du pubis et sur les flancs, retournée jusque sur sa poitrine. Intestins, estomac, foie sortis et étalés sur les côtés. Organes génitaux, utérus et vagin, retirés...

— Retirés ? se fit confirmer Hardouin.

— Oui, enlevés. On ne les a pas retrouvés.

— Elle était morte ou vivante quand on lui a fait ça ?

— On en saura plus après l'autopsie. Mais je dirais morte peu de temps avant. Sûrement étranglée, vu les marques au cou. Celui qui lui a fait cela est un boucher. Elle est découpée n'importe comment. Il a sans doute pris ses effets personnels pour qu'on ne puisse pas l'identifier. En plus des marques de strangulation, elle a des traces d'ecchymoses aux poignets, aux épaules et aux cuisses. Elle s'est débattue. On l'a maintenue fermement au sol avant de l'étrangler.

— Donc ils étaient deux... Peut-être trois ?

— Le rapport de la PTS sera plus précis. On a fait des prélèvements d'ADN sur toute sa peau. Mais oui, je dirais au moins deux.

— Des empreintes de pas dans cette gadoue ?

— C'est de la terre glaise, donc on en a beaucoup. La fille était pieds nus, on trouve ses traces à l'entrée. Elle a dû se cacher derrière la palissade pour échapper à ses agresseurs. On voit clairement ses empreintes près des tôles. Tout autour de son corps, on a fait des moulages de chaussures, de mains et de genoux. Ce terrain vague est fréquenté par des SDF, des trafiquants de drogue et toute la racaille du coin. Cela ne va pas être facile d'en tirer quelque chose. Je parierais plus sur l'ADN.

— Cela s'est produit vers quelle heure ?

— Aux environs de trois ou quatre heures, cette nuit.

— Qui nous a prévenus ?

— Je ne sais pas. Demandez à la procureure, à l'entrée.

Hardouin s'accroupit et étudia le corps de très près. Il avait l'air de se délecter des détails sordides de ce crime. Il examina longuement le visage livide de la jeune fille. Ses traits crispés par la violence de ce qu'on lui avait fait subir tranchaient avec son regard vide, tourné vers le ciel, qui semblait presque apaisé d'avoir rencontré la mort. Ses poignets, ses épaules et son cou affichaient des marques rouge-carmin bien identifiables sur sa peau très blanche. Elle n'était pas une adepte du bronzage, ou alors elle ne sortait que la nuit, vu la pâleur de son corps. On l'avait probablement immobilisée au sol avec des genoux pendant qu'on la violait puis qu'on l'étranglait. Le regard d'Hardouin glissa ensuite vers sa poitrine, vers ses seins lourds aux aréoles foncées, à demi cachés par la chair retournée de son ventre. Il resta, de longues secondes, fasciné par le trou béant de son abdomen, vidé de son contenu, avant de lorgner pesamment sur son sexe poilu et ses cuisses marquées, entrouvertes et souillées de boue. Il revint vers le technicien :

— Elle a été violée ?

— Difficile à dire comme ça. On n'a plus ses organes génitaux. C'est peut-être pour cela qu'on les lui a pris. On pourra en dire plus avec les prélèvements sur sa vulve. On vous indiquera tout ça dans notre rapport.

Hardouin se redressa et retourna vers la procureure. Pascal remercia le technicien qui remit la bâche en place et suivit le commissaire.

— Qui nous a prévenus ?

— Le bistrot de l'autre côté du boulevard, vers 7 h 10. Un SDF a aperçu le corps et lui a dit de nous appeler.

— C'est certainement un règlement de compte entre deux réseaux. Les Russes n'ont pas apprécié que les Albanais ou les Brésiliens disposent des filles sur leur territoire, ou inversement. Ils en ont tué une pour faire un exemple. Ils lui ont enlevé ses organes génitaux… son gagne-pain… c'est un avertissement clair. Dans ce quartier, en bordure des

MARTINE

Maréchaux[3], il n'y a que ça : des putes et des dealers. Vous pouvez refiler ça aux Mœurs[4].

— Vous êtes sûr, Commissaire ? C'est tout de même un crime... *très particulier* ! Martine Guérand jeta à Pascal Cordis un regard effaré.

— Oui, Madame. Les putes et ce qui va avec, c'est du ressort des Mœurs, non ? Je n'ai pas de temps à perdre avec ça. J'ai un sujet plus important sur lequel on attend de moi des résultats rapides en hauts lieux. Vous venez, Cordis ? On rentre au Bastion[5].

— Je prends ma voiture et je vous y retrouve, Commissaire.

Pascal regarda Hardouin s'éloigner et resta quelques instants auprès de la procureure.

— Quelle mouche l'a piqué ? lui demanda-t-elle.

— Il est sous pression avec l'affaire Martel, le fils du député assassiné. Il n'a sans doute pas envie de se charger d'autre chose en ce moment.

— Et vous, Capitaine, qu'en pensez-vous ?

— Le commissaire a probablement raison : un règlement

---

[3] Boulevard des Maréchaux. Boulevard extérieur de Paris dont les rues portent toutes des noms de maréchaux célèbres.

[4] Brigade de Répression du Proxénétisme (BRP).

[5] 36, rue du Bastion, dans le 17e arrondissement de Paris. Nouveau siège de la police criminelle depuis 2017.

de compte entre réseaux...

— Vraiment ? Elle le foudroya d'un air réprobateur. Je ne vous demande pas de faire le perroquet d'Hardouin, mais de me donner VOTRE conviction.

— C'est un crime de sadique. Peut-être un rituel.

— Un rituel ? Un tueur en série potentiel ?

— Ils étaient au moins deux, peut-être trois, pour la maintenir au sol. Je ne connais pas de tueurs en série ni de psychopathes qui travaillent à plusieurs. Ça serait une première. Non. Je pencherais plus pour un viol sordide, une vengeance, ou un rite.

— Genre sataniste ?

— Peut-être.

— Vous avez côtoyé trop de sectes, avec Lanvin.

— On saura, avec les prélèvements d'ADN, s'il y a eu viol et si ses agresseurs sont déjà fichés. Mais cette fille n'était sûrement pas une prostituée : elle n'a pas de maquillage, pas de rouge à lèvres, ses ongles ne sont pas faits, elle a des kilos en trop... Ce n'est pas le genre des filles du quartier. Et encore moins celui des filles de l'Est ou des Brésiliennes qu'on trouve sur ce boulevard.

— Nous sommes bien d'accord, Cordis. Alors, je peux compter sur vous ?

— Sur moi ? Mais Hardouin vient de balancer ce cas à la BRP...

— Qui classera l'affaire, car ce n'est pas de leur ressort. Je veux que vous enquêtiez sur ce crime.

— Contre l'avis d'Hardouin ? S'il découvre que je bosse là-dessus, il va...

— Il ne va rien faire du tout ! Il est bien assez occupé comme ça, il nous l'a dit. Je vous missionne donc personnellement. Creusez cette affaire, voyez ce que vous obtenez. Remontez-moi les infos au fur et à mesure. Je serai votre hiérarchique direct pour cette enquête.

— Ça ne lui plaira pas.

— Je m'en contre-fiche ! Je décide qui je mets là-dessus. Puisqu'il ne veut pas s'en charger, ça sera vous. Vous désirez progresser ou stagner toute votre vie sous ses ordres ? Montrez-moi ce dont vous êtes capable. Ce n'est pas lui qui vous proposera pour une promotion. C'est l'occasion ou jamais de prouver ce que vous valez, Capitaine. Découvrez si cette fille a de la famille. Prévenez-la. Trouvez qui lui a fait ça, et vite. Je ne veux pas laisser un ou plusieurs tarés en liberté dans les rues de Paris pour qu'ils recommencent avec d'autres filles.

— Bien, Madame. Je vais voir ce que je peux obtenir... Vous dites que c'est un SDF qui a demandé au bistrot de nous appeler ?

— Oui. Je n'en sais pas plus. Le bar, c'est « Le Condé », sur l'autre trottoir, en face. Cela ne s'invente pas !

— OK, je vais interroger le patron... Bonne journée, Madame.

— Bon courage, Cordis. J'attends vos premiers éléments pour ce soir.

— Je n'y manquerai pas.

Pascal traversa le boulevard d'une foulée rapide et s'engouffra dans le troquet en face du terrain vague. Une douce odeur de café chaud flatta ses narines quand il franchit la porte. Les clients étaient tous aux tables près des fenêtres pour ne rien perdre du spectacle qui se déroulait dehors. Leurs bavardages cessèrent lorsque Pascal pénétra et s'ébroua sur le tapis à l'entrée.

Le capitaine se dirigea droit vers le patron qui l'observa d'un œil inquiet, depuis l'arrière du comptoir, tout en essuyant ses tasses et ses verres. Il tira une chaise haute et s'assit, puis dévisagea les clients et examina leurs chaussures. Il posa enfin sa carte de service sur le zinc et commanda un noir bien serré.

— C'est vous qui avez prévenu la police ?

— En effet.

— Vous avez vu ce qui s'est passé ?

— Non. C'est un SDF du quartier qui m'a dit de vous téléphoner parce qu'il y avait une fille morte là-bas.

— Vous savez comment il s'appelle, ce SDF ? Vous pouvez me le décrire ? M'indiquer où je peux le trouver ? Pascal posa un billet de cinq euros sur le comptoir et rangea sa carte dans sa poche. Il versa ensuite une dosette entière de sucre dans la tasse que le patron venait de glisser devant lui et commença à touiller le liquide noir avec sa cuillère.

Le cafetier encaissa l'argent et lui rendit la monnaie.

— Tout le monde l'appelle Julot. C'est un SDF qui traîne dans le quartier. Il est par-ci par-là... L'homme fit quelques mouvements de menton pour indiquer les directions. Je le vois passer de temps en temps devant mon bar. C'est un pauvre type. Il me fait pitié. Des fois, je lui file une bouteille d'eau ou un sandwich.

— Il ressemble à quoi ?

— Plutôt grand, maigre, cheveux gris, enfin poivre et sel. Nez pointu, visage creux, yeux noirs, barbe bien fournie. Un peu plus de la cinquantaine, je dirais. Très abîmé par la vie dehors, le manque d'hygiène et le pinard. Mais c'est pas un mauvais bougre. Ça a même dû être quelqu'un de bien, il y a longtemps, car il s'exprime parfaitement.

— Et vous ? Vous l'avez vue ?

— Quoi ? La morte ?

— Oui.

— Non. Je n'ai pas bougé d'ici. J'ai soulevé la grille à 7 h, comme tous les matins. Julot est passé me prévenir à ce moment-là. Je vous ai appelé aussitôt. J'ai eu mes premiers habitués immédiatement après. Je suis resté derrière mon comptoir tout le temps.

— Et avant d'ouvrir ?

— Quoi, avant d'ouvrir ?

— Vous n'êtes pas passé près du terrain vague ?

— Vous insinuez quoi ?

— Je n'insinue rien. Je vérifie.

— Je viens directement de la bouche de métro qui est à cinq minutes à pied, à droite là. Je ne passe pas par là-bas. Je reste sur ce trottoir-ci. En plus, avec les travaux du tram, je n'ai vraiment rien à foutre de l'autre côté, c'est plein de boue partout. Ça me rallongerait et m'obligerait à traverser deux fois le boulevard. Alors non : je ne passe pas par là et je n'ai pas vu cette fille ! Ça vous va ?

— Très bien, merci. Pascal vida son café d'un trait et laissa la monnaie sur le zinc.

Vous pourriez aller servir un thé à la dame qui se tient là-bas, devant le chantier, avec un parapluie noir ? Elle s'appelle Martine Guérand, c'est une procureure.

Le patron s'inclina par-dessus son comptoir pour regarder dehors. Il hocha la tête. Il reprit les pièces, les jeta dans sa caisse, et commença à préparer une grande tasse d'eau chaude. Pascal salua la compagnie et sortit pour se mettre en quête de ce Julot. Devant le bar, il hésita. Partir à droite ou à gauche ? Il vit au loin une foule agglutinée derrière les barrières Vauban, dans la direction du métro. Il décida d'aller de ce côté. La pluie avait cessé. C'était une bonne chose.

Les badauds s'entassaient en dehors des limites de la zone investie par la police. Ils tentaient d'apercevoir quelque chose derrière les fourgonnettes qui barraient la vue du terrain vague. Pascal s'arrêta un instant pour observer leurs comportements et les dévisager, un à un. Les tueurs en série reviennent souvent sur le lieu de leur crime pour se délecter du spectacle dont ils sont l'origine. Cela les fait sans doute jubiler intérieurement de regarder la police se démener et chercher des indices autour de leurs « œuvres ». Ils aiment jouer au chat et à la souris : laisser suffisamment de traces pour que les flics se mettent sur leur piste, mais pas trop pour les empêcher de remonter jusqu'à eux. Si une telle personne était dans la foule, il la repérerait probablement. Elle devait être absorbée par tout ce qui se passait et n'en perdre aucune miette. Le capitaine examina tous les bas de pantalon, les robes et les chaussures pour voir si elles étaient dans le même état que les siennes. Il ne trouva personne de louche dans cette foule.

Par contre, un SDF qui fait appeler les flics parce qu'il a découvert un cadavre dans un terrain vague, ça, c'était étrange. Les marginaux avaient plutôt tendance à fermer les yeux et à passer tout droit pour ne pas avoir d'ennui avec la police. Ils la fuyaient, au lieu de la faire venir. Pourquoi celui-là les avait-il prévenus ? Était-ce un citoyen exemplaire ? Ou était-il impliqué ?

En questionnant les gens du quartier, et en particulier les commerçants, le capitaine Cordis remonta la piste de ce SDF jusqu'à un campement d'une vingtaine de tentes plantées dans un carré de terre de la SNCF, entre le boulevard Ney et les lignes de la Gare du Nord. À quelques mètres des toiles, une pestilence le prit à la gorge et lui souleva le cœur : un mélange d'effluves d'alcool, d'immondices et de déjections éparpillées dans et autour du camp. Décidément, entre la fille au ventre vidé et les odeurs des SDF, cette matinée était placée sous le signe de la gerbe. Il tira un mouchoir de sa poche et le plaqua contre son nez. D'une voix forte et autoritaire, il lança aux habitants sous les tentes :

— Il y a quelqu'un qui s'appelle Julot parmi vous ?

Il n'obtint aucune réponse et recommença :

— Il y a quelqu'un qui s'appelle Julot parmi vous ?

— Pourquoi ? T'es qui ? T'es flic ? grogna une voix rauque au fond de la tente la plus à gauche.

— Exactement ! Et si vous ne me dites pas où je peux

trouver Julot, je fais dégager ce campement par les CRS dans l'heure qui suit.

Le silence se fit entre les tentes. Personne ne moufeta. Au fond à droite, un zip glissa et les pans d'une tente s'ouvrirent. Pascal aperçut une chaussure usée, pleine de boue, sortir péniblement de l'abri, puis une seconde. Ensuite, ce fut un pantalon de survêtement sale et couvert de sang aux genoux, puis deux mains calleuses, noires, un pull gris décousu aux manches et taché de nourriture, et enfin un visage oblong, crasseux, enfoui sous une longue barbe hirsute. L'homme se redressa difficilement puis fit quelques pas et se planta devant le capitaine Cordis.

— Jules ? s'exclama ce dernier, soufflé par la vision qu'il avait devant lui.

— Salut, Pascal.

SAMIA

Mercredi 21 mars 2018, 18 h 40, Université Lille III

Samia s'ennuyait profondément dans cet amphi consacré à l'histoire de l'art. Les peintres de la Renaissance, ce n'était vraiment pas son truc. Elle regardait l'heure progresser beaucoup trop lentement tout en haut de son smartphone en zappant entre les « stories » Facebook de ses copines et les comptes Instagram auxquels elle était abonnée. Elle attendait dix-neuf heures avec impatience, la fin de la torture. Encore vingt minutes à supporter ce prof soporifique qui détaillait sur un ton monocorde l'évolution du trait de pinceau depuis le Moyen Âge reculé jusqu'à la technique du *sfumato* de Léonard de Vinci. Malgré les radiographies de ses toiles, on avait du mal à expliquer comment il s'y était pris pour peindre le tableau de La Joconde. Si l'on n'y comprenait rien, se dit Samia, pourquoi y consacrer autant de temps et de salive ?

Son truc à elle, c'était les surréalistes et les cubistes : Dali, Miró, Magritte, Picasso, Braque… Ça, au moins, c'étaient des mecs qui avaient révolutionné la peinture ! Ils avaient bouleversé le monde de l'art, imposé leur vision et leur style.

C'était autre chose qu'un Botticelli, qui avait commencé sa carrière en copiant son maître Fra Filippo Lippi, puis qui l'avait légèrement dépassé, ou qu'un De Vinci qui ne finissait jamais ses œuvres.

Dix-neuf heures, enfin ! Le prof éteignit le vidéoprojecteur et souhaita une bonne soirée à l'assemblée en annonçant le programme du cours suivant et les pages à lire d'ici là. Ses paroles se noyèrent dans le brouhaha des strapontins qui se relevèrent presque simultanément. Tout le monde se pressa pour sortir de l'amphithéâtre et rentrer chez lui. Certains s'arrêtèrent sur le parvis pour fumer une cigarette et bavarder avec les copains, d'autres se dépêchèrent de rejoindre le métro ou l'abribus le plus proche. Samia retrouva ses copines sur le parking des deux-roues et leur fit la bise. Elle resta discuter dix minutes avec Julien avant de le saluer et de monter sur sa Vespa. Ce soir-là, elle n'avait pas envie d'aller au centre de Lille pour boire un verre avec eux. Elle avait du travail.

Elle enfila son casque, démarra le moteur de son engin puis repoussa la béquille avant de s'engager dans la rue qui menait hors de l'université. Le trajet jusqu'à Baisieux, où ses parents avaient une petite maison, ne faisait que dix kilomètres, et en scooter elle mettait moins d'un quart d'heure. Mais, la pluie s'invita sur son chemin ce soir-là, alors qu'elle sortait du campus. Elle préféra réduire son allure pour ne pas risquer de glisser. Elle baissa sa visière et ne remarqua pas la camionnette noire qui quitta sa place de parking juste après son passage.

Au rond-point, elle prit à droite et salua un groupe d'amis qui pressaient le pas sur le trottoir. Puis elle tourna à gauche au carrefour suivant, pour emprunter la route nationale qui traverse Villeneuve-d'Ascq. La camionnette était toujours derrière, slalomant entre les véhicules pour conserver sa distance avec le scooter. Samia jetait de fréquents coups d'œil dans ses rétroviseurs pour changer de file ou de direction. Elle ne fit cependant pas attention à cette ombre menaçante qui la suivait. Le soleil était désormais couché par delà la couverture nuageuse qui le masquait. Le paysage s'assombrissait rapidement et la pluie redoublait d'intensité, rendant les pavés de la chaussée encore plus glissants. Samia essuya sa visière pour y voir clair et se concentra sur la route en sortant de l'agglomération.

C'est après Chéreng, à l'endroit où la route bordée d'arbres traverse les champs, que la camionnette se rapprocha du scooter. Elle éteignit ses phares et le dépassa avant de le serrer contre le bas-côté pour provoquer sa chute. La Vespa mordit l'herbe, partit sur le côté puis heurta violemment un énorme tronc. La jeune fille fut éjectée de son engin et roula dans le champ attenant. La camionnette s'arrêta, fit quelques mètres en marche arrière. Deux hommes cagoulés en sortirent. Ils se saisirent de Samia, encore inconsciente, et la jetèrent à l'arrière de leur véhicule. Ils chargèrent ensuite son scooter, refermèrent les portes, remontèrent à l'avant et démarrèrent. La scène ne dura pas plus d'une minute. Aucune voiture ni moto ne croisa leur chemin à ce moment-là. Quelques mètres plus loin, la camionnette emprunta une petite route sur la gauche, tout phare éteint, et s'évanouit dans la campagne.

Les parents de Samia, inquiets de ne pas la voir rentrer pour 19 h 30, comme d'habitude, avaient tenté de la joindre à plusieurs reprises sur son portable. Sans succès. Leurs suppliques angoissées avaient toutes atterri sur sa messagerie après quelques sonneries. Vers minuit, n'y tenant plus, ils avaient prévenu les forces de l'ordre après avoir contacté toutes ses amies et tous les hôpitaux de la région. Les gendarmes se lancèrent à sa recherche dès le lendemain matin. Ils refirent son trajet et trouvèrent un arbre abîmé, des marques de peinture sur son tronc et des bris d'un phare de Vespa au pied, à quelques centaines de mètres de l'entrée de Baisieux. Mais aucune trace de la jeune fille ni de son deux-roues.

Dans la presse régionale, le surlendemain, un article en page quatre évoqua la mystérieuse disparition d'une étudiante sur le chemin de sa maison, les indices d'un accident de la route, mais aucun signalement dans les hôpitaux. Était-elle morte, son corps dissimulé dans un bois par un chauffard affolé ? Ou avait-elle été enlevée ? Les battues et les enquêtes de voisinage n'avaient rien donné.

Des disparitions mystérieuses, il y en avait cent soixante-quinze par jour en France[6]. Principalement des jeunes femmes et des enfants. Un très petit nombre étaient retrouvés. Une enquête était ouverte. Mais si l'on ne trouvait pas une piste sérieuse dans les soixante-douze heures, les gendarmes laissaient peu d'espoir aux parents.

---

[6] Source www.planetoscope.com.

JULES

Mercredi 21 mars 2018, 20 h 40, Paris.

Lavé, rasé de près, des vêtements propres de Pascal sur le dos, Jules Lanvin se retrouva assis à table face à Pascal et Justine qui le dévisageaient. Il était mal à l'aise et s'efforçait de leur sourire tout en soutenant leurs regards effarés. Ses hôtes n'en revenaient pas de le voir ainsi ressurgir quatre ans après sa disparition. Une fois sorti de prison, l'ex-commissaire Lanvin avait fini SDF dans les rues de la capitale. Comment était-ce possible ? Qu'est-ce qui avait provoqué cela ? Ils avaient des centaines de questions à lui poser, mais aucun d'eux n'osa commencer. Pour combler le silence, Justine alla prendre la cocotte dans la cuisine et la déposa au centre de la table. Elle s'empara de l'assiette de Jules et la remplit avec un bœuf miroton de sa composition pendant que Pascal versait dans son verre un Gaillac à la couleur rubis plutôt engageante. Jules évita de se précipiter dessus, comme il l'aurait fait dans la rue pour empêcher un autre de lui arracher des mains. Ici, dans cet appartement douillet, il n'y avait pas de rivalité entre les convives, pas de loi de la jungle, pas de nécessité de survie. Chacun disposait de plus de nourriture qu'il n'en avait réellement besoin. C'était perturbant, et en même temps apaisant.

Jules se sentait un peu perdu. Comme parachuté dans un monde parallèle dont il ne connaissait plus les usages. Il n'osa pas faire le premier geste, craignant d'avoir oublié les bonnes manières. Il attendit que ses hôtes le fissent avant lui pour les imiter. Justine et Pascal levèrent leurs verres et il les accompagna. Ils trinquèrent à son retour, puis plongèrent avec délectation dans leurs assiettes. Jules eut un peu de difficulté à retrouver sa dextérité avec le couteau et la fourchette. Ses mains étaient gauches. Il avait la sensation d'être un Néanderthal qui avait fait un bond de trente mille ans dans le futur.

Peu à peu, il se détendit en voyant que ses réflexes d'homme civilisé lui revenaient. Il se sentit dans l'obligation de prendre la parole pour briser le silence pesant :

— Merci, Justine, pour ce délicieux repas ! Cela fait une éternité que je n'ai pas aussi bien mangé. Ni aussi bien bu... lança-t-il en levant à nouveau son verre en direction de Pascal.

— Quatre ans, lui reprocha ce dernier en le fixant droit dans les yeux. Justine mit la main sur la cuisse de son mari, sous la table, pour lui intimer de ne pas s'engager dans cette voie, mais il poursuivit : qu'est-ce que tu as fait durant tout ce temps ? Tu as beaucoup voyagé ?

Justine foudroya son homme d'un regard plein de reproches. Jules se sentit obligé de lui demander de ne pas être trop sévère avec lui :

— Laissez, Justine... Pascal a raison. Cela fait quatre ans que je n'ai pas donné signe de vie. Il a de quoi être en colère contre moi...

— Je ne suis pas en colère, Jules, je suis... blessé. Quatre années sans un mot, sans aucune nouvelle ! Après tout ce qu'on a vécu ensemble ! Je croyais qu'il y avait quelque chose de plus fort que cela entre nous... comme de l'amitié, par exemple ! Éric et moi avons perdu ta trace à partir du moment où tu as quitté la prison[7] et nous ne l'avons jamais retrouvée. Comment est-ce possible ? Qu'as-tu donc fait pour disparaître ainsi ?

— Vous êtes venus me chercher, Éric et toi, le jour de ma sortie ?

— C'est ça que tu me reproches ? De n'avoir pas pu être présent à l'heure ? C'est pour cela que tu as fait la gueule et que tu n'as plus donné signe de vie ?

— Je ne te reproche rien. Et je ne faisais la gueule à personne...

— C'est pourtant l'impression que j'ai, à cet instant. Crois-moi, je voulais venir. Éric aussi. Mais Hardouin m'a collé une mission à l'autre bout de l'île de France, ce jour-là. Il a également filé à Éric une tonne de rapports urgents à classer pour le soir même. Il nous a coincés, tous les deux, pour nous empêcher d'aller à ta sortie de prison.

— Je reconnais bien là son style : connard et emmerdeur. Jusqu'au bout. Mais cela n'a plus d'importance...

— Si, cela en a ! Cela en a beaucoup, pour moi ! Je t'ai

---

[7] Voir Le Crépuscule des Hommes.

cherché partout, avant d'abandonner faute de piste. Jamais je n'ai imaginé que tu finirais dans la rue... Je suis désolé de n'avoir pas été présent pour t'aider. De ne pas avoir fait un bras d'honneur à Hardouin, ce jour-là, et de ne pas être venu... Je m'en veux, comme j'en veux à cet enfoiré. Et je suis aussi très déçu que tu n'aies pas frappé à ma porte pour me demander de l'aide. Tu es allé où ? Tu as fait quoi, durant tout ce temps ?

— Quand j'ai franchi le seuil de la prison, je me suis retrouvé seul sur le trottoir, paumé. Caroline était morte, notre exploitation à Tonnerre avait brûlé, je n'étais plus flic, plus taulard, je n'avais plus de toit, juste un ticket de bus et vingt euros en poche... Où voulais-tu que j'aille ? Que voulais-tu que je fasse ?

— Aller dans un café, me téléphoner et attendre qu'Éric ou moi on vienne te chercher. Quand j'ai enfin pu me libérer, j'ai foncé tout droit à la maison d'arrêt et j'ai fait tous les bistrots du quartier pour te trouver, mais tu étais déjà parti. Tu aurais pu prendre un taxi, venir frapper à ma porte... J'aurais payé ta course, si tu n'avais pas assez. Tu connaissais mon adresse et celle d'Éric. Tu n'y as pas pensé ?

— Si. Mais je n'ai pas voulu vous déranger, vous imposer ma présence. Je vous avais causé assez d'ennuis avec toutes mes histoires. Et puis, j'avais l'adresse d'un foyer, qu'on m'avait donné en sortant. J'y suis allé. J'y ai passé quelques nuits avant de me faire dépouiller du peu qui me restait. De mes papiers surtout. Des gars m'ont tabassé dans les douches. Ils ont tenté de me violer... Ils voulaient « se farcir le poulet » comme ils disaient. Pardon Justine, pour l'image... Je m'en suis tiré à bon compte parce qu'un bénévole du foyer a entendu des cris. Je n'y ai plus jamais remis les pieds. Ni dans aucun autre, d'ailleurs. J'ai erré dans les rues de Paris. Je me suis fait jeter des stations de métro. J'ai dormi sur les grilles pour avoir un peu de chaleur l'hiver. Des associations, en maraude, m'ont apporté des vêtements chauds, de la nourriture. Mais j'ai toujours refusé de retourner dans leurs refuges pour SDF. J'ai fini par rencontrer Lulu et Gérard, et le petit groupe de gars auprès duquel tu m'as trouvé. Les associations nous ont donné des tentes. La SNCF a accepté de nous laisser un bout de terrain le long des voies de la Gare du Nord. Cela faisait un peu plus d'un an que j'étais avec eux, quand tu m'as découvert. On veillait les uns sur les autres. On survivait ensemble. Ils sont devenus ma nouvelle famille... Tu vois... J'ai voulu tourner complètement la page de ma vie précédente. Oublier cette maudite secte. Oublier que c'est à cause de moi que Caroline est morte. J'ai souhaité également vous tenir à distance de la poisse qui me colle à la peau et qui touche tous ceux que j'aime. Je suis tombé au fond du trou, et c'était le seul endroit où je pouvais être. Après tout, j'avais mérité ce sort. C'était mon purgatoire. J'ai fini par me faire une raison. Je suis devenu « Julot ». Quelqu'un d'autre. J'ai oublié le reste.

Justine et Pascal ne surent que dire. Bouleversée par son récit, Justine se leva et partit chercher du fromage dans la cuisine. Pascal s'excusa en adoucissant sa voix :

— Je comprends, Jules. Mais, on est tes amis. Tu aurais dû venir nous voir, quand tu n'avais plus d'endroit où aller. Éric ou moi, on t'aurait hébergé le temps que tu panses tes blessures, que tu remontes la pente.

— Mais je ne souhaitais pas remonter la pente ! C'est ça

que tu sembles avoir du mal à saisir. Au contraire, je voulais m'enfoncer, encore et encore. Jusqu'à disparaître, mourir... Une fois, j'ai tenté de me jeter sous les roues du métro. J'ai reculé au dernier moment. J'ai imaginé sauter d'un pont, mais je n'en ai pas eu le courage. C'est alors que j'ai essayé de trouver une solution pour m'en sortir. J'ai pensé te demander de l'aide. Durant quelques jours, je me suis installé sous le porche de l'autre côté de la rue, pour te voir. Avant de m'en faire chasser. Je n'ai pas osé te parler. Justine et toi poussiez un landau, vous aviez l'air si heureux. Je ne me suis pas senti le droit de vous déranger. Vous n'aviez pas besoin d'un SDF crasseux sur le dos...

Dans le babyphone sur le buffet derrière Pascal, une petite voix toussota puis pleura. Justine déposa le plateau de fromages sur la table et alla voir sa fille.

— C'est une très jolie petite que vous avez-là. Jules observa l'annulaire de la main gauche de son ancien capitaine. Et tu t'es marié ? Toi qui ne voulais pas !

— On a régularisé notre situation, avec l'arrivée de Marie. Ça change la vie, tu sais... Enfin... Pardon...

— Non. Ne t'excuse pas. Caroline aurait adoré avoir des enfants. Moi, j'étais stérile. Les oreillons, plus jeune. Et puis, je n'étais pas prêt pour l'adoption. Je n'avais pas la fibre paternelle. J'avais surtout trop peur de laisser un jour une veuve et un orphelin aux bonnes œuvres de la police. J'ai vu tellement de collègues se faire descendre et leurs gamins les pleurer au cimetière que...

— C'est du passé tout ça, Jules ! Il faut arrêter de le ressasser. Tu dois aller de l'avant. La roue tourne. La vie continue. Tu vas t'en sortir. Maintenant que je t'ai retrouvé, je ne te lâche plus !

— Je te remercie, Pascal, mais ce n'est pas possible...

— Mon canapé est très moelleux. Hors de question que tu retournes dans la rue. On va s'arranger. Tu chercheras du travail et tu resteras ici jusqu'à ce que tu aies de nouveaux papiers et les moyens de payer un loyer.

— Justine n'acceptera pas, et c'est bien normal...

— On en a parlé tout à l'heure, elle est d'accord. Le sujet est clos.

— Merci beaucoup, à tous les deux. J'essayerai de ne pas être un poids mort... Euh, Pascal... Quand je suis revenu des USA, et qu'Hardouin m'a mis les pinces à l'aéroport et m'a embarqué, le cercueil de Caroline était dans la soute. Tu sais ce qu'il est devenu ? Qui s'en est occupé ?

— Ton beau-frère... Bernard Lagrange, c'est bien ça ? Il l'a récupéré et fait inhumer près de chez eux, dans le cimetière de... zut, j'ai un trou ! C'est pas loin de Clermont-Ferrand.

— Malintrat ?

— Oui, c'est ça.

— C'est là où lui et sa femme ont une ferme. C'est bien. Merci. Il faudra que j'aille la voir...

— Et pour ta propriété près de Tonnerre ? Que vas-tu en faire ?

— Je ne sais pas. Je n'ai jamais eu de nouvelles de l'assurance. J'ai déclaré le sinistre et porté plainte pour incendie criminel, mais pas dans les délais des cinq jours. J'étais déjà embarqué dans cette affaire contre le Crépuscule, avec Christophe Leduc, en Californie. Bien entendu, il n'y a jamais eu de véritable enquête, personne n'est remonté aux officiers de la DCRI qui ont fait le coup. Et tant qu'il n'y a pas de conclusion, l'assurance ne fait rien. Il faudrait que je relance une nouvelle procédure, mais je n'en ai pas le courage, et puis c'est trop tard maintenant.

— Tu peux toujours vendre ton terrain, tes vignes, sans la ferme. Cela te ferait un bon apport pour louer ou acheter un appartement.

— Oui, c'est certainement ce que je ferai.

— Tu as une idée de boulot que tu pourrais faire ?

— Je n'en sais rien. Qu'est-ce qu'on peut faire quand on est un ancien flic qui sort de taule ? Pas grand-chose...

— Enquêter pour des assurances, par exemple, plaisanta Pascal.

— Mouais... Mais il faut un casier vierge pour cela, petit con !

Jules rit avec Pascal. Cela lui fit du bien. Il y avait tellement longtemps qu'il ne s'était laissé aller avec insouciance. Il était reconnaissant à ses hôtes de l'héberger quelque temps, de l'aider jusqu'à ce qu'il reprenne pied dans la société.

— On trouvera bien un truc, Jules... Je te le promets.

— Je ne veux pas être un poids pour vous deux. En plus, je mets ta carrière en danger. Tu ne peux pas me garder chez toi : je suis un témoin dans cette affaire. C'est moi qui ai fait prévenir la police. Mon pantalon est couvert de boue et de sang. Je suis le premier suspect ! Pour Hardouin, je serai le coupable idéal : un flic ripou qui sort de taule, un SDF qui a tué une fille pour la dépouiller de son fric. Vu comment il m'adore, il va tout me coller sur le dos et classera le dossier. C'est cousu de fil blanc.

— Il ne s'occupe pas de cette affaire. La Proc' me l'a confiée, à moi seul.

— Alors d'autant plus !

— Je te connais, Jules. Je sais que tu n'as pas pu commettre un crime aussi odieux.

— Mais tu ne peux pas me cacher chez toi. Il faudra bien que tu dises que tu as retrouvé celui qui a prévenu la police et que tu prennes officiellement ma déposition au commissariat. Quoi que tu fasses, tu ne pourras pas enlever de la tête d'Hardouin, de tes collègues, ou même de la Proc', qu'un flic qui a perdu sa femme dans des circonstances obscures, qui a fait de la taule et qui a fini SDF, peut avoir pété un câble et fait n'importe quoi pour voler du fric à une jeune fille sans défense qui passait par là.

— Et pourquoi l'aurais-tu vidée de ses entrailles ?

— Parce que je suis devenu fou. Pour maquiller mon vol en crime crapuleux. Pour vous envoyer sur une fausse piste.

— Non ! Cela ne tient pas debout ! Tu n'es pas fou. Malgré tout ce que tu as enduré.

— Depuis que Caroline est morte, je ne crois plus être très rationnel. Je parle à ma femme comme si elle était encore là. Je picole au point que je la vois, parfois, devant moi. Je suis en colère contre moi, parce que je n'ai pas pu la protéger contre cette secte de malheur. Je hais la société en général, les gens en particulier... Je ne me reconnais plus : j'ai envie de buter tout le monde ! Un médecin m'examinera, on me collera tout sur le dos et on clora l'enquête. C'est facile et ça va vite.

Pascal ne sut que répondre à cela. Jules n'avait pas tort. On trouverait sûrement les traces de ses semelles dans les moulages de la PTS. Le sang de la morte sur son bas de pantalon l'accuserait sans aucun doute. Pascal tira à lui le plateau de fromages, se coupa un bon morceau de morbier, et repoussa le tout vers Jules.

— Je brûlerai tes fringues et tes chaussures. Rien ne te reliera à elle.

— Tu veux faire disparaître des preuves ?

— Quelles preuves ? Tu n'as rien fait ! Tu n'as juste pas pu t'empêcher d'aller examiner le corps dans le terrain vague. N'est-ce pas ? Pourquoi ?

— Vieux réflexe de flic, sans doute. Je suis passé devant la palissade entrouverte vers six heures trente. J'ai aperçu un corps allongé dans la boue, au milieu du terrain. J'ai voulu voir si la personne était encore vivante. Je n'avais pas remarqué son ventre ouvert de loin. Je ne l'ai découvert qu'en m'approchant.

— Et ? Tu en penses quoi ? Hardouin veut refiler ça aux Mœurs. Il estime que c'est un règlement de compte entre réseaux de prostitution.

— Cet imbécile ne saurait même pas faire la différence entre une vache et un taureau... Et toi, Pascal, tu en penses quoi ?

— Je pense qu'il y a au moins deux tarés en liberté qui

vont sûrement remettre ça dans peu de temps. Peut-être un rituel pour eux, un truc satanique ou je ne sais quoi.

— Pourquoi pas... Tu connais un rituel satanique où l'on pique le bébé dans le ventre de sa mère ?

— Elle était enceinte ?

— Quoi ? Tu n'as pas remarqué son embonpoint ? Ces marques roses caractéristiques sur son visage, ses seins lourds ? Tu m'inquiètes, là, Pascal ! Justine a été enceinte, tu l'as vue, et tu n'as pas reconnu les signes sur cette pauvre fille ? Tu passes trop de temps avec Hardouin... Pardon, mais tu vas finir par devenir aussi con que lui.

— Quand il est à côté de moi, je perds tous mes moyens. Ce type me stresse. Il fait régner la terreur dans le service. Il est tyrannique. Il surveille ses collaborateurs en permanence. Il ne fait confiance à personne. Il impose sa vision, ses décisions. Il ne laisse aucune liberté, aucune initiative. Il est tout le temps sur notre dos, à nous beugler des ordres, il nous rabaisse, nous infantilise. Et si l'on a le malheur de la ramener, de le contredire, il nous vire et nous renvoie dans la rue, à faire du maintien de l'ordre... Bref, je suis « bloqué » quand il est à côté de moi, je ne raisonne pas normalement... Donc, selon toi, on aurait tué cette fille pour lui prendre son bébé ? Dans son ventre ? Tu crois qu'il était encore vivant ?

— Tu auras le rapport du légiste pour le confirmer, mais je pense qu'on lui a fait une césarienne pour lui voler son bébé. Je ne crois pas qu'il ait survécu, cependant. Vu la boucherie.

— Et ses organes ? Pourquoi ils auraient disparu ?

— On les lui a retirés pour faire penser à un crime de

malade mental ou à un rituel. Peut-être lui a-t-on ôté l'utérus pour ne pas que l'on sache qu'elle était enceinte. Ce qui est stupide, car on aura ses dosages hormonaux pour le confirmer. Il est possible que la cible ait été l'enfant. Ou alors, une vengeance peut-être.

— Putain ! Hardouin l'a examinée de près. Il l'a reluquée sous tous les angles. Il a dû le voir ! Moi, je n'ai pas pu, j'étais trop mal à l'aise. J'avais la gerbe, je suis resté en retrait. Pourquoi n'a-t-il rien dit ? Pourquoi l'a-t-il refilée aux Mœurs ?

— Il n'avait pas envie de s'emmerder avec ça. Il avait sans doute autre chose à faire ?

— Oui. Il est sur une enquête plus juteuse pour lui, pour sa carrière... enfin s'il y arrive.

— Alors, ne cherche pas plus loin. Il n'y a que ça qui l'intéresse : <u>sa</u> carrière. Une pauvre fille assassinée pour son bébé ne lui rapportera rien.

CASSANDRE & LÉA

Dimanche 25 mars 2018, 2 h 35, Montpellier.
La chaleur moite à l'intérieur du « QG », les danses effrénées sur des rythmes technos et les lumières syncopées des stroboscopes eurent raison de l'endurance de Cassandre. Elle s'approcha de Léa et lui hurla quelque chose à l'oreille avant de se faufiler entre les corps en transe en direction du bar. Son amie la rejoignit à contrecœur. Elle qui venait juste de *chébran*[8] un beau brun aux yeux verts sur la piste. Cela s'annonçait plutôt bien parti. Mais elle ne voulait pas laisser Cassandre seule. Elles s'étaient promis de toujours veiller l'une sur l'autre, dans cet endroit où n'importe qui pouvait verser du GHB[9] dans ton verre.

Cassandre commanda un « Téquila Sun Rise » et Léa l'accompagna. Le beau brun les suivit au comptoir, mais se

---

[8] Chébran : brancher, draguer.

[9] GHB : gamma-hydroxybutyrate appelé également « drogue du viol ».

tint à quelques mètres d'elles. Il demanda un « Red Bull ». Il devait avoir cinq ou six ans de plus qu'elles et les *matait* avec un désir non voilé en sirotant sa boisson. Deux petites *bombasses*, bonnes copines et sans mec, c'était inespéré. Peut-être qu'un plan à trois serait possible ? La rousse était chaude comme la braise. Mais la blonde avait l'air plus réservée.

Léa s'approcha de Cassandre et lui hurla à l'oreille :

— Alors, t'en dis quoi ?

— De quoi ? De la boîte ?

— Non. T'es teubée[10] ou quoi ? Du mec !

— Chelou.

— Chelou ? Vraiment ? T'as vu comment il est frais[11] ? T'as vu ses pecs[12], ses bras, ses yeux verts ? Quand il me regarde ça comme, je trempe le string, direct.

— Il ne te regarde pas, il te bouffe la choune[13] des yeux ! Il a trop envie de te ken[14], ça se voit. Il pue le cul. Il ne lui manque que la bave au coin d'la bouche !

— Et alors ? On est là pour se técla[15], non ? On se le fait

---

[10] Teubé : bête.

[11] Frais : sexuellement appétissant.

[12] Pecs : pectoraux.

[13] Choune : chatte, vulve.

[14] Ken : niquer, baiser.

[15] Se técla : s'éclater, s'amuser.

à deux, cette night[16], et on le tèje[17] au petit matin... Ça te va ?

— T'es relou[18] avec tes plans à trois ! Moi je cherche un mec cool, romantique, que je pourrais revoir... Aller au cinoche, au resto, me faire guédra tranquillou, quoi[19]... Un truc qui dure un peu plus qu'une night. Tu vois ?

— C'est pas ici que tu vas trouver ça ! Mets-toi sur Meetic ! Alleeeeez Cassandre ! Mes colocs ne sont pas là ce week-end. Elles sont chez leurs darons[20]. On a l'appart pour nous... et j'ai une boîte pleine de capotes. Fais pas ta chiatique[21] ! Tema[22] comment il est bon... et la bosse qu'il y a dans son jean.

La blonde reluqua le garçon de la tête aux pieds pendant qu'il commençait à brancher une autre fille à côté d'elles. Le coup classique de la jalousie, de la concurrence, pour forcer la main aux deux filles.

— T'as raison, conclut enfin Cassandre. Il est monté comme un âne.

— Il ne faut pas le laisser filer avec l'autre pétasse qui

---

[16] Night : nuit.

[17] Tèje : jette, largue.

[18] Relou : lourde, pénible.

[19] Guédra tranquillou : draguer en douceur.

[20] Daron : père.

[21] Chiatique : pénible, chiante.

[22] Tema : mate, regarde.

sourit connement. Je l'ai vu la première, il est à nous. On va se técla comme des chiennes cette nuit ! Je le chevaucherai la première, vu que c'est moi qui l'ai chébran, pendant que tu t'assiéras sur sa face[23]. Et après on inversera.

Cassandre faillit s'étouffer et faire ressortir la téquila par son nez, estomaquée par le manque de pudeur de sa meilleure amie. Puis, elles se regardèrent et éclatèrent de rire. Un fou rire qui les plia en deux au point d'avoir du mal à reprendre leur souffle. L'alcool, ingurgité depuis qu'elles étaient entrées dans cette discothèque, y était probablement pour beaucoup. Léa s'approcha du garçon et s'empara de son menton pour détourner son regard de l'autre fille. Elle lui proposa directement de les raccompagner chez elles. Il accepta sans une seconde d'hésitation, un large sourire de victoire aux lèvres.

Bras dessus, bras dessous, ils sortirent tous les trois de la boîte en titubant légèrement et cherchèrent la voiture de Léa sur le parking.

— Tu es sûre que ça va ? s'enquit Cassandre auprès de son amie.

— Oui ! Pourquoi, tu veux prendre le volant ? Tu es encore plus pétée que moi !

Tous trois rirent de bon cœur en s'asseyant dans la Twingo et Léa démarra. Elle s'engagea en zigzaguant sur la départementale et prit la direction de Montpellier.

---

[23] Face : visage.

— Au fait ! lança le garçon à l'arrière. Je m'appelle Julien.

— Moi, c'est Léa, et ma copine, Cassandre.

— Enchanté !

À quelques kilomètres de la discothèque, Léa tourna dans une allée qui menait au pied d'une barre de la cité endormie. Elle gara sa voiture de travers sur une large place pour handicapés et coupa le contact en pouffant de rire : « Arrivés saufs... mais pas totalement sains ! »

Ils sortirent en ricanant sottement. « Chuuuut ! » fit-elle en collant un doigt sur sa bouche, alors que les portières de la Twingo claquaient bruyamment dans la nuit. Elle regarda avec appréhension les fenêtres éteintes des appartements autour d'eux, puis conduisit ses deux acolytes jusqu'à la porte de son immeuble. Elle mit un peu de temps à extirper le trousseau de clés de la petite pochette qui pendait à sa taille. Elle plaqua le badge sur la console au mur et la porte grésilla. Elle les fit entrer et appela l'ascenseur. Julien et sa copine se bécotaient déjà comme deux fous furieux, appuyés contre le mur des boîtes aux lettres, prêts à se mettre à poils dans le hall de l'immeuble. Les portes s'ouvrirent. Elle les tira dans la cabine et pressa le bouton du troisième.

Sur le palier, elle leur fit signe de ne faire aucun bruit, pendant qu'elle tentait de glisser la clé dans la serrure de sa porte qui n'arrêtait pas de bouger. Cassandre gloussait comme une pucelle sous les baisers enflammés de Julien qui avait déjà glissé une main dans sa culotte. Après plusieurs tentatives infructueuses, la clé trouva enfin la serrure. Ils s'engouffrèrent dans l'appartement et refermèrent doucement la porte derrière eux.

Léa et Cassandre sautèrent alors sur Julien pour lui arracher tous ses vêtements et le traînèrent, nu, jusque dans la chambre où elles le balancèrent sur le lit en riant. Puis, l'une face à l'autre, elles entamèrent un langoureux et chancelant strip-tease devant leur nouvelle conquête. Julien se redressa sur le lit pour ne rien perdre du spectacle. Une fois nues, et bien émoustillées, elles se jetèrent sur lui et, comme prévu, Léa le chevaucha la première. Le sommier émit de sombres craquements sous le poids du trio, mais il tint bon. Les voisins furent certainement réveillés par les glapissements des deux filles et le lit qui cognait en rythme contre le mur, mais à ce moment-là Léa ne s'en souciait plus. Elle s'éclatait.

Leurs ébats durèrent une bonne heure et demie. Leurs corps en nage et enfin apaisés, ils s'allongèrent et se serrèrent tous les trois sous les draps avant de glisser voluptueusement dans les bras de Morphée.

Aux premières lueurs du jour, Julien s'extirpa délicatement d'entre les deux filles et alla chercher à boire dans la cuisine. Il revint avec trois grands verres de Coca remplis de glaçons. Ils s'assirent sur le lit pour se désaltérer puis se recouchèrent et se rendormirent presque immédiatement.

Lorsqu'elle rouvrit les yeux, bien des heures plus tard, Cassandre se sentit nauséeuse. Elle eut du mal à émerger de ses rêves et à se souvenir de sa nuit. Sa vue était encore trouble, mais elle ne reconnut pas la chambre de Léa. Elle découvrit, à la place, une pièce au plafond voûté, aux murs orange et blanc, éclairée par des néons aveuglants en son sommet. Elle était toujours nue, mais à demi-allongée sur une sorte de table d'auscultation, ses poignets ligotés sur les côtés. Ses jambes maintenues écartées par des étriers. Elle se redressa légèrement pour voir ce qu'on lui faisait. Un homme, en blouse verte et masque de chirurgien, trifouillait au fond d'elle, entre ses cuisses. Elle voulut crier, se débattre, resserrer ses cuisses, mais une grosse femme près de sa tête remit en place un masque transparent sur son nez. Elle replongea dans les vapeurs du sommeil artificiel.

SIXIÈME SANG

MADELEINE

Mardi 3 avril 2018, 15 h 00, Paris, Porte de Clignancourt

— Putain ! Julot ? Ben j'taurais jamais r'connu comme ça... Tout beau, rasé de près, tout prop'. T'as la nostalgie de tes vieux potes et du camp, que tu r'viens nous r'voir ?

Jules Lanvin se tenait assis bien droit sur un parpaing devant ses anciens compagnons de rue qui le dévisageaient comme s'ils le découvraient pour la première fois. De sa vie passée dehors, il ne restait plus rien de visible, ni dans son allure ni dans ses vêtements. Même son regard s'était rallumé. Il était plus vif, plus incisif. L'espoir y avait retrouvé sa place. À peine remarquait-on encore quelques émaciations dues à la malnutrition et des rougeurs causées par l'alcool.

L'ex-commissaire était enfin revenu à la vie, après des années d'errance entre les différents cercles des enfers. Quatre longues années sans toit, sans confort, sans nourriture, à survivre au ban de la société, à dormir dans les recoins des stations, à observer les gens se presser dans le métro pour aller travailler, à ne plus comprendre ce qui les motive et à les prendre pour des fous. Quatre années à faire la manche à la sortie des supérettes, les voir tous se précipiter à l'intérieur pour faire leurs courses et détourner le regard en sortant. Quatre interminables années à ne penser qu'à satisfaire ses besoins premiers, manger, dormir et déféquer, avec le stress permanent de tomber malade. Quatre années, enfin, à ne dormir que d'un œil pour défendre sa peau et le peu que l'on possède, à vivre comme un animal errant au cœur de la capitale, au milieu des Parisiens pressés, des puces voraces, des rats sans gêne, de la saleté, du froid et avec la honte d'être exposé aux yeux de tous et de puer la charogne.

Même s'il était revenu à la civilisation, il n'en oubliait pas pour autant cet univers ni ses camarades d'infortune, Gérard, Paulo, Jésus, Andreï, Lucien et tous ceux avec qui il avait partagé ces moments. Faire partie d'un clan était indispensable pour survivre dans la rue. Comme des loups qui vivent en meute, on part ensemble à la recherche de nourriture, sur un territoire plus vaste, et on se défend contre les autres. En bande, on se soutient, on s'entraide et surtout on garde un semblant de lien social qui vous évite de sombrer dans la folie. Jules en avait tant croisé dans les rues ou le métro qui, seuls, avaient fini par devenir cinglés au point de s'inventer un compagnon de route et de lui parler à voix haute en permanence. Ceux-là étaient perdus à tout jamais. Ils ne pourraient plus revenir dans la société. Jules avait eu peur de terminer comme eux.

Sans ses anciens compagnons d'infortune, il n'aurait probablement pas survécu. Il leur en était reconnaissant. En les observant, ainsi tous assis devant lui, il se jura de faire tout ce qui était en son pouvoir pour les aider, à son tour, et les sortir de là dès qu'il le pourrait.

MADELEINE

Cela faisait presque deux semaines que Justine et Pascal l'hébergeaient gracieusement et se serraient, avec Marie, dans leur petit appartement pour lui octroyer un peu de place. Déplier le canapé tous les soirs et le replier tous les matins, ranger ses affaires dans un coffre en bois dans un coin de la salle, où il y avait auparavant les jouets de leur fille, attendre son tour pour aller à la salle de bain ou aux toilettes était cependant pesant. Pour eux comme pour lui. Il essayait de rendre sa présence moins contraignante en participant aux tâches ménagères. Il tentait de soulager Justine en gardant Marie quand elle désirait sortir. Et surtout : il s'échappait de longues heures dans la journée pour les laisser souffler toutes le deux et pour prendre l'air, lui aussi.

Il était ainsi venu voir ses anciens camarades. C'était une manière de leur montrer qu'il ne les oubliait pas. Qu'il ne leur tournait pas le dos, depuis qu'il avait un toit, des vêtements propres et de la nourriture en abondance. Mais il était là également pour aider Pascal dans son enquête. L'aider à résoudre cette affaire et à prendre du galon, l'éloigner du toxique commissaire Hardouin. Pascal avait le soutien de la procureure. Il devait en profiter maintenant. La chance ne lui sourirait pas une seconde fois. « Commandant Cordis », ça sonnait plutôt bien. Une meilleure paie, un plus grand appartement, une vie plus aisée pour Justine et Marie. Cela serait sûrement la plus belle manière de les remercier pour tout ce qu'ils faisaient pour lui aujourd'hui.

Il avait eu l'occasion d'observer un long moment le corps de cette pauvre fille dans le terrain vague. Et depuis, ces images le hantaient. Il n'arrivait plus à les chasser de son esprit. Quel genre de taré pouvait faire ça ? Ouvrir le ventre d'une môme pour lui arracher son bébé. Le légiste avait dit à

Pascal qu'elle était enceinte de sept mois. L'enfant n'avait donc pas survécu. Cela excluait un père fou qui aurait voulu enlever son gosse à une mère fugueuse. Un psychopathe ? Ils devaient être au moins deux. Cela ne collait pas. Une vengeance ? Un règlement de compte entre réseaux ? Une prostituée en cloque ? De qui ? D'un client, de son mac ? Non. Il écarta cette hypothèse. Hardouin faisait fausse route, comme toujours. Il ne voyait que ce qu'il voulait voir. La fille n'avait rien d'une tapineuse de trottoir. D'hôtel alors ? Une escorte ? Jules n'y croyait pas plus. Il se fiait à son instinct et celui-ci lui soufflait que c'était autre chose. Mais quoi ? Il n'en avait aucune idée. Jamais il n'avait vu une telle chose.

Il interrogea ses anciens compagnons de rue :

— Vous vous souvenez de la morte dans le terrain vague ? Celle qui a été retrouvée la semaine dernière.

— Mouais, répondit Gérard. Pauv'gamine ! Qui peut en vouloir à c'point à une môme pour lui faire' un truc pareil ?

— Vous n'avez rien vu ? Rien entendu ? Personne n'est passé dans le coin au moment du meurtre ? Jules regarda chacun de ses anciens camarades.

— Tu fais quoi, là, Julot ? Tu aides les flics ? C'est parce que le grand, là, il t'a embarqué ? Il te force à bosser pour lui ? T'es devenu son indic ?

— *Le grand*, comme tu dis Gérard, c'est le Capitaine Cordis. C'est lui qui bossait pour moi quand j'étais commissaire.

— Toi ? Commissaire ? Ah ben merde ! Il cracha par terre. T'es un putain de condé ? Ah, bah tu t'es bien gardé de nous l'dire ! Eh, les gars vous entendez ça ? On a couvé un poulet dans notre nid !

    Les autres exprimèrent leur mécontentement quand Jules les fit taire en levant la main et en haussant le ton :

    — Oui, j'ai été flic avant de finir dans la rue et de vous connaître. Et alors ? Ça change quoi ? Je suis toujours le Julot que vous avez connu, avec qui vous avez partagé vos repas et vos tentes. Le Capitaine Cordis est mon ami aussi. Aujourd'hui, il m'offre le gîte et le couvert, le temps que je remonte la pente. Et je l'aide à arrêter les pourris qui ont fait ça à cette pauvre gosse, parce qu'ils pourraient bien recommencer. S'en prendre à d'autres filles enceintes, pour leur retirer leurs polichinelles du placard.

    — Parce qu'elle était en cloque ? Putain, c'est dégueulasse.

    — Oui, c'est dégueulasse, Gérard ! Alors, si vous avez vu un truc, il faut me le dire. Vous ne filez pas un tuyau à un poulet. Vous le filez à moi, Julot ! Et je veux coincer ce ou ces tarés.

    Les anciens compagnons de Jules baissèrent les yeux et firent silence. Ils attendirent que Gérard, leur chef, dise quelque chose. Mais Gérard ne dit rien. Au bout de quelques secondes, Lucien redressa la tête. Il défia Gérard du regard et s'adressa à Jules :

    — Qu'est-ce qu'on a à y gagner ?

    — Ma profonde considération. La satisfaction d'avoir aidé la police à mettre des tarés derrière les barreaux. Des tarés qui rôdent dans le quartier et qui pourraient bien s'en prendre à vous aussi. Ils pourraient vous zigouiller la nuit dans vos tentes et vous piquer le peu que vous avez… Et même si je ne peux rien vous promettre aujourd'hui, je vous revaudrai ça quand j'aurai les moyens de le faire. Je vous aiderai à sortir de là, à mon tour.

— Moi, j'ai p't-être vu un truc, reprit Lucien en fixant Gérard pour lui interdire toute objection.

— Oui ? Vas-y, raconte...

Lucien sentit se poser sur lui les regards désapprobateurs de tous ses camarades, mais il décida de les braver et d'aider son ancien compagnon de cloche :

— J'étais à l'angle du boulevard Ornano. J'fouillais les poubelles avant qu'les éboueurs passent. J'ai vu une gamine courir avec deux vieux à ses trousses sur l'autre trottoir.

— Deux vieux ?

— Ouais, un vieux et sa femme. Enfin, j'crois. J'ai pensé qu'c'étaient ses grands-parents. Que la môme s'était barrée d'chez eux et qu'ils voulaient la récupérer. Enfin un truc du genre.

— Tu pourrais me les décrire ?

— Ils avaient p't-être soixante, soixante-cinq ans. Un petit trapu, chauve. Une grande bonne femme, sèche comme un coucou, un fichu sur les cheveux. Habillés comme des ploucs de province. C'est tout ce que j'me rappelle.

— Tu sais quelle heure il était ?

— C'était p't'être quatre ou cinq heures du matin.

— C'est déjà un bon début, merci. Et tu dis qu'ils venaient du boulevard Ornano ?

— Ouais.

Jules demanda si les autres avaient vu quelque chose, mais il comprit à leurs regards qu'aucun d'eux ne prononcerait plus rien. Il les remercia tout de même et prit la direction du terrain vague où le corps de la jeune femme avait été retrouvé.

Chemin faisant, son cœur se brisa : il eut le sentiment de ne plus faire partie d'aucun monde. Il n'était plus flic. Il n'était plus taulard. Il n'était plus SDF. Il n'avait plus de maison, plus de travail... Caroline n'était plus là. Elle lui manquait. Sans elle, sa vie était vide, vaine. Sans son boulot de flic, il se sentait inutile. Comment survivre à tout cela ? Comment remonter la pente ?

Il arriva près de la zone délimitée par les rubans jaunes de la police. Une femme se tenait debout, non loin de l'entrée du terrain vague, le visage enfoui dans ses mains. Secouée de spasmes, elle pleurait toutes les larmes de son corps. Elle était vêtue d'un trench-coat en matière synthétique kaki, comme on en portait dans les années soixante-dix, par-dessus un pantalon couleur corbeau à pattes d'éléphant qui recouvrait des bottines à talons hauts de la même couleur. Elle serrait un sac noir mat en bandoulière sous son bras gauche. Elle sursauta quand il s'approcha.

— Pardon, Madame, je ne voulais pas vous effrayer... Vous êtes de la famille ?

Elle le dévisagea un moment avant de lui adresser la parole :

— Passez votre chemin, Monsieur. Il y a longtemps que je ne crois plus en Dieu... Je ne vais certainement pas me convertir à Jéhovah, ou à qui que ce soit d'autre.

— Non ! Vous n'y êtes pas du tout ! Je suis commiss...

Jules se reprit. Il ne pouvait plus se présenter ainsi. Je m'appelle Jules Lanvin. Je suis un ancien commissaire... à la retraite. J'aide la police sur cette enquête. Vous connaissiez la victime ?

— Ancien commissaire ? Vraiment ?

Ses yeux emplis de larmes balayèrent encore une fois l'homme de la tête aux pieds et eurent beaucoup de mal à le croire. Il semblait si maigre, si fragile. Un peu voûté, il donnait l'impression de porter toute la misère du monde sur ses épaules. Il était loin de l'image qu'elle se faisait d'un commissaire, même à la retraite. Pourtant, une lueur au fond de son regard laissait à penser qu'il disait vrai et qu'il était du genre tenace.

— Oui. Vraiment. Vous connaissiez cette jeune femme ?

— Je n'en sais rien. C'est peut-être... ma fille... ou peut-être pas...

— Peut-être votre fille ? Pourquoi dites-vous cela ?

— Vous travaillez réellement pour la police ? l'interrogea-t-elle d'un œil méfiant. Peut-être était-il un journaliste, ou un tordu qui se complaisait à tourner autour des scènes de crime pour exploiter le chagrin des parents.

— Oui. J'aide un ami, le capitaine Cordis, qui enquête sur cette affaire. Pourquoi pensez-vous que cela pourrait « *peut-être* » être votre fille ?

Toujours sur ses gardes, la femme se laissa néanmoins aller à quelques confidences, l'homme se comportait, a priori, comme un flic.

— Parce qu'elle a disparu il y a deux ans. Je n'ai plus de

nouvelles d'elle, depuis ce jour-là. La police n'a jamais retrouvé sa trace... Cette fille... ici... dans les journaux... ils disaient qu'elle avait entre vingt-cinq et trente ans... qu'elle était brune... un mètre soixante-dix... Cela correspond à ma fille... Je n'en peux plus de ne pas savoir ce qu'il est advenu de mon enfant... C'est une horrible torture de rester dans le flou, de n'avoir aucune information, de ne pas pouvoir faire quoi que ce soit... même pas son deuil. J'ai peur que ce soit elle, et en même temps, j'espère que non... J'espère qu'elle est toujours vivante... quelque part... Elle éclata en sanglots et se retourna pour ne pas montrer tout son désespoir à cet inconnu.

Jules fit un pas vers elle, mais se retint de poser une main sur son épaule. La profonde douleur de cette femme trouva écho en lui. Il repensa à ces longues semaines passées sans nouvelles de Caroline, à la poursuivre à travers l'Amérique latine. Tous ces jours d'angoisse pour finalement la retrouver branchée à des tuyaux, dans un sous-sol lugubre d'un hôpital désaffecté, aux États-Unis, peu de temps avant qu'elle ne succombe à son odieux traitement. Il n'imaginait même pas ce qu'une mère pouvait ressentir sans aucune nouvelle de sa fille, pendant deux ans. Il y avait de quoi devenir folle. Il chercha à l'éloigner de la scène de crime pour pouvoir discuter plus librement avec elle.

— Ne voudriez-vous pas me parler de tout cela au café d'en face, devant un petit remontant ?

Elle se retourna et le foudroya du regard :

— Monsieur, je ne vous permets pas de profiter de mon désespoir pour tenter de me draguer ! Fichez-moi la paix ! Passez votre chemin !

— Loin de moi cette idée ! Au contraire, j'aimerais que vous me racontiez ce qui est arrivé à votre fille. Ce n'est sans doute pas elle qui est morte dans ce terrain vague, mais mon intuition me souffle qu'il pourrait y avoir un rapport... Votre présence, ici, n'est pas fortuite. Votre histoire mérite qu'on l'entende et qu'on s'en occupe. Vous ne croyez pas ?

— Vous êtes certain de ne pas être journaliste ?

— Oui, je vous l'ai dit : je suis vraiment un ancien commissaire à la retraite. Et j'aimerais entendre votre histoire. Si vous voulez bien.

— Vraiment ? Alors pourquoi vos collègues ne font rien depuis deux ans ? Pourquoi ne la cherchent-ils pas ?

— Ce n'est pas simple de retrouver quelqu'un qui a disparu depuis un moment. Parfois, les pistes s'évanouissent dans la nature et l'on n'arrive pas à savoir ce qui s'est passé... Venez... On va s'asseoir derrière un bon cognac, ou un café, et parler de tout cela. J'aimerais vous aider et aider la police à résoudre cette affaire.

Jules pointa le bar de l'autre côté du boulevard. La femme hésita. Elle plongea ses yeux dans le regard triste de Jules et y lit une empathie non feinte. Elle devina une profonde blessure également. Elle accepta finalement de le suivre. Ils entrèrent dans le bistrot et s'installèrent au fond. Le patron vint les voir aussitôt :

— Bonjour Messieurs-Dames, qu'est-ce que je vous... Bon sang ! C'est toi Julot ? Je t'ai à peine reconnu ! Tu es tout beau, tout propre ! Tu es enfin sorti du trou ? Et tes compagnons...

— Euh... Qu'est-ce que vous voulez ? le coupa Jules, en

s'adressant à la femme.

— Un double whisky.

Jules la regarda d'un air étonné. Il ne s'attendait pas à cela, mais elle en avait probablement besoin.

— Didier, un double whisky pour Madame et une Kriek pour moi, s'il te plaît.

— Je vous apporte ça tout de suite.

Jules se pencha vers la femme et lui expliqua qu'il venait de temps en temps ici. Il connaissait bien le patron.

— Alors ? lui demanda-t-il. Racontez-moi... Qui êtes-vous ? Qu'est-ce qui est arrivé à votre fille ?

— Je m'appelle Madeleine... Madeleine Carlier. Ma fille, Lucie, a disparu il y a deux ans de cela, après une soirée chez des amis, dans le quartier Saint-Michel. Elle a pris un taxi pour rentrer chez elle, dans le dix-neuvième, vers une heure du matin. Mais elle n'est jamais arrivée.

— Et le taxi ? la coupa Jules. La police l'a identifié, interrogé ?

— Aucune trace. Évanoui.

— Cela s'est passé quand ?

— Le 7 mai 2016.

— Et depuis, plus aucune nouvelle ?

— Rien. J'ai prévenu la police le lendemain, quand je me suis rendu compte qu'elle n'était pas rentrée chez elle et qu'elle ne m'avait pas donné de nouvelles. Mais les flics m'ont expliqué qu'elle était majeure et qu'elle pouvait avoir passé la nuit chez un petit ami, ou une copine, sans m'avoir avertie. Qu'il ne fallait pas que je m'inquiète... Mais ce n'est pas son genre d'aller quelque part sans me le dire, Monsieur... Monsieur comment déjà ?

— Lanvin. Mais appelez-moi Jules.

— Ce n'est pas du tout son genre, Monsieur Lanvin. Ma fille me tient toujours informée de tout ce qu'elle fait. Elle vit seule et moi aussi. On est... fusionnelles. Deux vraies amies. On se voit et on se parle tout le temps... Enfin, on se voyait... Elle m'aurait envoyé un texto pour me donner des nouvelles, me dire si elle était chez un copain ou une copine pour la nuit. Le dernier SMS que j'ai reçu est celui-ci... Elle sortit son portable de sa poche, chercha le message et le montra à Jules : « *Mamounette, je prends un taxi, je rentre, je te dis quand je suis arrivée chez moi* », le 7 mai 2016 à 1 h 07.

— Pardon d'être indiscret, mais... il y a un Monsieur Carlier ?

— Non. J'ai eu une aventure quand j'avais vingt-deux ans, en 1991, avec un Argentin de passage en France. Il était beau, dragueur, sensuel... Bref, il m'a eue... Une erreur de jeunesse... Lucie est née de cette relation.

— Il n'aurait pas voulu récupérer sa fille, par hasard ?

— Il ne sait même pas qu'elle existe. Il est reparti trois semaines après dans son pays. Lucie est venue au monde neuf mois plus tard. J'étais jeune, paniquée, je ne savais pas comment l'élever, seule, un travail précaire... Mes parents sont décédés alors que j'étais gamine, je n'avais personne. J'ai fait toutes sortes de choses pour payer mon loyer et ses couches... et pas forcément des plus avouables. Je l'ai aimée immédiatement, elle a été mon rayon de soleil, ma bouée de sauvetage. Elle était toujours souriante, toujours de bonne humeur, mignonne. C'est à elle que je me raccrochais quand j'allais mal, quand je n'avais pas le moral. Sans elle, je me serais probablement foutue en l'air. J'ai sacrifié ma vie et ma jeunesse pour elle. Mais je ne regrette rien. Elle a grandi trop vite, comme tous les enfants. Elle a fait des études de pharmacologie. Elle était brillante. J'étais fière d'elle. Elle commençait tout juste à travailler dans un laboratoire... Elle a... Elle aurait vingt-sept ans aujourd'hui...

Le patron apporta les verres au moment où Madeleine s'apprêtait à flancher. Puis il s'en retourna à son comptoir sans dire un mot, sous le regard reconnaissant de Jules.

— Vous en parlez au passé, comme si elle était morte.

— Oui. Car c'est ce qui pourrait lui arriver de « *moins pire* ». Non ? Je n'ose l'imaginer séquestrée dans la cave d'un malade qui abuserait d'elle chaque jour, ou encore faisant le trottoir, ou dans un bordel, à l'autre bout du monde, sans papier, sans possibilité de s'enfuir.

La voix de Madeleine s'étrangla dans un sanglot.

— Je comprends. Qu'êtes-vous venue chercher dans ce terrain vague ?

— Je ne sais pas... Une réponse, une piste... La police ne m'appelle plus. Elle ne me donne plus aucune information. Je ne sais même pas si elle enquête toujours sur sa disparition, ou si elle a classé l'affaire. Il n'y a rien de pire que de ne pas savoir... D'avoir son existence stoppée, suspendue à une histoire inachevée. Certains jours, je me dis qu'elle est en vie et va réapparaître d'un moment à l'autre. Le lendemain, je me dis qu'elle est sans doute enterrée dans une forêt, ou au fond d'une cave, et qu'on ne reverra jamais son corps. Passer ainsi d'un sentiment à l'autre est épuisant. Tant que je ne sais pas ce qu'il lui est arrivé, je ne pourrai jamais connaître la paix... Depuis deux ans, j'épluche tous les journaux, à la recherche d'articles sur des filles de vingt-cinq à trente ans qu'on aurait retrouvées mortes ou vives. Amnésiques, non identifiées... Je conserve toutes les coupures de presse. Je vais sur place, quand la description correspond à Lucie, pour parler aux gendarmes ou aux policiers, pour m'assurer que ce n'est pas elle. Même si c'est à l'autre bout de la France. Cela me rend folle. Mais, en même temps, je ne peux pas m'en empêcher. Je dois savoir. J'ai lu dans Le Parisien que le corps d'une fille avait été trouvé dans ce chantier du tramway. Alors, je suis venue. C'est idiot, parce que je sais que son corps n'est plus là... Je sais que je dois aller voir la police criminelle, mais là je n'en ai plus le courage... Il y a tellement de filles qui disparaissent chaque année en France et qu'on ne retrouve jamais. Et d'autres qu'on retrouve mor...

Elle éclata en sanglots. Jules voulut lui toucher le bras en signe de compassion, mais elle recula. Elle détourna la tête, s'excusa, essuya ses larmes d'un mouchoir en papier tiré d'une de ses poches et but une gorgée de whisky pour faire passer. Jules sirota un peu de sa bière pour lui laisser le temps de se remettre et poursuivit :

— Je connais le capitaine qui enquête sur ce crime. Est-ce que vous voudriez le rencontrer ? Lui raconter votre histoire ? Et... aller reconnaître le corps à la morgue, pour vous assurer que ce n'est pas elle.

Madeleine s'arrêta de respirer. Elle ouvrit de grands yeux

et imagina la scène à la morgue. Puis elle regarda Jules et réalisa que c'était la première fois qu'on lui proposait de reconnaître un corps. Jusqu'à présent, on lui avait seulement montré des photos des autres victimes.

— Elle ou pas, c'est au-dessus de mes forces !

— L'ignorance et le doute vous rongent. Ils vous tuent petit à petit. Vous ne pouvez pas rester ainsi. Vous devez aller de l'avant.

— J'ai très peur de découvrir que c'est bien elle, cette fois. Il y a toujours une petite flamme d'espoir qui brûle au fond de moi... Je ne peux pas me résoudre à croire que mon unique enfant est... morte ! Que cette flamme s'éteigne. Vous comprenez ?

— Je comprends très bien. Mais vous êtes coincée entre deux sentiments : l'espoir de la revoir vivante et l'angoisse de devoir l'enterrer. Vous devez sortir de cet enfer. Cette reconnaissance à la morgue ne changera sans doute rien, si ce n'est pas elle... Dans le cas contraire, ça sera très dur, mais vous aurez avancé dans votre deuil.

— Vous n'auriez pas des photos, plutôt ?

— Non. Désolé. J'aide mes collègues, mais je n'ai pas accès au dossier.

— Si c'est elle, ils vont me contacter ! Non ?

— Peut-être... ou pas. S'ils n'arrivent pas à l'identifier, elle viendra compléter la longue liste des corps retrouvés sans identité. Dans ce cas, les proches ne sont jamais informés puisqu'on ne sait pas qui est la personne décédée.

— Je peux vous poser une question ?

— Oui.

— Pourquoi tenez-vous tant à m'aider ? À me tirer de cet état ?

— Ma femme a disparu, il y a longtemps. Elle a voulu mettre de la distance entre nous pour réfléchir. Mais, alors qu'elle est partie chez sa cousine en Argentine, elle a été enlevée par des trafiquants. J'ai vécu ce que vous vivez : l'enfer de ne pas savoir, de tourner en rond, de me sentir impuissant. En tant que flic français, je n'avais aucune autorité pour aller mener une enquête là-bas. Et je me doutais que la police locale ne ferait rien... car des femmes qui disparaissaient, dans ce pays, il y en a des centaines par mois. Mais, aussi parce que j'étais flic, je me suis lancé à sa poursuite, moi-même. Le capitaine Cordis, dont je vous ai parlé, a pris des vacances pour m'accompagner. Partir à sa recherche m'a permis de supporter l'angoisse, en me mettant en action. Cela m'a évité de devenir fou. Je l'ai finalement retrouvée. Malheureusement, peu de temps avant qu'elle ne décède, dans d'abominables circonstances. J'ai passé, ensuite, quatre longues années en enfer. Je me suis reproché, et je me reproche toujours, sa mort. Elle me hante. Je n'aurais pas dû la laisser seule... C'est ma faute ! Et il faut que je l'expie... Le capitaine Cordis m'a découvert, il y a peu de temps, au fond du trou. Il m'a tendu la main, accueilli chez lui... Alors, j'ai décidé de l'aider sur cette enquête pour le remercier de ce qu'il a fait pour moi. Et aussi pour m'occuper l'esprit, sinon je vais péter un câble à tourner en rond... Je n'ai jamais eu d'enfant, je ne pouvais pas. J'imagine à peine la douleur qui peut être la vôtre. Je vous sens prisonnière de ce drame, comme moi du mien. J'ai envie de faire quelque chose pour vous parce que c'est dans mes cordes, parce que j'ai été flic toute ma vie et que je ne sais faire que ça, parce que c'est mon rôle, dans cette société, de retrouver des gens, d'élucider des meurtres, d'enfermer des criminels. Et puis…. Je me dis que cela va peut-être m'aider, moi-même… M'aider à remonter la pente, à arrêter de m'en vouloir, en faisant quelque chose de bien pour quelqu'un d'autre… Je n'ai rien d'autre à faire et j'ai besoin de m'occuper à quelque chose de positif… pour reprendre confiance, en moi, en la vie… Vous comprenez ?

Madeleine écouta religieusement Jules évoquer maladroitement son passé, ses souffrances et ses remords, en faisant tourner nerveusement son verre de bière sur la table du bout de ses doigts. Elle tenta de capter son regard fuyant pour plonger au cœur de sa douleur et juger de son honnêteté. Il semblait sincère, réellement meurtri, et désireux de se racheter. Perdu dans un monde où plus rien ne le retenait, il était pourtant toujours debout, luttant pour s'en sortir, la flamme d'un espoir inexpugnable brûlant au fond de lui et le faisant aller de l'avant, malgré le fardeau qu'il transportait. Il lui ressemblait beaucoup, sur ce point. Elle le laissa finir son récit et lui demanda à brûle-pourpoint :

— Vous étiez un bon flic, avant ?

Jules sembla surpris et sourit à cette question :

— Je ne sais pas. Vu mes erreurs, j'en doute aujourd'hui. Mais en tout cas, c'est ce que disaient mes supérieurs et mon équipe à l'époque. Est-ce que cela a de l'importance ?

— Et si je vous embauchais pour découvrir ce qui est arrivé à ma fille ?

— Vous voulez que je sois… votre détective privé ?

— Oui. Pourquoi pas ?

— Je ne peux pas. Je n'ai pas de licence. Il faut une licence pour exercer... suivre une formation... et avoir un casier vierge... J'ai dérapé en cherchant à sauver ma femme, j'ai été condamné...

— Au diable la licence et votre casier ! J'ai uniquement besoin de votre esprit d'enquêteur et de votre persévérance. Vous êtes bien persévérant, n'est-ce pas ? Vous ne pouvez pas renier cette qualité qui est en vous. Vous ne lâchez jamais rien. Je le sens. C'est ce qu'il me faut : un pitbull. Quelqu'un qui n'abandonnera pas. Pas avant de tout savoir... Vous prendriez combien pour enquêter pour moi ?

— Je n'en ai aucune idée... Et puis non ! Je ne fais pas cela pour l'argent, voyons... J'ai besoin de...

— de reprendre du service, de vous sentir utile, d'arrêter de tourner en rond et de broyer du noir. De trouver un boulot et un appartement, aussi. J'ai compris... Et vous avez besoin d'argent... Vous ne pouvez pas rester indéfiniment chez vos amis. Je peux vous payer deux mille euros par mois. Mais il ne faudrait pas que votre enquête dure plus de dix mois... C'est tout ce que j'ai en économies sur un livret. Vous pensez qu'en moins d'un an vous pourrez trouver ce qui est arrivé à ma fille ?

— Madeleine, je ne vais pas vous mentir : cela sera compliqué. Cela fait deux ans qu'elle a disparu et la police n'a pas vraiment fouillé, si j'ai bien compris. Il doit y avoir peu d'éléments dans le dossier. Les témoins auront leur mémoire altérée, déformée par le temps qui est passé et ce qu'ils auront lu dans la presse, ou entendu des policiers. Ils ne seront plus fiables.

— Six mois, alors ! Vous enquêtez pour moi pendant six

mois ! Ça sera toujours deux fois plus que ce que vos collègues ont fait jusqu'à présent ! Je veux savoir ce qui est arrivé à ma fille ! Et je ne peux compter sur personne... à part vous, peut-être.

— Vous attendez de moi des résultats... et je ne peux pas vous garantir que j'en aurai.

— S'il vous plaît ! Madeleine se saisit des mains de Jules sur la table, et les serra fort entre les siennes. Les larmes lui montèrent aux yeux : je ne dors plus depuis deux ans. Je lis tous les articles de presse qui parlent de disparitions mystérieuses... Lucie est peut-être toujours en vie, détenue contre son gré, quelque part en France ou bien ailleurs. Mais qu'elle soit morte ou vive, j'ai besoin de savoir où elle est, ce qu'il lui est arrivé... Si quelqu'un lui fait ou lui a fait du mal... Et pourquoi ? Il faut que cette personne paie ! La faire condamner m'aidera peut-être à apaiser ma colère et ma douleur, à comprendre. Seule, je ne peux rien. Travaillez pour moi, s'il vous plaît ! Ou bien travaillez pour la vérité et la justice... si vous préférez.

Ces derniers mots trouvèrent écho en lui. Jules fut cependant troublé par les mains chaudes de Madeleine qui enserraient les siennes avec insistance et par ses yeux qui laissaient désormais s'écouler tout son désespoir, jusqu'alors contenu. Jouait-elle la comédie pour l'amadouer ? L'idée lui traversa l'esprit, mais il se ravisa. Elle semblait vraiment affligée. Il hésita. Son esprit était perturbé par le contact de ses mains sur les siennes. Il n'arrivait plus à réfléchir. Madeleine avait pénétré sa sphère intime et avait fait disparaître la distance qui les séparait d'un geste naturel et spontané. Il ne semblait y avoir aucun calcul de sa part. Ce contact, aussi agréable soit-il, le mettait mal à l'aise. Il chercha un moyen de soustraire ses mains. Peut-être, prétexter un besoin urgent d'aller aux toilettes ? Non, trop grossier. Au lieu de cela, il ne fit rien et resta pétrifié. Mais il avait la déplaisante impression que Caroline le jugeait sévèrement en cet instant et accablait cette femme d'une tonne de muets reproches.

Étrangement, son malaise s'estompa au bout de quelques secondes. Il accepta ce contact, quoi qu'en pense Caroline. Les mains de Madeleine eurent même un effet inattendu sur lui : elles l'apaisèrent. Elles lui procurèrent un réconfort et une énergie qu'il n'avait pas ressentie depuis longtemps. Il dut le reconnaître : elles l'avaient eu. Il était coincé. Il ne se sentait plus le courage de dire non à Madeleine, quand bien même le contrat qu'elle voulait conclure avec lui l'embarrassait au plus haut point. Car l'argent avec lequel elle désirait le payer exigeait de lui un résultat. Et il ne pouvait pas le lui garantir. Il avait le sentiment de voler cette femme en lui promettant de trouver ce qui était arrivé à sa fille. Rien n'était moins sûr. Cet argent, c'est vrai, il en avait bien besoin. Pour dédommager Pascal et Justine, pour ne pas peser sur leurs revenus, pour s'acheter des vêtements, pouvoir passer des entretiens, tenter de reprendre une vie normale.

— OK pour mille cinq cents, par mois, s'entendit-il dire enfin, en retirant ses mains. Mais je ne peux pas vous garantir un résultat. On fera le point au bout de huit semaines et j'arrêterai si je ne trouve rien. D'accord ?

Madeleine exprima tant de gratitude à son égard, que Jules se sentit pitoyable de ne pouvoir lui offrir qu'un pâle sourire embarrassé en retour. Il savait qu'elle attendait beaucoup de lui et n'était pas certain d'être à la hauteur de cet espoir.

Madeleine passa rapidement ses index sous ses paupières pour essuyer les larmes qui avaient coulé et le regarda avec reconnaissance, tout en se sentant un peu gênée de s'être ainsi laissée aller devant quelqu'un qu'elle connaissait à peine. Un long silence embarrassé s'installa alors entre eux. Jules tira quelques euros, que Pascal lui avait donnés, de sa poche pour régler les boissons. Madeleine lui bloqua aussitôt la main et sortit de la monnaie de son sac pour payer à sa place.

— Je commence à couvrir vos frais divers, Détective Lanvin, sourit-elle avec un visible contentement. Je vais d'ailleurs vous faire un chèque de trois mille euros. Cela prendra en compte les deux premiers mois.

Jules se sentit vraiment très confus lorsqu'elle sortit son carnet de chèques et son stylo. C'était la première fois qu'une femme le payait. Et il hésita longuement à saisir le bout de papier qu'elle lui tendit ensuite. Il chercha des excuses, lui dit qu'ils « *verraient cela après la reconnaissance du corps à la morgue* », mais elle insista. Quelle que soit l'issue de cette reconnaissance, elle voulait savoir ce qui était arrivé à Lucie. Il accepta et glissa le chèque dans sa poche. Il se demanda ce qu'il allait en faire, car, sans sa carte d'identité, il n'avait plus accès à son compte courant. Pascal pourrait sans doute l'encaisser et lui donner du liquide en échange. Avec cet argent, il allait en premier lieu acheter un portable pour être joint et tenir Madeleine informée de sa progression, puis des vêtements.

Cela allait prendre du temps pour remettre sa vie en route, mais il avait désormais une puissante motivation pour s'y atteler.

— Êtes-vous prête à aller reconnaître le corps à la morgue ?

Madeleine serra les dents et plissa les yeux pour retenir son émotion. Elle hocha la tête :

— Il faut que je sache, n'est-ce pas ?

— Et la police aussi.

— Oui, alors », accepta-t-elle d'une voix nouée.

LÉA

Date inconnue, lieu non identifié

Léa s'éveilla dans l'obscurité la plus totale. Elle crut un instant avoir perdu la vue, mais se ravisa en percevant une infime pâleur au loin, en direction de ses pieds. Des bruits lointains de pleurs et de gémissements lui parvenaient de cette même direction, étouffés à travers des parois et des portes épaisses. La pièce, dans laquelle elle se trouvait, exhalait l'humidité et le salpêtre. Le matelas sur lequel elle était allongée puait le moisi. Il était si fin qu'elle sentait chaque ressort du sommier à travers. Elle aventura une main hors de son lit et rencontra immédiatement un mur de pierre suintant sur sa droite. Elle frissonna. Sous sa couverture, elle était bien au chaud, mais en dehors tout était glacé. Elle remit aussitôt son bras sous les draps.

La première question qui lui vint fut « *Où suis-je ?* ». Mais très vite, la seconde la chassa : « *Qu'est-ce qu'il nous a fait cet enfoiré ?* » Elle tâta son corps de ses mains angoissées, explora chacune de ses courbes et de ses plis à la recherche d'une cicatrice ou d'un pansement. Rien. Elle était nue sous une mince chemise de nuit qui ne la couvrait que jusqu'aux genoux. Son bas ventre la brûlait. Elle avait la sensation que quelque chose était encore en elle. Elle toucha sa vulve. Elle était gonflée et sensible. « *J'ai été droguée et violée ?* » La panique s'empara d'elle. Elle ne put réprimer des tremblements de stress. Elle était sûrement prisonnière dans le sous-sol de Julien. C'était un détraqué qui enlevait des filles pour des jeux pervers... peut-être pour des vidéos pornos extrêmes, où on les faisait crier et saigner devant la caméra. Était-il un nouveau Dutroux[24] ? Qu'était devenue Cassandre ?

Elle tenta de contrôler son angoisse et de se raisonner. Il y avait peut-être un moyen de s'enfuir de là. Il fallait juste attendre l'occasion. Ses yeux s'accoutumèrent lentement à l'obscurité. Elle distingua plus nettement cette pâle lueur rouge qui rasait le sol et semblait émaner de sous une porte. Elle écarta les draps et se leva. Elle sentit immédiatement la morsure du froid sous sa chemise de nuit.

Elle frissonna jusque dans sa nuque quand ses pieds se posèrent sur la terre battue, humide et glaciale. Affaiblie et frigorifiée, elle se redressa péniblement et progressa lentement dans l'obscurité en direction du mince filet de lumière, tout en gardant une main sur le bord du lit pour se guider. Lorsque celui-ci s'arrêta, la lueur était encore à bonne distance. Elle se mit à quatre pattes et chemina jusqu'à la

---

[24] Affaire criminelle en Belgique, en 1996, au retentissement mondial, ayant pour protagoniste Marc Dutroux, condamné pour viols et meurtres sur des fillettes et des adolescentes, ainsi que pour des activités relevant de la pédophilie (Wikipédia).

lumière. Sa tête heurta la première le bois rugueux d'une porte épaisse. Elle l'explora à tâtons en se relevant. Aucune serrure ne dépassait de son côté. Elle colla une oreille contre le bois et écouta les bruits à l'extérieur : des plaintes, des pleurs et des gémissements de filles. Elles étaient plusieurs dans ce lieu.

Cela ne la rassura pas vraiment. Que faisaient-elles toutes ici ? Étaient-elles prisonnières d'un réseau de traite des blanches ? Léa fit un effort pour se remémorer la nuit avec Cassandre et Julien. Elle était tombée comme une masse après avoir bu le verre de Coca. C'était sûrement ainsi qu'il les avait droguées et enlevées. Cassandre était-elle dans une cellule identique à la sienne ? Elle hurla son prénom à travers la porte et colla son oreille contre le bois. Elle entendit une voix faible lui répondre « Léa ? » Soudain, une lumière aveuglante provenant du plafond déchira l'obscurité. Elle ferma les paupières.

— SILENCE ! rugit une femme dans le couloir. Ou je vous fais fouetter jusqu'au sang ! Approchez-vous des portes, nous allons passer vous donner votre petit-déjeuner !

Léa rouvrit enfin les yeux et se retourna pour découvrir sa cellule : c'était une pièce tout en longueur et voûtée, dont les pierres suintaient l'eau et le salpêtre. Le sol, probablement en argile, était dur et luisant par endroits. Il y avait quelques petites flaques par-ci par-là. Aucune fenêtre. Juste une mince fente de la taille d'une boîte à chaussure, tout en haut, au fond, sur la paroi opposée. De là descendait un air froid, chargé d'humidité et des senteurs d'une forêt. Comme mobilier, elle avait un lit plaqué contre le mur de gauche et une commode, à droite, sur laquelle étaient posés une vasque en métal laqué ébréchée, un broc du même style et un rouleau de papier toilette. Un pot de chambre fermé par un couvercle trônait dans un coin de la pièce.

Le bruit d'un loqueteau qu'on tire la fit sursauter. Une ouverture se dessina dans le bas de la porte et un plateau glissa sur le sol. Léa resta pétrifiée.

— Bon, alors tu le prends ? s'impatienta la femme de l'autre côté. Sinon je le retire.

Léa s'empara du plateau et s'accroupit pour tenter d'apercevoir la femme par l'ouverture. Elle ne put voir que ses chaussures vernies et le début de ses jambes avant qu'elle ne referme la trappe et ne recommence avec la cellule suivante. Combien y avait-il de prisonnières ? Se demanda-t-elle. Elle compta le nombre de passe-plats qui s'ouvrirent et se refermèrent. Il lui sembla qu'elles étaient deux à distribuer les petits-déjeuners. Sans doute une de chaque côté du couloir. De ce fait, elle eut du mal à discerner le chiffre exact de plateaux qui furent distribués. Il lui sembla en entendre dix ou douze.

Elle déposa le plateau sur le bord de son lit, s'assit en glissant un oreiller entre la tête de lit en fer et son dos puis tira les draps vers elle pour se remettre au chaud. Elle ramena ensuite le plateau vers elle. Il y avait du pain en quantité, du beurre, de la confiture, un bol de café au lait fumant, un couteau et une petite cuillère en plastique. Visiblement, ses ravisseurs ne voulaient pas qu'elle dépérisse. Peut-être projetaient-ils de la rendre à sa famille contre une rançon ? Ou de la vendre à des esclavagistes, des proxénètes ? Les pensées filaient à toute allure dans sa tête. Il fallait qu'elle trouve un moyen de s'échapper de là. Elle imaginait que de temps à autre ils sortaient les filles de leurs cellules pour leur faire prendre l'air ou bien une douche. Peut-être qu'à ce moment-là une évasion était possible ? La nourriture calma un instant ses angoisses et emplit son ventre affamé. Depuis combien de temps n'avait-elle pas mangé ? Elle ne sut le dire.

Une demi-heure plus tard, le passe-plat, au bas de la porte, s'ouvrit à nouveau :

— Plateau ! Vite !

Léa se leva et apporta docilement le plateau vidé de son contenu. Elle le glissa sous la porte. La femme le prit et tendit derechef la main dans l'ouverture :

— Le couteau et la cuillère aussi !

De mauvaise grâce, Léa retourna à son lit et les tira de sous son oreiller.

— Plus vite que ça ! », hurla la femme dans l'ouverture.

Elle se dépêcha et lui remit les couverts en main propre.

— Tu refais ça demain et tu auras vingt coups de fouet, nue, devant tes camarades. Compris ?

Le passe-plat se referma d'un coup sec et le loqueteau grinça immédiatement après.

Léa retourna aussitôt dans son lit et se blottit sous la couverture. Elle y sanglota en silence pour que ses geôliers n'aient pas le plaisir de l'entendre craquer. Puis elle sécha ses larmes et se jura de tout tenter pour s'enfuir à la première occasion. Même si elle devait y laisser sa peau. Plutôt mourir que de croupir ici.

Vingt minutes s'écoulèrent. Les verrous grincèrent à nouveau et la porte s'ouvrit entièrement, cette fois. Une femme, à l'allure d'un sergent de la SS, pénétra dans sa cellule avec une pile de vêtements dans ses bras. La porte se referma immédiatement derrière elle. Léa l'observa depuis son lit : elle devait faire deux têtes de plus qu'elle. Elle avait un visage porcin, un corps d'athlète russe stéroïdé et l'air d'un soldat avec son tailleur kaki improbable.

— Mets ça ! lui dit-elle en lançant le paquet sur son lit. Puis, voyant qu'elle ne bougeait pas : *Schnell* ! Plus vite que ça ! hurla-t-elle.

Léa se leva d'un coup et prit les vêtements. Elle les examina rapidement. Il y avait des chaussettes, une culotte, un t-shirt, un pull, un pantalon de jogging fermé par une cordelette et deux savates.

— Allons, dépêche ! Enfile ça ! Je n'ai pas toute la matinée !

Honteuse et résignée, Léa tira sa robe de chambre par la tête et exposa son corps nu au regard de la femme. Elle s'empressa de revêtir la culotte et les chaussettes. Puis elle mit le t-shirt, le jogging et enfin le pull trop ample pour elle. La « SS » s'approcha d'elle et lui renversa un sac de jute sur la tête. Puis elle lui empoigna le bras d'une manière autoritaire :

— Tu viens avec moi ! Si tu soulèves ce sac pour regarder dehors, tu seras fouettée cinquante fois. Compris ?

Léa entendit la porte s'ouvrir et fut tirée sans ménagement vers l'extérieur. À travers les rares trous de la toile du sac, elle aperçut un couloir longé de nombreuses autres portes comme la sienne. Devant elle, la femme la tractait par le bras à bonne allure. De sa main libre, elle essaya de relever légèrement un bord du sac pour mieux voir, mais elle fut arrêtée par un coup de cravache assené dans son dos. Elle poussa un cri de surprise et de douleur. Derrière elle, une personne qu'elle n'avait pas entendue jusque-là fermait la marche et la surveillait. Devant, la « SS » tira d'un coup sec son bras et lui dit sans se retourner :

— Dernier avertissement, jeune fille ! Après, c'est cinquante coups de fouet qui lacéreront ta peau tendre de pucelle. Tu garderas des cicatrices à vie dans ton dos. Ça sera laid à la plage. Alors, réfléchis bien avant de faire une bêtise.

Léa se tint à carreau. Elle monta les marches d'un escalier à vis en pierre en titubant parfois et franchit une porte qui se referma derrière elle. À l'étage, la clarté était aveuglante, en comparaison avec la cave où elle était enfermée. Elle émanait de tubes fluorescents au plafond. Le sol, recouvert d'une peinture vert clair, et les murs d'une blancheur éclatante, brillaient et renvoyaient toute leur lumière. Elle put ainsi distinguer, à travers les trous de son sac, un long corridor bordé de portes numérotées, chacune avec un hublot. La femme la tira jusqu'à la numéro trois puis la poussa dans une salle de couleur rose avant de refermer à clé derrière elle.

Léa ôta timidement le sac de sa tête et prit peur en découvrant le fauteuil d'auscultation planté au centre de la pièce. Ses bras et ses étriers portaient des sangles élimées et tachées. Un vague souvenir lui revint d'un rêve dans lequel elle était attachée à ce fauteuil. Était-ce alors un rêve ? Dans les vitrines autour d'elle, des instruments terrifiants, en acier et en verre, attendaient patiemment d'être utilisés par des tortionnaires sadiques. Léa y reconnut des spéculums, des pipettes, des boîtes de compresses, des pinces, aiguilles, seringues, scalpels, ciseaux, écarteurs, et d'autres dont elle ne connaissait pas l'usage, mais qui étaient sinistres. Elle vit des flacons aux noms latins étranges contenant des liquides transparents ou colorés.

Paniquée, elle se précipita vers la porte de sortie, mais se trouva dans l'impossibilité de l'ouvrir. Au fond de la pièce, une serrure émit des cliquetis angoissants. Deux femmes en blouse blanche et chapeau d'infirmière apparurent. Elles se saisirent immédiatement d'elle et la maintinrent immobile. Un homme grand, mince, aux yeux gris et au visage couvert d'un masque de chirurgien, fit son entrée. Il s'avança vers elle avec une seringue à la main. Léa se débattit, tenta de se soustraire à la contrainte des deux femmes, mais n'y réussit pas. Elles la plaquèrent contre la porte. L'homme s'approcha et, le plus calmement du monde, lui maintint la tête contre le hublot pour la piquer dans le cou.

Elle sentit immédiatement le liquide glacial se répandre dans ses veines. Ses jambes défaillirent et tous ses muscles se relâchèrent. Son esprit s'embruma et ses paupières se fermèrent à demi. Sans volonté, sans force, elle se laissa faire par les deux femmes qui lui ôtèrent son pantalon et sa culotte avant de la hisser avec l'aide de l'homme sur le fauteuil d'auscultation. Elles posèrent ses mollets sur les étriers et les attachèrent avec les sangles. Elles firent de même avec ses bras pendant que celui qui avait l'allure d'un chirurgien enfilait une blouse verte et des lunettes avec de grosses loupes. Il appuya plusieurs fois sur une pédale au sol pour monter tout le fauteuil.

Dans la pièce à côté, une jeune femme hurlait. Le cœur de

LÉA

Léa s'emballa. Qu'allaient-ils lui faire ? Allaient-ils la torturer, elle aussi ? Où était-elle tombée ? Dans une clinique de l'horreur ? Que faisaient tous ces gens ? Des expériences sur des femmes ? Le chirurgien enfila ses gants en latex tranquillement. La femme continuait de hurler à côté. Léa essaya de garder les yeux ouverts et toute sa conscience en alerte pour savoir ce qu'ils allaient lui faire. Elle avait peur, elle voulait crier, mais son corps ne réagissait plus, sa bouche ne s'ouvrait même pas. C'était comme dans un cauchemar. Seul son cœur battait à tout rompre dans sa poitrine et son cerveau tournait à toute vitesse, la plongeant dans un état de panique totale. Une infirmière glissa un tabouret à roulette au pied du fauteuil et le médecin s'assit dessus, entre les cuisses de Léa.

De l'autre côté du mur, la jeune femme poussa un nouveau cri. Léa lutta pour garder les yeux ouverts, mais ceux-ci se fermèrent petit à petit. Elle sentit un voile envelopper doucement son esprit. La pièce s'obscurcit. Ses sensations s'émoussèrent. Les cris de la femme se muèrent en vagissements, rapprochés et courts, plus stridents. Léa sombra dans un profond sommeil alors que quelque chose de glacé entrait dans son vagin.

SIXIÈME SANG

PASCAL

Mercredi 4 avril 2018, 10 h 10, Paris.

Encore un jour de pluie. Le ciel ne savait-il donc plus offrir autre chose aux Parisiens que de la grisaille et du désespoir ? La couche de nuage était si épaisse et si sombre qu'on aurait pu se croire en novembre. Madeleine attendait depuis dix minutes à l'entrée de service de l'Institut Médico-Légal de Paris et son moral était au plus bas lorsque Jules apparut et la rejoignit en courant. Elle tendit son parapluie pour qu'il vienne s'y abriter.

— Bonjour, Madeleine. Désolé de mon retard, le métro s'est arrêté longuement à la station précédente. Vous allez bien ?

— Très moyen.

Jules lui sourit avec compassion. Il savait quel était son état d'esprit, en cet instant, rien qu'en voyant son regard qui fuyait vers l'horizon. Il avait observé ce regard des centaines de fois alors qu'il emmenait des familles identifier des proches. Tous auraient préféré être ailleurs, plutôt qu'ici. Tous contemplaient la vie qui palpitait au loin dans la ville, avant de se retrouver confrontés à la mort de leur proche, sous sa forme la plus cruelle : l'assassinat. Leur histoire était sur pause, en attendant ce face-à-face. Madeleine cherchait inconsciemment une échappatoire. Elle redoutait le moment où elle devrait examiner le visage endormi de sa fille, figé dans un voyage éternel. Si la présence de Jules lui procurait un peu de courage, elle pressentait que toute son existence allait basculer dans quelques minutes. Impossible d'y échapper.

À quelques mètres au-dessus d'eux, un métro crissa dans le raide virage de son tracé qui contournait l'IML[25]. Il les ramena à l'instant présent. En attendant Pascal, Jules tenta de rassurer Madeleine sur le déroulement de cette reconnaissance, bien que lui-même redoutât ce moment. Il détestait les cadavres. Leur flaccidité, leur pâleur, leur sommeil infini, tout cela lui rappelait qu'il n'était fait que de chair et de sang, lui aussi, et qu'une fois son énergie vitale envolée, son enveloppe commencerait sa rapide putréfaction. Et puis, particulièrement aujourd'hui, cela le remettait face au corps de Caroline, sur son lit au milieu des autres morts-vivants, dans ce sous-sol d'hôpital désaffecté, maintenu artificiellement en vie pour des expérimentations médicales abjectes.

Pascal Cordis apparut dans l'encadrement de la porte cochère derrière eux. Il s'excusa de les faire entrer par l'arrière du bâtiment, mais cette confrontation était officieuse

---

[25] Institut Médico-Légal de Paris, le long du quai de la Rapée.

et il ne voulait pas que quelqu'un, ou qu'une caméra dans le hall, n'enregistre leur passage. Il les conduisit au niveau inférieur dans une pièce vide entourée de chaises. Jules invita Madeleine à s'asseoir dans un coin, mais elle refusa. Pascal sortit et revint, quelques minutes plus tard, accompagné d'un médecin qui poussait un chariot recouvert d'un drap blanc. Ce dernier le plaça au centre de la salle et patienta près de la tête.

Madeleine se mit à trembler de tous ses membres. Ses forces l'abandonnèrent. Jules comprit immédiatement ce qui se passait et la soutint par les épaules en la serrant contre lui. Il attendit qu'elle lui fasse un petit signe pour la conduire devant la table. Il essaya de lui donner du courage en lui répétant qu'il fallait qu'elle confirme, ou pas, l'identité de cette jeune fille, que c'était important.

Même si elle hochait la tête en avançant, elle n'écoutait plus vraiment ce qu'il disait. Ses yeux étaient rivés sur la silhouette recouverte du linceul. Elle entendait son sang bourdonner dans ses oreilles.

Pascal se rapprocha d'eux. Il allait signifier au médecin de soulever le drap quand il vit Madeleine défaillir et se ravisa. Celle-ci s'appuya un court instant sur le bord de la table et en éprouva sa température : elle était glacée. Le choc la sortit de son état d'appréhension incontrôlée. Elle ferma les paupières et respira profondément. Elle prit son courage à deux mains et fit un petit signe. L'homme en blouse blanche découvrit alors la tête de la jeune femme.

Jules serra fort la main de Madeleine et lui dit qu'elle pourrait regarder quand elle serait prête. Elle inspira deux fois à pleins poumons, puis ouvrit les yeux d'un coup. Elle observa, horrifiée, le visage sans vie devant elle, puis referma les yeux aussitôt. Elle défaillit. Jules empoigna fermement Madeleine à la taille et la conduisit jusqu'à une chaise. Il l'aida à s'asseoir et prit place à côté d'elle. Il tira un mouchoir en papier d'un paquet de sa poche, pendant que Pascal demandait au médecin de recouvrir le corps et de rester encore une minute. Il alla les rejoindre près du mur. Madeleine était secouée de spasmes et de sanglots. Elle ne pouvait s'exprimer. Ils lui laissèrent quelques instants, le temps de se reprendre, d'essuyer ses larmes et de se moucher. Le choc avait été rude. Jules se pencha pour capter son regard. Elle secoua la tête :

— Ce n'est pas elle... C'est Éva Merlotto. La copine qui fêtait son anniversaire... chez qui elle est allée, le soir de sa disparition.

Pascal sortit un carnet de sa poche et nota le nom.

— Sa copine a également disparu ? l'interrogea Jules.

— Je n'en savais rien. Je n'ai pas revu ses amies depuis la disparition de Lucie. Je connaissais Éva parce qu'elle et Lucie étaient amies, depuis le lycée. Elles ont fait des facs différentes, mais elles ont toujours gardé le contact.

— Vous sauriez où habitent les parents d'Éva ? demanda Pascal.

— Rue Danton, entre Saint-Michel et Odéon. Quatre-vingt-treize ou quatre-vingt-quinze, je ne sais plus exactement. Les parents avaient laissé l'appartement à leur fille, le week-end, pour qu'elle fête son anniversaire.

— On va vérifier ça. Jules la rassura : il y a une chance, Madeleine, une toute petite chance pour que Lucie soit encore en vie, quelque part. Il faut vous accrocher à cet espoir. On va la retrouver.

— Qu'est-ce qui est arrivé à Éva ? Pourquoi est-elle morte ? Est-ce que ça a un rapport avec Lucie ?

Jules fixa Pascal pour lui intimer de ne pas trop en dire. Ce dernier fit un imperceptible mouvement de menton pour lui demander de raconter lui-même.

— Il semble qu'elle ait été poursuivie par deux personnes, très tôt, dans les rues de Paris, et qu'elle ait cherché à fuir en traversant un chantier. Ils l'ont rattrapée et tuée. On n'en sait pas plus pour l'instant, lui confia Jules.

— Pourquoi ? D'où s'est-elle enfuie ? Est-ce que ma fille était avec elle ?

Madeleine imagina Lucie retenue quelque part contre sa volonté, dans un endroit d'où s'était échappée Éva. Elle interrogea Jules du regard. Ce dernier secoua la tête.

Pascal laissa un instant Jules en compagnie de Madeleine et retourna parler avec le médecin :

— Vous avez des nouvelles des prélèvements d'ADN ?

— Non, le laboratoire n'a pas encore traité les échantillons. Ils sont débordés, mais cela devrait arriver, dans un jour ou deux.

— OK, merci. Vous pouvez remporter le corps en chambre froide.

Le légiste empoigna la table et la poussa vers la sortie. Pascal retourna vers Madeleine et aida Jules à la relever. Ensemble, ils emboîtèrent le pas au médecin.

— Repassez par-derrière, comme vous êtes entrés. Leur demanda-t-il. Puis, s'adressant à Madeleine : Il va falloir qu'on fasse les choses dans les règles et dans l'ordre, Madame. Vous viendrez me voir au 36, demain matin, et vous me parlerez de la disparition de votre fille, ainsi que de votre questionnement vis-à-vis de cette victime. Ensuite, on reviendra ici officiellement pour enregistrer votre reconnaissance... Autrement je ne pourrai pas expliquer comment j'ai trouvé le nom de cette fille, ni même essayer de relier les deux dossiers, si jamais il y a un lien. Vous comprenez ?

Madeleine hocha la tête.

— OK, Pascal, on va faire comme ça, répondit Jules. En attendant, je raccompagne Madeleine chez elle et je te retrouve rue Danton.

— Jules, je te remercie de vouloir m'aider, mais c'est *mon* affaire. C'est à moi de la conduire... et seul. Déjà, si Hardouin apprend que je bosse dessus, à la demande de la Proc', il va péter un câble. Si en plus il découvre que tu m'assistes, il va me tuer... Puis me coller sur des dossiers de chats et de chiens disparus... Tu vois l'idée ? Laisse-moi faire ça à ma manière ! S'il te plaît.

— Madeleine m'a engagé pour retrouver sa fille.

— Je sais. Tu me l'as dit. Et c'est parce que nous sommes amis que je suis prêt à t'aider. Mais n'inverse pas les rôles. Tu n'es plus mon chef et je n'ai pas besoin d'un détective privé dans mes pattes.

— C'est quand même grâce à Madeleine que l'on a le nom de cette fille. Et grâce à moi que l'on sait qu'elle a été poursuivie par deux vieux.

— Oui et je vous en remercie tous les deux. Mais reste

en dehors de tout ça, s'il te plaît. Je ne voudrais pas avoir à te coffrer pour obstruction à l'enquête ou, pire, comme principal suspect, à la demande de *qui-tu-sais*.

— Ne t'inquiète pas, Pascal, je ne te mettrai pas dans une situation délicate. Je serai discret. Mais je continuerai de chercher dans mon coin, en parallèle de toi. Je te tiendrai au courant si je trouve des éléments, bien évidemment.

Pascal hocha la tête et quitta la pièce. Jules conduisit Madeleine vers la sortie en la serrant par l'épaule. Ils repassèrent par l'arrière de la morgue avant de remonter sur les quais de Seine. Elle semblait hagarde, comme perdue au beau milieu d'une tempête d'émotions qui la secouait de l'intérieur. Jules proposa de la raccompagner chez elle. Elle accepta d'un « *Merci* » absent.

Mercredi 4 avril 2018, 18 h 56, Paris

Lorsque le capitaine Cordis arriva devant le 95, rue Danton. Jules était déjà au pied de l'immeuble à l'attendre.

— Putain, Jules, tu fais chier ! Tu es…

— … un connard entêté ? Oui, je sais. Mais ce n'est pas nouveau ! ricana Jules.

— Comment as-tu…

— … deviné que tu irais voir les parents d'Éva à 19 h ? Évident, mon cher Watson ! Tu bosses en perruque sur cette affaire, pour ne pas éveiller les soupçons d'Hardouin. D'autre part, pour être certain de les trouver chez eux, tu ne pouvais venir qu'après les heures de travail. Tu oublies que je t'ai formé durant toutes ces années et que je te connais par cœur.

Pascal sourit. Il donna une tape sur l'épaule de Jules et l'invita à entrer dans l'immeuble.

— C'est bon, tu as gagné. Mais c'est moi qui conduis l'interrogatoire ! OK ?

— OK, c'est toi le patron, maintenant !

Ils montèrent au troisième et sonnèrent à la porte marquée « Merlotto ». Une petite femme brune aux cheveux longs et au type italien très prononcé leur ouvrit. Elle regarda les deux hommes, étonnée, et leur demanda ce qu'ils voulaient. Pascal sortit son insigne.

— Bonsoir, Madame. Je suis le capitaine Cordis de la brigade criminelle et voici... Pascal hésita un instant. ... mon collègue. Nous aimerions vous entretenir de la disparition de votre fille. Est-ce que votre mari est là ?

— Oui... répondit Madame Merlotto, soudainement bouleversée et inquiète de ce que ces deux policiers allaient lui apprendre. Entrez...

Elle les fit s'installer dans la salle à manger et alla chercher son conjoint qui préparait le repas dans la cuisine. L'appartement embaumait la sauce tomate qui bouillonne à petit feu et l'encaustique du parquet fraîchement ciré. La pièce était cosy, décorée à l'ancienne, avec des meubles en bois massif de toute beauté. Sur la cheminée en marbre, dans un angle, un portait d'Éva trônait à côté d'une orchidée blanche.

Lorsque Monsieur Merlotto vit la mine déconfite de sa femme, quand elle pénétra dans la petite cuisine où il officiait, il s'alarma. Il posa immédiatement son couteau, enleva son tablier et la suivit dans la salle à manger le cœur battant. Il salua, inquiet, les deux policiers et s'installa à l'autre bout de la table près de son épouse. Cette dernière lui serra la main en attendant avec angoisse les nouvelles que les deux hommes allaient leur donner. À leurs regards perdus, il était évident que les parents savaient déjà ce qu'on allait leur annoncer. Cela faisait dix-huit mois qu'Éva avait disparu. L'enquête s'était très vite enlisée et personne n'avait identifié la moindre piste. S'ils étaient là, ce soir, sans elle, c'est qu'ils l'avaient retrouvée, mais assurément pas vivante.

— Madame, Monsieur, nous n'apportons pas de bonnes nouvelles... Pascal marqua une pause pour laisser les parents encaisser. Nous avons trouvé le corps d'une jeune fille qui ressemble beaucoup à Éva. Mais, pour en être certains, nous voudrions que vous veniez, après-demain, la reconnaître à l'Institut Médico-Légal.

Monsieur Merlotto s'enfonça dans son siège et accusa le coup. Il serra les dents et retint ses larmes, puis hocha lentement la tête pour acquiescer, le regard perdu dans le vide. Sa femme, plus démonstrative, éclata en sanglots. Elle broya le bras de son mari avec ses mains, en quête d'une chose à laquelle se raccrocher, comme si le sol se dérobait sous ses pieds. Lui essaya d'afficher un visage impassible. Il chercha des appuis au fond de son cœur et de son âme pour ne pas chanceler, pour ne pas s'effondrer devant les deux policiers. Il respira profondément et demanda :

— Vous êtes sûrs que c'est elle ?

— Nous sommes presque certains. Je ne peux malheureusement pas vous laisser quelque espoir.

— Comment... Comment est-elle... ?

— Nous ne le savons pas encore, mentit Pascal. L'enquête doit le déterminer. Comme elle doit déterminer où elle était durant tout ce temps. Dans le dossier de votre fille, j'ai vu qu'elle avait disparu à Deauville, il y a un an et demi. Elle était partie rejoindre son petit copain, là-bas, pour le week-end ? C'est bien cela ?

Jules regarda Pascal avec une pointe de respect. Il semblait avoir bien bossé son sujet et consulté les archives de cette affaire durant l'après-midi malgré, probablement, une quantité importante d'autres tâches à traiter, déversées sur sa tête par Hardouin. Il avait son enquête bien en main et ne négligeait rien. Quelque part, il était fier de lui.

Monsieur Merlotto répondit laconiquement :

— Oui. C'est cela.

— Julien Latour ? C'est le nom que vous avez mentionné dans votre déposition.

— En effet.

— Personne n'a trouvé trace de cet homme. Vous l'avez déjà vu ? Vous avez une idée de comment elle l'a rencontré ?

— Non, sanglota la mère. Apparemment, il est venu à son anniversaire, invité par Lucie Carlier, la meilleure amie d'Éva. C'est comme ça qu'ils se sont connus.

— Lucie a disparu juste après cette fête. Ensuite, ça a été votre fille. Et ce Julien s'est évaporé, lui aussi... Savez-vous où et comment elle l'a retrouvé à Deauville ?

Jules fut étonné de la question de Pascal. Tout cela devait être consigné dans le dossier. Pourquoi poser à nouveau ces questions aux parents ? Sauf, peut-être, pour les détourner quelques instants de leur chagrin, les focaliser sur ce Julien et entendre ce qu'ils avaient à en dire, de vive voix.

— Elle a pris le train. Elle devait retrouver Julien à la gare de Deauville vers 15 h. Expliqua son père. Je lui avais demandé de ne pas y aller. On ne le connaissait pas, ce garçon. On ne l'avait jamais vu. On voulait le rencontrer avant. Mais elle n'a rien écouté. Elle n'en a fait qu'à sa tête, comme toujours.

— C'était le samedi 8 octobre 2016, c'est bien cela ?

— Oui, confirma son père avec amertume. Puis comme pour s'excuser auprès de sa femme et des policiers, il ajouta : elle avait vingt-cinq ans, on ne pouvait pas la retenir à la maison, ni même lui interdire quoi que ce soit. Une fille, à cet âge, n'écoute plus ses parents.

— Elle vivait encore chez vous ?

— Oui. Elle faisait une thèse. Elle avait prévu de prendre un appartement une fois qu'elle aurait un travail. Cela nous convenait très bien comme ça. On aimait notre fille, on aurait voulu la garder plus longtemps ici… C'était toujours notre… petite Éva, notre bébé. Même si elle avait grandi.

— Une thèse en quoi ?

— En génétique. *Pour améliorer la vie des gens dans le futur. Révolutionner les soins*, qu'elle disait. Mais je ne saurais pas vous expliquer le sujet exact.

— Lucie Carlier était avec elle ?

— Non. Elles étaient amies depuis le lycée, mais elles ont suivi des études supérieures différentes. Lucie était en pharmacologie, je crois.

Madame Merlotto acquiesça de la tête.

— Bon. Nous n'allons pas vous déranger plus longtemps. Est-ce que vous pourrez être après demain, vendredi, à onze heures, 2 voie Mazas, à l'Institut Médico-Légal ?

— On y sera, assura le père en regardant sa femme dévastée. Il n'imaginait pas comment elle allait pouvoir supporter cette épreuve, ni même lui, mais ils devaient y aller ensemble, pour se soutenir l'un l'autre.

— Merci. Nous allons vous laisser, maintenant. Inutile de nous raccompagner, leur ordonna Pascal.

Jules et lui les saluèrent et sortirent discrètement. Ils refermèrent derrière eux. Une fois sur le palier, ils entendirent les cris de douleur de Madame Merlotto exploser à travers la porte.

Ils retrouvèrent avec soulagement l'air frais de l'extérieur et les bruits de la rue. Annoncer à des parents que leur enfant est mort est toujours un moment redouté des policiers. Jules et Pascal en savaient quelque chose, ils l'avaient fait assez souvent, mais ne s'y habituaient jamais. Leur travail consistait à arrêter ceux qui les avaient tués, et c'était probablement dans cette douleur parentale qu'ils puisaient leur plus grande détermination à mener jusqu'au bout leurs enquêtes. Maintenant que Pascal était père, il n'avait aucun mal à comprendre la souffrance qui brisait à tout jamais le cœur de ces pauvres parents. Comment Justine et lui réagiraient-ils si un jour on venait leur annoncer une chose pareille ? Il préféra ne pas y songer.

— On rentre à la maison, Jules. On ne dit pas un mot de

tout cela à Justine. OK ? Pas la peine de la déprimer. J'essaye le plus possible de la protéger de toute cette fange, de l'horreur de mon boulot.

— Bien entendu. J'agissais de même avec Caroline. Et, du coup, je ne trouvais rien à lui raconter quand elle me questionnait sur ma journée. Elle pensait que je la tenais à l'écart de ma vie, que je vivais replié sur moi et ne voulais rien partager avec elle... Alors que, comme toi, je tâchais simplement de lui épargner tout cela et de faire le vide dans ma tête en rentrant chez moi.

— Je vois très bien.

— Justine te reproche aussi de ne pas lui parler de ce que tu fais de tes journées ?

— Oui et non... Je lui ai dit que c'était pour ne pas rapporter tout cela à la maison. Pour les protéger, elle et Marie. Je crois qu'elle comprend... Caroline te le reprochait ?

— Oui. Mais je n'ai peut-être pas su lui expliquer pourquoi, comme toi. Je ne suis pas un grand communicant. Enfin, même si Justine comprend tes raisons, je suis presque sûr qu'elle voudrait que tu lui racontes un peu ce que tu fais de tes journées... sans trop entrer dans les détails. Tu ne penses pas ?

— Probablement. Mais elle ne me demande rien.

— Ne fais pas les mêmes erreurs que moi. Tu peux, de temps en temps, poser ta tête sur son épaule et évacuer le stress de ta journée. Les femmes adorent qu'on se confie à elles, qu'on leur parle, qu'on partage des choses avec elles. Cela ne sert à rien de trop les protéger. Ce ne sont pas des êtres en sucre. Cela fait l'effet inverse. Je l'ai appris à mes dépens.

— Tu as probablement raison. Mais c'est aussi une manière pour moi de laisser tout cela dehors, de tout oublier lorsque je franchis le seuil de ma maison... de préserver une bulle d'innocence entre les bras de mes deux petites femmes... Bon... Que comptes-tu faire demain ?

— Je ne sais pas encore... As-tu demandé à Éric Rantier de regarder si l'on pouvait obtenir des vidéos du boulevard à l'heure du crime ? S'il y a des caméras de surveillance de distributeurs de billets, de boutiques ou d'intersections de rues, qui ont filmé quelque chose ?

— Tu ne lâches jamais rien, toi ! Oui, il est dessus.

— On a deux copines qui disparaissent à six mois d'intervalle, et un Julien Latour qui les a fréquentées toutes les deux... Ce n'est sûrement pas une coïncidence. C'est peut-être un rabatteur pour un réseau de prostitution, mais le fait qu'on ait ouvert le ventre d'Éva pour lui piquer son bébé ne me fait pas penser à cela. Je me trompe peut-être.

— Tu penses à quoi ?

— Je ne sais vraiment pas. Il faut qu'on retrouve ce type à tout prix pour l'interroger.

— Je vais creuser, mais c'est sûrement un faux nom. Les seuls Julien Latour que j'ai trouvés sont soit en Provence, soit en Auvergne. Ils ont plus de cinquante et soixante-dix ans... Rien à voir avec un gars de moins de trente ans qui drague des étudiantes.

— Tu as déjà cherché ?

— Tu me prends pour un bleu ?

— Non. Pour un bon flic qui a été à excellente école !

railla Jules. Est-ce que tu pourrais me donner la liste des filles qui sont allées à cet anniversaire ? Je suppose que tu l'as, aussi... J'aimerais les interroger sur ce Julien, sur la manière donc Lucie l'a rencontré et amené à la fête d'Éva.

— Jules, c'est mon boulot ! Je t'ai demandé de ne pas...

— Tu n'as pas le temps de fouiller et de cuisiner tout ce petit monde, en douce durant ta journée. Et puis tu dois faire la reconnaissance officielle du corps d'Éva avec Madeleine, puis ses parents. Moi, je n'ai rien à faire et je ne veux pas rester dans ton appartement pour ennuyer ta femme ni être en permanence dans ses pieds. Errer sans but dans les rues de la ville, ou de bar en café, en attendant le soir, ne m'enchante guère. Laisse-moi t'aider. Permets-moi de m'occuper l'esprit, d'être utile à quelque chose.

— Tu pourrais t'inscrire à Pôle Emploi, chercher un travail...

— Sans papiers ? Il faut d'abord que je les récupère.

— Alors, commence par faire ça ! OK ?

— C'est bon, j'irai à la préfecture. Et j'interrogerai les copines d'Éva.

— De toute manière, tu n'en feras qu'à ta tête. Je te communiquerai cette liste demain matin. Je dois aussi penser à te fournir un téléphone et un abonnement...

— Je peux me payer tout cela. Madeleine m'a fait une avance pour mes frais.

— D'accord. Tu paies ta ligne et je te donne mon ancien smartphone. Ce n'est pas le moment de dilapider ton argent pour en acheter un neuf. Rentrons maintenant. J'ai envie de prendre une douche et de voir mes deux femmes. J'ai besoin de me vider l'esprit.

MERL & MERYL

Journal de Merl Sattengel

 Je me souviens de ce samedi 5 juillet 2003 dans les moindres détails. Comme si c'était hier. Chaque instant de cette journée est resté gravé à jamais dans ma mémoire. Scientifiquement parlant, il est fascinant de voir à quel point les souvenirs s'ancrent en nous au travers de nos émotions, et comme l'on enregistre tout dans ces moments-là. Plus l'émotion est forte, plus le souvenir s'imprime profondément en nous.

 Il faisait un temps splendide ce matin-là. J'étais heureux. Il est vrai que le bonheur est assujetti à l'ignorance et à la naïveté. Je n'avais aucune idée, à ce moment-là, de ce qu'il allait advenir. C'est pour cela que je goûtais chaque seconde avec délectation. Le ciel était pur. Le soleil venait de se lever et dardait ses rayons au-dessus du Monte Cristallo. J'étais sur la terrasse de notre chambre, en peignoir, et je sirotais mon café en attendant que Meryl sorte de la salle de bain. Il faisait frais. Je humais à pleins poumons l'air léger de cette belle matinée d'été. Face à moi, en contrebas, Cortina s'éveillait doucement. Il était six heures.

Pour qui ne connaît pas cette région, je dirai que Cortina d'Ampezzo est un peu le *Katmandou* des Dolomites, la *Mecque* des grimpeurs et des randonneurs de tous poils. À deux pas de la frontière autrichienne, du côté italien, on y croise des gens de toutes les nationalités, de tous styles, venus là pour dévorer des kilomètres de sentiers et de dénivelé, pour tâter de la *Via Ferrata* et s'écorcher les mains et les genoux sur les granites des massifs vertigineux qui l'entourent.

C'est une jolie ville de montagne arpentée par une faune jeune et aisée, qui vient autant pour se montrer que pour grimper l'été et, bien évidemment, skier l'hiver. Au milieu de l'allemand, de l'anglais et du français, on y parle un italien haché aux accents germaniques prononcés. La cité est plus tyrolienne qu'italienne : tout y est propre, bien rangé, entretenu, fleuri, repeint à neuf régulièrement. Même les massifs rocheux, tout autour, semblent avoir été plantés là pour embellir la vallée, pour fournir un paysage fantastique. Ils dressent fièrement leurs flèches vers le ciel dans des garde-à-vous figés pour l'éternité. Pour qui aime la montagne l'été, admirer ces massifs féériques, randonner dans ces paysages majestueux et escalader ces flèches vertigineuses est un bonheur incomparable. L'hiver, on y dévale tout schuss les nombreuses pistes aménagées et l'on passe ses soirées bien au chaud dans les restaurants chics et les night-clubs huppés de la région.

Ce matin-là, sur la terrasse, alors que j'étais fasciné par le spectacle que la nature m'offrait, j'entendis ma sœur sortir de la douche. Elle vint me rejoindre quelques secondes plus tard et se colla contre moi, enroulée dans son peignoir aux griffes de l'hôtel, ses cheveux noirs enveloppés dans une serviette au même logo. Dès qu'elle posa ses yeux gris-vert sur ce lever de soleil, elle resta hypnotisée, comme moi, par la beauté de ces rayons qui formaient une couronne d'or au-dessus du massif du Cristallo.

Je pris une tasse sur la petite table derrière nous et lui servis un café fumant. Elle le savoura en s'appuyant contre la rambarde. Puis elle chipa un croissant sur le panier et le dévora à pleines dents en riant.

Ma sœur et moi étions heureux. Nous avions fêté nos trente ans, la veille au soir, dans le restaurant *Al Camin* à quelques kilomètres de Cortina, et en cette magnifique journée d'été nous nous apprêtions à escalader la Punta Anna, du massif de la Tofana di Mezzo. Grimper à plus de deux mille sept cent trente mètres était un exploit à notre portée dont nous rêvions depuis plusieurs années, et pour lequel nous nous étions bien préparés dans d'autres massifs. Une petite excitation papillonnait dans nos ventres. Nous étions fébriles comme des puceaux à un premier rendez-vous.

On dit souvent des vrais jumeaux qu'ils sont une seule et même âme, en deux exemplaires. On s'étonne de leur incroyable synchronisme, de leur capacité à penser, à ressentir et à aimer les mêmes choses. Avec ma sœur, il en était de même. J'étais son aîné de quelques secondes. Mais, comme de vrais jumeaux, nous étions inséparables, connectés l'un à l'autre, partageant les mêmes envies et les mêmes passions, parfois les mêmes pensées au même instant. Elle était moi et j'étais elle. Nous étions fusionnels. C'est certainement à cause de cela que nous sommes restés célibataires. Être ensemble, juste elle et moi, nous suffisait.

Nous avions préparé toutes ces vacances conjointement : après avoir déambulé dans les ruelles romantiques de la Sérénissime, pendant un peu plus d'une semaine, nous avions planifié de faire une halte au nord, dans le Trentino, pour faire de l'escalade dans le massif des Dolomites. Pour deux Suisses passionnés de montagne, comme nous, il était impossible de rentrer à Lausanne sans passer quelques jours dans le petit Tyrol italien. Après avoir étudié attentivement la région, nous avions jeté notre dévolu sur la Via Ferrata « Giuseppe Olivieri » et l'ascension de la Punta Anna par sa voie la plus impressionnante. La descente par le « Bus de Tofana », une piste bien connue des amateurs de *freeride* en hiver, serait plus tranquille.

Meryl et moi adorions ces longues heures durant lesquelles nous nous retrouvions, tous les deux, seuls face à la nature, ventre contre le rocher, le vide en dessous de nous. Notre survie ne tenait qu'à la force de nos doigts, aux cordes qui nous liaient, à quelques mousquetons et à notre parfaite complicité. Ces moments nous rapprochaient, nous soudaient encore plus l'un à l'autre. Ces escalades nous procuraient également une bonne dose d'adrénaline et nous donnaient le sentiment de vivre pleinement et ardemment chaque seconde. Et puis, comment décrire l'intense bonheur d'arriver tout en haut ensemble ? Un sentiment de puissance et d'éternité nous emplissait après avoir vaincu la montagne, dépassé nos souffrances et nos limites. Au sommet, la nature nous gratifiait de nos efforts par une vue incroyable sur ses splendeurs et nous offrait l'illusion d'être les plus forts, de la dominer. Ce n'est qu'un leurre, bien entendu, car elle peut tout aussi bien nous reprendre ce qu'elle nous a donné l'instant d'avant, et nous montrer à quel point nous sommes insignifiants à ses yeux.

Dans la chambre d'hôtel, nous étions tout excités face à la journée qui nous attendait. Nous avons joué comme deux gamins à « *qui est prêt le premier conduira la Range* ». Meryl a évidemment gagné. Elle était toujours la plus rapide à s'habiller et la plus sportive de nous deux. Moi, j'étais l'intello de l'équipe. Par une bien curieuse facétie, dans le ventre de notre mère, la nature l'avait dotée de la puissance de notre père et moi de l'intellect de notre mère. C'était sans doute la seule chose qui nous différenciait. Cela nous complétait à merveille et nous poussait à aller sans cesse plus loin ensemble. Elle admirait mon cerveau et ma persévérance, et moi j'admirais sa force et son courage. L'un près de l'autre, nous nous sentions invincibles.

Elle prit donc le volant de la Range Rover et me confia le réglage du GPS. Notre destination : le refuge Dibona, au pied de la Punta Anna, dans le massif des Tofane. Arrivés sur le parking du refuge, nous nous équipâmes rapidement : chaussures de grimpe, jean ample et élastique, t-shirt et veste polaire, cordes, longes, baudrier, mousquetons, sac à dos avec une carte, de l'eau et des barres énergétiques, sans oublier les sandwichs que vous vouliez déguster au sommet. Trois heures de montée nous attendaient. Et presque autant de descente. Le circuit passait par la droite du massif et revenait par la gauche pour retourner au parking.

Nous prîmes donc à droite, en direction du refuge suivant : Pomedès. Le chemin était agréable et assez facile. Il serpentait sur deux cents mètres de dénivelé, dont une première partie traversait un pierrier qui menaçait de s'ébouler à tout moment. En haut du sentier, nous débouchâmes sur une petite vallée d'herbe rase. Elle devait former une jolie piste de ski en hiver. Nous laissâmes le refuge Pomedès sur notre gauche pour suivre le tracé de la remontée mécanique qui conduisait au pied de la Tofana di Mezzo. Meryl fit une halte et tira un trépied de son sac. Elle le posa sur un rocher et prit une photo de nous deux avec en toile de fond la vallée de Cortina et la Punta Anna. Les sommets, derrière nous, semblaient surgir du sol comme les pointes d'un trident de géant souterrain qui aurait voulu transpercer la chair de la Terre pour sortir à l'air libre. Nous nous sentions tout petits, face à cette puissance immobile. Nous reprîmes notre marche sous la remontée mécanique endormie jusqu'à son terminus. Puis nous bifurquâmes à droite, sur un sentier qui menait au pied de la Punta Anna. Une plaque fixée dans le granite de la montagne nous accueillit en rendant hommage à Giuseppe Olivieri et à tous les jeunes résistants morts en combattant dans ces montagnes durant la dernière guerre. C'est là que commençait le câble d'acier qui allait être notre ligne de vie tout au long de notre ascension.

Nous posâmes nos sacs au sol pour nous équiper de nos casques, de nos harnais aux longes extensibles et de leurs mousquetons. Nous remîmes nos sacs sur le dos puis accrochâmes nos mousquetons à la ligne de vie pour attaquer l'escalade du premier mur. Rodés à l'exercice, nous passions les piquets qui tenaient la ligne de vie fixée dans la roche, un mousqueton après l'autre, afin d'être toujours retenus au moins par une longe. L'ascension de ce premier tronçon ne présenta aucune difficulté : la paroi offrait de nombreuses cavités dans lesquelles glisser nos doigts ou planter les pointes de nos chaussures. Étant le premier, je devais surtout faire attention à ne pas décrocher des cailloux de la falaise et blesser Meryl en dessous.

Ma sœur était à cinq ou six mètres de moi. Régulièrement, je prenais de ses nouvelles pour savoir si tout allait bien et, à sa réponse positive, je continuais l'escalade en cherchant des points d'appui fiables. Elle suivait mes pas et passait aux mêmes endroits que moi. Après vingt minutes de montée, nous fîmes une courte pause dans un espace plat entre deux rochers. Le premier câble s'arrêtait ici. Nous sortîmes nos gourdes d'eau et bûmes ensemble en regardant la vallée en contrebas. Le temps se maintenait, le soleil était haut dans le ciel bleu profond. La vue était splendide.

— Fatiguée ? demandai-je à ma sœur.

— Non, ça va. Et toi ?

— En pleine forme ! Le paysage, là-haut, sera vraiment spectaculaire. On verra à trois cent soixante degrés. On continue ?

Meryl acquiesça d'un sourire tendre qui exprima toute sa joie d'être ici, avec moi, et son enthousiasme à affronter cette nature sauvage et minérale. Nous fîmes quelques pas pour trouver la ligne de vie suivante et y accrocher nos mousquetons avant d'attaquer ce nouveau mur qui, contrairement au précédent, semblait totalement lisse. Ce passage était beaucoup plus technique. Le ventre collé à la paroi, nous cherchions désespérément des prises pour nos doigts. Nos chaussures ne tenaient que par l'extraordinaire adhérence du caoutchouc de leurs pointes que nous plaquions contre la roche. Nous progressions très lentement, assurant chaque prise. Derrière et en dessous de nous, dans un à-pic vertigineux, s'étendaient le vide et le fond de la vallée que nous regardions de temps en temps pour nous motiver à grimper. La descente et le retour en arrière étaient impossibles à partir d'ici.

En contrebas de notre paroi s'étiraient de nombreux pierriers qui coulaient jusqu'à de minuscules sentiers dessinés dans l'herbe par les passages répétés des randonneurs. D'où nous étions, le refuge Pomedès ressemblait à une petite boîte d'allumettes posée sur le bord d'un plateau, prête à basculer dans la vallée.

À plusieurs reprises, mes chaussures glissèrent et je me retins d'une main à la paroi et de l'autre à la ligne de vie. Chaque passage de piquet, durant lequel nous devions décrocher le premier mousqueton pour l'accrocher après le piquet puis faire de même avec le second, tout en restant parfaitement immobiles contre le flanc de la montagne, devenait un exercice périlleux qui pouvait provoquer notre chute. Meryl était à plus de dix mètres en dessous de moi. Elle gardait ses distances, car, si par malheur je glissais, mes longes élastiques ne me retiendraient pas suffisamment et je viendrais la percuter, entraînant sa chute également. Je l'observais régulièrement pour tenter de conserver un espace de sécurité entre nous. Elle peinait, comme moi, à trouver des prises, mais ne se plaignait pas. Elle cherchait de ses petits doigts fins et solides des aspérités ou des anfractuosités pour s'ancrer puis pousser avec ses pieds pour ensuite recommencer. Nous étions tous deux collés contre ce ventre granitique chauffé par le soleil qui avait quelque chose de sensuel, de presque maternel. L'idée que nous étions deux bébés escaladant le ventre de notre mère pour atteindre la récompense ultime de ses seins gonflés de lait me fit sourire. Je ne partageai pas cette idée ridicule avec Meryl, pour ne pas la déconcentrer, mais j'étais certain qu'elle y pensait aussi. Je me contentai de la regarder chercher ses prises et je lui donnai quelques conseils, étant déjà passé par là.

Plus loin, la roche redevint friable et les prises plus aisées, mais moins fiables. Par-ci par-là, des touffes d'herbes jaillissaient d'entre les fissures et poussaient grâce à l'humidité apportée par les nuages qui s'écrasaient contre la montagne. C'est dans ce passage plus facile que nous trouvâmes un petit rebord sur lequel nous asseoir un moment pour récupérer, l'un à côté de l'autre, les jambes dans le vide, la vallée sous nos pieds. La vue époustouflante s'étalait à cent quatre-vingts degrés devant nos yeux : Cortina d'Ampezzo en contrebas et les autres massifs des Dolomites visibles au sud et à l'est. Le soleil nous réchauffait et détendait un peu nos muscles qui commençaient à fatiguer.

Je tirai une barre de céréales du sac de ma sœur et la lui tendis, puis en sortis une également pour moi. Nous reprîmes des forces avant d'attaquer le dernier tronçon qui menait au sommet de la Punta Anna en filant le long d'une de ses arêtes les plus spectaculaires. Ce sommet n'était cependant pas la fin de notre périple, puisqu'il nous fallait encore suivre la Via Ferrata jusqu'au Bus de Tofana avant de redescendre par le sentier au refuge Dibona. Il était néanmoins le point d'orgue de notre ascension sur lequel nous voulions nous poser pour savourer la joie de l'exploit, dévorer nos sandwichs et jouir d'une vue prodigieuse sur toute la région. Cette pensée nous redonna du courage et nous dopa pour aborder la dernière partie. C'était la voie la plus impressionnante et la plus vertigineuse. Celle pour laquelle les grimpeurs choisissaient cette montagne.

Reposés et toujours aussi motivés, nous nous accrochâmes

à la nouvelle ligne de vie et nous continuâmes notre escalade sur le fil d'une pointe rocheuse qui partait légèrement en biais. Trop absorbés à chercher des prises devant nous, nous ne regardions plus en bas. Et c'était mieux ainsi. Sinon nous aurions réalisé l'extrême dangerosité de l'endroit où nous nous trouvions. La verticalité presque totale de la Punta Anna nous suspendait à des centaines de mètres aux dessus de la vallée. Vus des refuges, nous ressemblions à deux minuscules fourmis escaladant une immense canine de dinosaure, exploitant de minuscules failles dans le granite pour y glisser nos doigts et nous hisser de quelques centimètres à chaque fois.

C'est alors que nous commençâmes à percevoir les limites de nos forces et de notre mental. Le sommet était encore loin. La fatigue nous envahit d'un coup et avec elle vinrent les douleurs dans nos bras et nos jambes. Des doutes sur le bien-fondé de cette aventure s'immiscèrent également dans nos esprits. Rodés à l'escalade, nous savions qu'il y avait toujours un moment où nos forces s'épuisaient, où notre opiniâtreté nous lâchait et où l'on se décourageait. Mais le retour en arrière était impossible ici. Il nous fallait dépasser ce moment et puiser de nouvelles ressources au plus profond de nous pour continuer. Il n'y avait pas d'autre issue. Nous nous motivâmes l'un l'autre en parlant de ce que nous ferions après cette escalade. Certainement un bon gueuleton, le soir, pour fêter cela. Et puis, il y avait ce spectacle que nous voulions aller voir ensemble à notre retour à Lausanne. Nous fîmes une pause, à même la paroi, et nous nous concentrâmes sur le chemin qu'il nous restait à parcourir. Petit à petit, centimètre par centimètre, nous finirions bien par y arriver. D'autres l'avaient fait. Pourquoi pas nous ? Nous nous imaginâmes assis tout en haut en train de souffler et d'admirer le paysage vertigineux. Cette conviction chevillée au corps nous aida à poursuivre. Le découragement passé, nous continuâmes notre progression en économisant nos forces pour atteindre le sommet.

Nous arrivâmes à un endroit où notre ligne de vie s'interrompait puis repartait quelques centimètres plus haut avec un autre câble plus récent. Ce n'était pas la première fois que nous changions de ligne de vie, mais à cet endroit et à cette altitude, il y avait un risque de chute. Le passage était technique et nécessitait d'y aller calmement, en assurant chacun de nos mouvements.

Étant le premier, j'expliquai à Meryl, quelques mètres en dessous de moi, comment je m'y prenais afin qu'elle se positionne bien, le moment venu, et que ses gestes soient précis. Il fallait se placer un peu au-dessus de l'interruption pour pouvoir décrocher le premier mousqueton du câble, en bas, et l'accrocher au câble du haut, puis procéder de même avec l'autre. Cela nécessitait de rester bien collé contre la paroi le temps d'aller chercher les mousquetons à la hauteur des genoux pour les amener à la hauteur de sa poitrine. Le tout sans bouger le corps pour que nos chaussures ne glissent pas. Le changement de câble réussi, j'avançai ensuite de quelques mètres pour laisser le champ libre à ma sœur. Elle décrocha son premier mousqueton et essaya sans succès de l'accrocher au câble du haut. Elle était positionnée un peu trop bas par rapport à l'interruption. Son bras était trop court. Elle chercha alors une prise pour se hisser de quelques centimètres et atteindre la nouvelle ligne de vie. En la regardant faire, en contrebas, je réalisais combien notre situation à flanc de roche, avec la vallée en dessous, était périlleuse. Si nous devions dévaler ce flanc de montagne, aucun rebord ni aucune corniche ne serait là pour nous stopper. J'eus soudain un mauvais pressentiment. Je pris peur pour ma sœur.

Meryl réussit à agripper son mousqueton au nouveau câble, juste après le premier piquet. Je soufflais et oubliai mes angoisses un instant. Il lui fallait maintenant faire de même pour le second. Elle se pencha pour l'atteindre tout en se retenant de la main gauche au piquet du nouveau câble. Avec beaucoup de difficulté, elle acheva de décrocher le second mousqueton au niveau de ses genoux. C'est alors que ses pieds glissèrent. Elle chuta jusqu'à ce que sa longe, fixée au nouveau câble, se tende et l'arrête brutalement. Son casque et son épaule droite heurtèrent violemment la paroi et elle perdit connaissance un instant. Je l'appelai, hurlai son prénom, mais elle ne répondit pas. Elle était inconsciente, suspendue dans le vide comme une marionnette tournoyant au bout de ses fils.

Je décidai de descendre pour aller la chercher. Je n'en eus pas le temps. Le piquet qui retenait le tronçon du nouveau câble auquel Meryl était accrochée se plia une première fois sous son poids, puis une seconde fois aussitôt après et enfin rompit. Je vis son mousqueton coulisser le long de la ligne de vie puis virevolter dans les airs. Je vis ma sœur s'éloigner de moi dans une chute libre filmée au ralenti. Son corps rebondit et glissa le long de la paroi avant de disparaître dans la courbure de la falaise. Je ne la vis réapparaître qu'une centaine de mètres plus bas alors qu'elle roulait, telle une poupée désarticulée, sur le pierrier en contrebas. Je la suivis du regard jusqu'à ce qu'elle s'arrête enfin près d'un sentier. Elle n'était plus qu'un minuscule point de couleur, inerte, au milieu d'une coulée de roches grises.

Je suis resté figé, sur ma falaise, un long moment, à fixer tout en bas son corps immobile. J'espérai qu'elle se relève et me fasse signe que tout allait bien. J'étais pétrifié par l'horreur de la scène qui s'était déroulée sous mes yeux. Je ne réalisai pas encore. Le câble du chemin de vie qui venait de casser vibrait dans le vide et je le regardai incrédule et abasourdi. Ma sœur n'était plus au bout.

Il me fallut beaucoup de temps pour prendre conscience que c'était bien elle, en bas. Que tout ceci n'était pas un cauchemar, mais bien la réalité. Qu'elle était morte et que je ne me retrouverai pas en face d'elle au dîner ce soir, ni plus aucun autre soir à l'avenir. J'étais seul au monde désormais. Le destin m'avait arraché la moitié de mon être. Quand enfin je réalisai cela, je me mis à hurler de douleur et à frapper la paroi de mes poings comme un forcené. Il me fallut de longues minutes pour me calmer, pour accepter cet accident, sa mort, et penser à tirer mon téléphone portable de mon sac à dos pour appeler les secours.

Trois quarts d'heure plus tard, un hélicoptère parut dans le ciel et déposa deux personnes au pied de la montagne près de Meryl. Puis il monta me chercher. Il se positionna au-dessus de la Punta Anna et un secouriste descendit au bout d'un filin d'acier. Il m'accrocha à lui avant que l'appareil ne s'élève et nous suspende tous les deux dans le vide. Il redescendit vers le pierrier et nous déposa délicatement à quelques mètres de ma sœur avant d'atterrir un peu plus loin, sur une zone plate. Au sol, les deux hommes avaient déjà immobilisé Meryl dans un brancard et la transportaient vers l'hélicoptère. Nous les rejoignîmes. Elle était couverte de sang. Elle avait de nombreuses fractures ouvertes, la cage thoracique enfoncée, le bassin brisé, et la colonne vertébrale aussi probablement en piteux état. Mais elle respirait toujours, très faiblement. Son casque, éclaté, avait un peu protégé son crâne, mais elle était dans un profond coma. Les secouristes me laissèrent peu d'espoir.

Nous montâmes tous à bord et décollâmes en direction de l'hôpital San Candido, près de la frontière autrichienne.

Ma sœur fut immédiatement prise en charge par les chirurgiens. Malheureusement, elle décéda quelques minutes après le début de son opération. Je fus autorisé à rester auprès d'elle dans une petite salle attenante au bloc avant qu'elle ne soit transférée en chambre froide. Durant ces derniers instants, je lui tins sa main inerte en regardant son visage endormi à tout jamais et lui fis la promesse que, quoi qu'il arrive, nous nous retrouverions bientôt.

CAMILLE

Vendredi 6 avril 2018, 17 h 55, Paris.

Les coordonnées des copines d'Éva en poche, Jules parcourait les rues de Paris depuis deux jours pour les rencontrer et les interroger. Certaines travaillaient dans des boutiques ou des entreprises, d'autres étudiaient encore ou conduisaient des travaux de recherche. Il avait déjà pu en voir cinq. En cette fin de journée, il avait rendez-vous au « Tabac de la Sorbonne » à dix-huit heures avec Camille Verdana, une proche amie de Lucie qui terminait sa thèse en Sciences humaines.

Il s'installa à l'intérieur du café, juste derrière la baie vitrée, et regarda passer les jeunes à l'extérieur. Leur insouciance et leur joie de vivre le rendaient un peu nostalgique de cette époque où il étudiait à l'école de police pour devenir commissaire. Quand le garçon vint lui demander ce qu'il désirait, il commanda une Kriek, puis se ravisa : « Euh, non, plutôt une Leffe s'il vous plaît. » Cela ferait certainement plus sérieux face à une jeune femme qui ne manquerait pas de l'étudier dans les moindres détails, pour se faire une idée du personnage. Il fallait qu'il tienne son rôle de flic. Il reçut un texto de Camille, peu après, lui annonçant son arrivée dans dix minutes. Son cours se terminait. Cela lui laissa le temps de consulter ses notes griffonnées lors des entretiens précédents et de préparer ses questions.

Un quart d'heure plus tard, une jeune fille brune aux cheveux mi-longs passa le seuil du café et chercha du regard quelqu'un dans la salle. Jules se leva et l'appela :

— Camille ?

Elle sourit timidement et vint vers lui. Ils s'assirent face à face à la petite table ronde, un peu gênés l'un et l'autre par cette promiscuité soudaine. Leurs regards s'évitèrent durant un bon moment. Jules s'efforça de comprendre pourquoi il se sentait si troublé. Car après tout, il avait le double de son âge et n'avait rien à craindre d'une petite étudiante. Peut-être était-ce son port de tête altier, son dos bien droit, non appuyé contre le dossier de la chaise, et son assurance apparente qui le perturbaient ? Il émanait d'elle un charme très puissant auquel il n'était pas insensible, contre toute attente. Son visage, qui portait encore des traits de l'enfance, laissait déjà entrevoir une femme déterminée, consciente du pouvoir qu'elle exerçait sur les hommes et qui en jouait, à n'en pas douter.

Pour autant, elle tentait de dissimuler ses doigts qui se tortillaient en les enfouissant entre les cuisses. Elle était stressée. Elle n'avait pas l'habitude de se trouver face à un flic et ne savait pas comment se comporter.

Quelque chose n'était pas clair. Si elle n'avait rien à cacher, pourquoi était-elle aussi nerveuse ? Instinctivement, Jules sentit qu'elle détenait des informations, mais qu'il ne serait pas facile de lui tirer les vers du nez. Il laissa le malaise durer quelques instants encore, pour la mettre en condition de parler.

Camille remit une mèche de cheveux en place d'un geste délicat et mesuré, qui témoigna d'une tentative de maîtrise de son stress et de séduction de son interlocuteur. Elle cherchait à revenir sur son terrain de prédilection, car elle se sentait sur la sellette.

— Vous voulez boire quelque chose ? tenta Jules pour rompre le silence.

Camille regarda le ballon de Leffe sur la table et demanda la même chose. Jules sourit intérieurement. Il avait marqué un point. Il héla le garçon et commanda une seconde Leffe.

Elle se détendit un peu et posa son sac à terre. D'un geste fluide et sensuel, elle défit son manteau et le bascula sur le dossier de la chaise en bombant fièrement sa poitrine sous son pull fin. Elle adressa un léger sourire à Jules qui n'avait rien perdu de cet effeuillage. Elle semblait satisfaite de son petit effet. Un flic n'était qu'un homme comme les autres après tout. Elle allait pouvoir l'embobiner.

— Merci d'avoir répondu à mon invitation.

Elle se contenta de hocher imperceptiblement la tête. Puis, elle détailla les mains et les vêtements de son interlocuteur avant de remonter jusqu'à son visage et de planter son regard dans celui de Jules. Ce dernier eut, soudain, le sentiment que son âme était mise à nu, que Camille pénétrait ses pensées et discernait le trouble qu'elle provoquait en lui. Il se perdit dans ses réflexions. Qui sait pourquoi, il revit Patricia, la jolie brune aux cheveux courts et aux yeux verts qui partageait les cours de close-combat avec lui, à l'école de police. Il était déjà en couple avec Caroline à cette époque, mais Patricia avait tout fait pour le détourner de sa relation. Elle y était presque parvenue, jusqu'à ce qu'il réalise qu'il faisait une grave erreur et l'éconduise. Elle lui avait pourri la vie pendant des mois, par la suite... Il chassa ce souvenir d'un clignement de paupières et retrouva Camille qui souriait délicieusement. Avait-elle deviné ce à quoi il pensait ? Il se reconcentra sur son affaire :

— Comme je vous l'ai dit hier au téléphone, j'enquête sur la disparition de Lucie Carlier... » Il marqua une pause pour observer la réaction de la jeune femme, puis reprit «... et l'assassinat d'Éva Merlotto.

Camille ouvrit de grands yeux effrayés. Elle tenta de dissimuler sa panique en détournant le regard vers les étudiants qui passaient au-dehors. Ses lèvres frémirent quand elle demanda confirmation en revenant vers lui :

— Vous dites... qu'Éva a été tuée ?

Il la vit baisser la tête et regarder en direction de ses mains, se perdre dans ses pensées et faire probablement défiler tout un tas de souvenirs dans son esprit. Quand le garçon apporta sa bière, elle se jeta dessus et en but un tiers d'un trait, comme si sa vie en dépendait. Elle n'avait plus rien de la jolie étudiante, assurée de son pouvoir de séduction, jouant sur toutes les nuances de la sainte-nitouche à la femme fatale. Elle avait peur et essayait de le dissimuler. Jules tenta une diversion pour la ramener à l'instant présent :

— Vous faites quoi, à la Sorbonne ?

— Euh... Un doctorat en Sciences humaines, lança-t-elle

en revenant peu à peu vers lui. Elle se concentra sur le visage du flic pour effacer la mort d'Éva de sa vision.

— Lucie et Éva faisaient aussi des grandes études.

— Pourquoi ? Cela vous dérange les femmes qui ont un cerveau ?

— Pas le moins du monde. Je relevais ce point commun entre vous trois. Quel est le sujet de votre thèse ?

— L'équilibre entre éthique et désir de progrès.

— Mais encore ?

— Dans tout travail de recherche, en science ou en technologie, il y a un désir de progrès. Une envie, de la part du chercheur, ou de l'ingénieur, d'apporter sa pierre à l'édifice pour faire progresser le bien-être de l'humanité et accroître les connaissances de la communauté. Ce désir se fait bien souvent sans aucune considération éthique ou morale. Le chercheur fouille, creuse, suit une piste, découvre des choses et regarde rarement son travail sous l'angle de la déontologie. Il se fait parfois reprendre par la communauté scientifique quand il va trop loin. Dans ma thèse, j'analyse des cas passés et je décortique les mécanismes qui ont conduit les chercheurs à braver la morale et l'éthique. Je tente de proposer des outils pour détecter ces dérives, au plus tôt, et alerter la communauté scientifique avant que cela n'aille trop loin.

— Des outils ?

— Oui, des moyens de contrôle, des comités de surveillance, des processus de relecture des publications, des droits de regard sur les résultats intermédiaires, des allocations progressives de budget, en fonction de l'avancée des travaux, et aussi des pistes pour faire évoluer les lois, les sociétés, les organisations... pour encadrer ces dérives.

— Vaste chantier ! Maintenant que Camille s'était détendue, et même enflammée pour son sujet de thèse, Jules revint à la charge : Julien Latour, vous connaissez ? »

Camille ne put cacher son trouble. Elle porta le verre à sa bouche d'une main légèrement tremblante, but une gorgée et sembla hésiter sur la réponse à donner à Jules. Elle reposa sa bière en tentant de paraître sereine.

— Oui et non. Il était à l'anniversaire d'Éva. Il a dragué toutes les filles de la soirée. Il était beau gosse et assuré, audacieux. Je ne sais rien de plus sur lui.

— Il vous a draguée, vous aussi ?

— Oui. Enfin, on a causé un moment.

— Qui l'a invité ?

— C'est Lucie.

— Il était avec Lucie en arrivant et a dragué Éva toute la soirée ensuite ?

— Oui.

— Cela n'a pas dû plaire à Lucie !

— Non. Elle a fait la gueule toute la soirée. Elle était jalouse et surtout très déçue du comportement de Julien. On a essayé de lui remonter le moral en lui disant que ce garçon n'en valait pas la peine, qu'il alignait les conquêtes, et qu'il passerait encore à une autre fille après Éva. Que ce n'était qu'un cavaleur. On lui a dit d'arrêter de penser à lui.

— C'est ce qu'elle a fait ?

— Non, pas vraiment.

— Cela faisait longtemps qu'elle sortait avec lui ?

— Quelques semaines. Je ne sais pas bien.

— Et que s'est-il passé ?

— À propos de quoi ?

— Entre Lucie et Éva ?

— Elles ne se sont plus parlé la soirée. Elles se sont évitées.

— Lucie est partie vers une heure du matin, c'est bien cela ? C'est tôt, non ?

— Elle avait trop le seum[26]. Du coup, elle avait un peu trop picolé. Ça la rongeait de voir Julien faire du rentre-dedans à Éva. Et Éva le laissait faire, alors qu'elle savait qu'il sortait avec Lucie. Elle s'est barrée.

— Seule ?

— Oui. Mais Julien l'a rattrapée au pied de l'immeuble. Ils se sont engueulés sur le trottoir. Nous, on était à la fenêtre, au-dessus, et on les a entendus hurler. Surtout Lucie. Julien essayait de la calmer.

— Et ensuite ?

— Rien. Il lui a dit que ce n'était pas prudent de rentrer seule, dans cet état. Il a appelé un taxi. Ils ont attendu un moment en bas. Le taxi est arrivé. Lucie est montée dedans et Julien est revenu avec nous. On lui a toutes fait la gueule à

---

[26] Elle était en colère, frustrée, dégoûtée.

cause de cela, sauf Éva... Elle a continué à lui tourner autour. Elle était vraiment très accro à lui.

— Comment s'est terminée la soirée ?

— Vers cinq heures du matin, on a aidé à ranger puis on est parties. Julien est resté le dernier, avec Éva. Elle a certainement couché avec lui.

— Vous avez des nouvelles de Julien ?

Camille prit son verre de Leffe et le porta à sa bouche en plongeant ses yeux dans le liquide doré. Elle semblait stressée, mal à l'aise. Elle le reposa et regarda longuement dehors. Puis elle revint vers Jules :

— Non... Comment est morte Éva ?

— Éventrée dans un terrain vague, en pleine nuit, au nord de Paris...

Camille fouilla nerveusement dans son sac et tira un paquet de cigarettes.

— Vous ne pouvez pas fumer ici, on n'est pas en terrasse, lui fit remarquer Jules.

Confuse et contrariée, Camille remit le paquet dans son sac.

— Vous croyez que Julien y est pour quelque chose ? demanda-t-elle angoissée.

— Peut-être. On aimerait l'interroger pour savoir ce qu'il peut nous dire sur Éva et Lucie. La relation entre Éva et lui a duré combien de temps ?

— Cinq mois, de mai à octobre.

— C'est très précis ! Vous savez comment Éva a disparu ?

— Elle est allée le rejoindre à Deauville un samedi d'octobre... ensuite, elle n'a plus donné de nouvelles.

— Personne n'a soupçonné Julien ?

— Il nous a dit qu'ils avaient passé le week-end ensemble et qu'il l'avait raccompagnée à la gare le dimanche. Elle s'est évanouie par la suite.

— Donc, vous avez revu Julien après la disparition d'Éva.

Camille se mordit la lèvre et plongea son nez dans sa bière une fois encore. Jules bouillait d'impatience. Il décida de hausser le ton pour la secouer un peu, afin qu'elle crache le morceau.

— DONC, TU L'AS REVU APRÈS !

— OUI, cria-t-elle en sursautant et en décollant le verre de sa bouche.

— Bon... ça suffit maintenant Camille ! Jules l'empoigna par le bras et la secoua. Tu vas me dire ce qui s'est passé ensuite avec Julien !

Devant le ton autoritaire de Jules, elle se referma comme une huître, baissa la tête et resta muette. Envolée, la vamp, l'étudiante séductrice qui joue avec les hommes. Camille avait soudainement l'apparence d'une fillette qui avait fait une bêtise et venait de se faire prendre. Le verre de Leffe toujours dans sa main, elle fixait le logo à l'abbaye gravé sur le côté sans savoir quoi faire ou dire.

— Camille ? Tu vas enfin parler ? Me dire ce qui te fait si peur ?

— Quelques mois après la disparition d'Éva... Julien m'a appelée. Il voulait qu'on se voie. On s'est donné rendez-vous dans un bar, près de Beaubourg. On a longuement discuté de Lucie et d'Éva. Il m'a juré qu'il ne savait rien... qu'il n'y était pour rien.

— Et tu l'as cru ?

— Oui ! Elles avaient disparu en rentrant chez elles...

— Après l'avoir vu !

— Mais le soir où Lucie a disparu, Julien était à la fête avec nous. Et à Deauville, il a raccompagné Éva à la gare et elle est repartie seule en train vers Paris. Elle a disparu ensuite. Il n'y était pour rien dans les deux cas ! On a pensé que Lucie avait fait une fugue, qu'Éva avait eu de ses nouvelles et était allée la rejoindre...

— C'est qui ça « on » ?

— Julien, moi, les filles...

— Et personne n'a pu imaginer que Julien avait des complices ?

— Quoi ? Non ! C'est un gars bien !

— Tu sais où il est maintenant, Julien ?

Camille ne dit rien. Elle posa son verre doucement sur la table. Jules haussa le ton encore une fois et la fit sursauter :

— IL EST OÙ ?

— CHEZ MOI ! éclata-t-elle en sanglots. Il est chez moi.

On est ensemble depuis deux mois. Mais il n'a rien fait ! Il me l'a juré ! C'était un hasard s'il était là chaque fois...

— Ça sera à la police d'en juger ! On doit l'interroger, c'est un témoin crucial. Viens ! On va chez toi... On va lui parler.

Jules posa quinze euros sur la table et saisit Camille par le bras pour la forcer à se lever. Quand ils sortirent du bistrot, il prit son portable et appela Pascal Cordis :

— Pascal, c'est Jules. Tu peux venir me rejoindre au... C'est quoi ton adresse ? demanda-t-il à Camille.

— 75, rue du Chevaleret.

— Tu as entendu ?

— Oui. Qui est-ce ? Qu'est-ce qu'il y a là-bas ?

— Julien Latour. Il se planque chez Camille Verdana.

— Non ! s'écria-t-elle. Il ne se *planque* pas ! Il n'a rien fait ! Il n'y est pour rien ! On habite ensemble, on... s'aime.

— OK, dit Pascal dans le combiné. Je viens avec trois gars.

— Prends une fille aussi avec toi, il va falloir s'occuper de mademoiselle Verdana.

— OK. On sera là-bas dans trois quarts d'heure. Ne tente rien tout seul !

— Tu me connais.

— Justement...

Jules raccrocha et retint Camille par le bras alors qu'elle essayait de lui fausser compagnie.

— Reste là avec moi, petite idiote ! Tu ne comprends pas que tu es probablement la prochaine sur la liste ?

— Quelle liste ?

— La liste des filles à enlever !

— Mais non ! C'est pas possible ! Julien est gentil... Il ne ferait de mal à personne ! D'accord, il est sorti avec elles avant qu'on se rencontre, mais je lui ai pardonné... C'est moi qu'il aime. Il veut qu'on s'installe ensemble... Il me l'a dit.

— On va voir ça !

Jules entraîna Camille vers la bouche de métro la plus proche et, ensemble, ils se rendirent à la station Chevaleret. Trois quarts d'heure après son coup de fil, une équipe de quatre policiers équipés de gilets pare-balles et de casques à visières, dont Pascal, les rejoignit au pied du numéro 75. Ce dernier tendit un gilet à Jules pour qu'il l'enfile. Camille ouvrit la porte de l'immeuble en tremblant et ils s'infiltrèrent silencieusement derrière elle dans le hall. Sans bruit, ils montèrent jusqu'au troisième, Camille et Jules en tête. Les policiers se répartirent de chaque côté de la porte de l'appartement. Camille ouvrit la porte et d'un coup s'écria :

— Julien ! Y'a les flics avec moi !

Pascal pesta et les policiers déboulèrent dans l'appartement en bousculant la jeune fille. Ils foncèrent chacun dans une pièce, l'arme au poing. Ils trouvèrent Julien dans la salle de bain, en train de tenter de s'échapper par une petite fenêtre en hauteur. Ils le tirèrent par les jambes, le plaquèrent au sol et lui mirent les menottes dans le dos. Pendant tout ce temps, la policière resta auprès de Camille dans l'entrée et l'empêcha de s'enfuir.

— Bravo les gars ! Mettez-moi ces deux-là en garde à vue, dans des cellules séparées, ordonna Pascal à son équipe. Je les cuisinerai demain matin. Rentrez avec les voitures et envoyez-moi la PTS[27] pour faire des relevés dans l'appartement et sur les fringues. Je reste ici avec Jules en attendant. Il confia son casque et son gilet à un des hommes, avec celui de Jules, avant que l'équipe ne reparte.

Pascal tendit une paire de gants en latex à Jules :

— Comme au bon vieux temps ?

— Comme au bon vieux temps ! sourit Jules en s'emparant des gants.

Jules choisit d'inspecter la cuisine qui faisait aussi office de salle à manger. Pascal prit la chambre. L'appartement ne comptait que deux pièces et une salle d'eau. Les jeunes n'avaient pas beaucoup de meubles. Ils étaient sans doute fournis dans la location. Jules se demanda qui payait le loyer. En tant qu'étudiante-chercheuse, Camille devait toucher une bourse, mais était-ce suffisant pour régler tous ses frais ? Faisait-elle des petits boulots à côté ?

— Tu as trouvé quelque chose ? l'interrogea Pascal au bout d'une demi-heure.

— Rien. Et toi ?

— Non. Que des fringues, partout, même sous le canapé-lit. Au fond d'une poche de jean — probablement à Julien — j'ai déniché ce bout de papier roulé avec un numéro de

---

[27] Police Technique et Scientifique.

portable.

— Montre.

Jules sortit son smartphone et prit une photo du papier. Pascal, très étonné, sourit de voir son ancien chef maîtriser un appareil technologique. Lui qui était allergique à tout cela auparavant. Où avait-il appris ? Certainement pas en prison. Dans la rue ? Jules composa aussitôt le numéro et compta six sonneries avant que l'appel ne bascule sur une messagerie à l'annonce des plus standard. Il raccrocha.

— On réessayera plus tard.

— Je chercherai à qui appartient ce numéro, au bureau.

Ils quittèrent le logement à l'arrivée de l'équipe scientifique et rentrèrent directement chez Pascal où Justine les attendait avec un bon dîner.

Marie était encore éveillée et manipulait des cubes et des balles colorées dans son parc. Jules joua quelques minutes avec elle avant de s'installer à table et de se réjouir, avec Pascal, d'une journée qui avait bien fait progresser l'enquête.

EINS, ZWEI, DREI...

Journal de Merl Sattengel

5 octobre 2009

Bientôt la validation : la première échographie nous dira si tout le travail accompli durant ces six années, presque jour pour jour, a enfin porté ses fruits. Je suis impatient de le découvrir.

Il ne m'a pas été facile d'acheter le matériel discrètement, puis d'installer un laboratoire dans la cave de ma propriété pour pouvoir commencer mes essais. Cela m'a pris presque une année. Ensuite, j'ai réalisé que le passage de la théorie à la pratique, de l'expérimentation en éprouvette à la production in vivo, était bien plus complexe qu'il n'y paraissait. À lire tous ces articles, il semblait si simple de récupérer les chromosomes d'une cellule souche, puis de les implanter dans un ovule vierge. Mais en fait, la substitution du matériel génétique de l'ovule par celui de la cellule souche est excessivement délicate, et la réussite n'est pas assurée.

Voilà six ans que je suis sur cet épineux problème. Six ans que je cherche comment, à partir d'une cellule souche, régénérer toute la complexité d'un être vivant, et je pense que j'ai enfin trouvé. Après avoir tâtonné pour transférer le matériel génétique dans l'ovule, j'ai dû découvrir par moi-même comment faire croire à cet ovule qu'il avait été fécondé et déclencher le processus de division cellulaire. J'ai cherché et cherché en vain jusqu'à tomber sur cet article qui parlait d'une « simple » impulsion électrique. Simple... oui. Encore fallait-il ne pas griller l'ovule avec une intensité trop forte. Tout n'a été qu'essais et erreurs pendant des mois jusqu'à trouver le juste dosage. À chaque tentative manquée, je devais tout recommencer depuis le début. Retransférer le matériel dans une nouvelle cellule. C'était décourageant.

Impossible de me faire aider. Mes travaux devaient rester secrets. Les centaines d'articles libres que j'ai lus sur ce sujet ne détaillaient pas exactement le dispositif ni les manipulations à réaliser. Les plus précis étaient payants, et m'inscrire pour les avoir aurait dévoilé mes recherches. Je n'avais pas mesuré la difficulté de la chose ni le temps à y consacrer. Seuls deux pour cent de mes ovules ont réussi à se diviser suffisamment pour générer un blastocyste[28] puis un embryon. Embryon qui, le plus souvent, ne se fixait pas à l'intérieur de l'utérus ou n'était pas viable et était expulsé par le corps de ma truie d'expérimentation, quelques semaines après son implantation.

---

[28] Œuf divisé, cellules commençant à se spécialiser. Stade précédant l'embryon.

Mais cette fois, c'est la bonne ! Kaira est « enceinte » de trente-huit jours. Les hormones que je lui ai injectées ont fixé l'embryon sur la paroi de son utérus et déclenché sa croissance.

L'échographie a montré un fœtus de cochon qui semble viable à première vue. Je ne suis pas vétérinaire et s'il y avait un défaut sur ce fœtus je ne pourrais le distinguer à ce stade. J'ai cependant l'impression qu'il grandit normalement. Nous verrons à la mise à bas, dans soixante-dix-sept jours environ, si l'opération est un succès.

25 décembre 2009

La consécration ! Kaira a mis bas. Un petit cochon parfaitement formé est né ce 25 décembre et je l'ai naturellement baptisé Noël[29]. Ma technique est au point !

Tout ceci n'était qu'un prélude, une longue phase de recherche et de rodage de la procédure. Maintenant, je peux enfin envisager de lancer mon véritable projet. Il va me falloir un vrai laboratoire, beaucoup plus grand, avec des cuves d'azote pour congeler les ovules et les embryons, de l'espace pour stocker mes porteuses, et du matériel hautement plus pointu. Le sous-sol de ma maison et ses connexions avec d'anciennes carrières iront très bien. Mais je dois les faire aménager, trouver une entreprise de confiance, probablement à l'étranger, et opérer d'énormes travaux coûteux.

---

[29] Noël, en hébreu, signifie « Dieu est né ».

Il me faut aussi constituer une équipe de laborantins et d'infirmières, et ce dernier point n'est pas des plus aisés, car je dois m'assurer de leur totale collaboration et de leur silence. Bien les payer ne suffira pas. Quand ils comprendront la nature de nos activités, certains voudront les dénoncer. Je dois m'assurer de leur loyauté d'une autre manière. La peur est certainement la clé qui scelle les bouches trop bavardes ou trop scrupuleuses.

C'est ainsi que je me suis plongé dans l'Histoire et que j'ai cherché comment les nazis avaient réussi à obtenir l'entière participation, et discrétion, des scientifiques qui avaient réalisé des expériences pour eux sur des êtres humains. Certes, durant des années, ils avaient assené l'idée que les Juifs n'étaient que des sous-hommes, des animaux. Ils avaient fini par convaincre une bonne part de la population, grâce à la propagande. Et après cela, les utiliser comme cobaye n'était pas très difficile à faire accepter. Mais ils avaient également eu recours à la coercition contre ces médecins pour qu'ils collaborent et gardent le secret. S'ils parlaient, ils étaient exécutés. La vie et la liberté de leurs familles faisaient sans doute aussi partie du chantage.

Faut-il que je menace de mort tous ceux qui vont travailler pour moi ? Ainsi que leurs familles ? Probablement. Il me semble que je dois en passer par là. Mais j'en suis totalement incapable. Pour cela, je vais devoir recruter des hommes de main dans les bas-fonds de la société, prêts à tout pour de l'argent, sans aucune morale. Cette « garde rapprochée » exécutera mes ordres sans discuter, elle tuera sans pitié ceux qui voudront me fuir ou me trahir, ainsi que leurs proches. Faire un exemple sera sans doute nécessaire, à un moment, pour terroriser les autres ; afin qu'ils comprennent que je ne plaisante pas, et asseoir ainsi mon autorité. Je pourrai également m'appuyer sur cette garde pour me trouver des matrices. Et puis, en cas de découverte de mon organisation, pour faire le grand nettoyage et me mettre en sûreté.

Quelle horrible organisation ! Je la déteste d'avance. Je suis un scientifique, pas un mafieux. Mais, je sais que je dois en passer par là. Il n'y a pas d'autre solution. Je ne dois pas échouer à cause de problèmes « logistiques », l'enjeu est trop important et trop cher à mon cœur. Je dois tout mettre en œuvre pour atteindre cet objectif. Coûte que coûte.

20 février 2010

Étonnamment, il ne m'a pas été trop difficile de recruter ces hommes et de mettre tout en place. À peine quelques semaines. J'y ai passé une bonne partie de ma fortune, mais le travail a pu commencer, dans des labos encore en chantier. Les premières matrices sont arrivées.

24 février 2010

Les trois premières inséminations ont été effectuées. Elles sont surveillées de près par mon équipe. Tous les jours, les matrices sont nourries, lavées, et leurs constantes mesurées. Tout semble se dérouler normalement et les blastocystes se sont fixés sur les parois utérines grâce aux hormones injectées. Il ne nous reste plus qu'à attendre et observer si les embryons se développent correctement.

25 mai 2010

Première échographie pour nos trois fœtus. « Eins » semble se développer anarchiquement. Tête anormalement petite, corps disproportionné, quelque chose n'a pas bien fonctionné dans la transplantation du code génétique. Peut-être une contamination par un autre élément ? Nous le laisserons aller jusqu'au bout. Il sera certainement évacué par la matrice Numéro Un avant terme et nous l'analyserons pour comprendre à quoi est dû cet échec.

A contrario, « Zwei », implanté dans la matrice Numéro Deux, a un volume crânien légèrement trop important par rapport à son corps. La vascularisation de son cerveau embryonnaire est cependant normale. Il sera peut-être viable, mais il sera difforme, monstrueux.

« Drei », implanté dans la matrice Numéro Trois, semble se développer correctement. Son corps est équilibré, son cœur bat au bon rythme et sa vascularisation paraît satisfaisante. Je fonde tous mes espoirs sur ce troisième fœtus. Pourvu que tout se passe bien jusqu'à sa naissance !

30 juin 2010

Comme nous l'avions prédit, Eins a été expulsé par sa matrice. Cet avortement spontané était prévisible. La matrice n'est sans doute pas d'assez bonne qualité. Un peu trop âgée, pas assez robuste pour porter un embryon, sa muqueuse utérine est trop fragile. Nous nous en sommes débarrassés. Nous devons donc en rechercher une autre pour poursuivre nos essais. Une matrice plus jeune et en meilleure santé. Zwei et Drei vont bien, même si Zwei est visiblement difforme à l'échographie. Nous verrons à l'accouchement ce qu'il en est.

20 août 2010

Nous avons une nouvelle matrice, plus jeune et en meilleure santé. Elle a remplacé Numéro Un, mais nous l'avons baptisée Numéro Quatre, pour suivre correctement son évolution dans nos cahiers de laboratoire. Elle est, cependant, beaucoup plus difficile à gérer que la première. Elle n'est pas coopérative. Pour le moment, nous nous évertuons à briser sa résistance par tous les moyens pour la rendre plus docile. Elle sera bientôt inséminée. Enfin, je l'espère. Mais si nous n'y arrivons pas, il faudra nous en débarrasser et en trouver une autre plus obéissante, encore une fois. Toute cette logistique me fatigue et n'a aucune valeur ajoutée pour moi. Pire ! Elle retarde mes travaux.

25 novembre 2010

Comme prévu, les matrices Numéro Deux et Trois ont accouché à quelques jours d'intervalle. Les deux bébés sont viables même si Zwei a un crâne plus gros que la normale. Nous allons surveiller leur croissance.

La matrice Numéro Quatre n'a pu être maîtrisée. Nous n'avons pas voulu utiliser de drogues calmantes, car cela aurait affecté le développement du fœtus. Nous nous en sommes débarrassés. Une matrice, plus docile, a été trouvée et nous l'avons inséminée fin octobre. Elle devient donc la

Numéro Cinq. Pour plus de sécurité, j'ai demandé à avoir trois autres matrices en parallèle.

J'ai beaucoup amélioré ma technique. Mon processus est désormais très fiable. Je pense pouvoir obtenir un clone parfait assez rapidement. Il me tarde de la retrouver.

JULIEN, JULES & Co

Samedi 7 avril 2018, 7 h 50, 36 rue du Bastion, Paris

Pascal Cordis passa les portes vitrées de l'entrée du bâtiment et posa sa main sur le lecteur d'empreintes digitales pour ouvrir le portillon, avant de s'engouffrer dans l'ascenseur. Il monta jusqu'à son bureau déposer ses affaires puis descendit au sous-sol pour retrouver ses suspects en garde à vue.

Il s'arrêta devant le local où les gardiens surveillaient les cellules à travers deux rangées d'écrans. Ils n'avaient plus besoin de circuler dans les couloirs, comme avant, il y avait des caméras partout désormais. C'était le progrès. Il salua l'équipe en place, prit des nouvelles de ses deux tourtereaux, puis demanda qu'on lui ouvre la cellule de Julien Latour pour l'emmener en salle d'interrogatoire.

— Il dort encore, Capitaine, dit un des gardiens. Il a exigé de voir son avocat, hier soir. Il a passé son coup de fil vers vingt-deux heures et l'avocat est arrivé vers minuit. Ils ont discuté jusqu'à une heure du matin, puis l'avocat est reparti et il s'est couché après.

— Et personne n'a jugé bon de me prévenir ? On va réveiller Don Juan pour l'interroger. Appelez donc son avocat pour qu'il rapplique dare-dare. On ne peut plus lui parler sans sa présence, désormais. Ça fait chier !

— OK, Capitaine.

Un gardien décrocha son téléphone pendant qu'un autre accompagna Pascal jusqu'à la porte de la cellule. Il passa un badge devant le lecteur pour déclencher son ouverture. Pascal resta sur le pas et observa le gamin allongé en position fœtale sur sa couche en résine. Il semblait profondément endormi.

— Allez, Latour ! Debout ! On a quelques questions à te poser sur Éva et Lucie. Comme, il ne bougeait pas, Pascal reprit sur un ton plus ferme : bon, c'est fini la nuit ! Tu te lèves maintenant où je viens te tirer de là !

Aucun mouvement. Pascal eut soudain un mauvais pressentiment. Il pénétra dans la cellule et secoua Julien. Son corps inerte pivota sur le côté et dévoila un visage livide, inconscient.

— Vite ! Appelez un médecin ! ordonna Pascal.

Le gardien repartit en courant vers son bureau et décrocha un téléphone. À l'autre bout du couloir, la voix de Camille se fit entendre depuis sa cellule :

— Qu'est-ce qui se passe ? Qu'est-ce qu'il a ? Qu'est-ce que vous lui avez fait ? S'il crève, bande de salauds, je vous attaquerai en justice pour maltraitance, non-assistance…

— Oh ta gueule, toi au fond ! Tu la boucles si tu ne veux pas qu'il t'arrive des ennuis. On ne lui a rien fait ! OK ? Ton petit copain est juste inconscient.

Pascal se pencha sur le visage de Julien pour percevoir sa respiration : rien. Il le bascula aussitôt sur le dos, au sol, et commença un massage cardiaque dynamique interrompu de temps en temps par un bouche-à-bouche. Depuis la cellule de Julien, il hurla à l'intention du gardien au bout du couloir :

— Un défibrillateur ! Une équipe de réanimation ! Vite !

Dans sa cellule, Camille se leva de son lit et colla son visage contre la porte vitrée pour tenter d'apercevoir le corridor. À l'excitation des policiers, elle comprit que la situation était grave et se mit à vociférer à leur intention : Salauds ! Bande d'enfoirés ! Vous l'avez tué ! Exprès ! Comme ça, il ne peut plus se défendre. C'est le coupable idéal ! Vous l'avez laissé crever pour lui faire porter le chapeau... »

Tout en poursuivant son épuisant massage cardiaque, Pascal brailla à l'attention des gardiens : « Qu'on la fasse taire ! Qu'on lui colle un bâillon sur la bouche ou qu'on l'isole dans une salle d'interrogatoire ! Je ne veux plus l'entendre ! » Un agent se précipita vers la cellule de Camille, l'en extirpa et la conduisit vers une autre zone du bâtiment. En passant devant la porte de Julien, elle aperçut son corps au sol et hurla son prénom. Elle se débattit pour aller retrouver son amant, mais le gardien la maintint fermement et la fit sortir par le couloir.

Le massage de Pascal dura vingt bonnes minutes. Un policier prit le relais avant qu'une équipe de réanimation n'arrive et le chasse pour s'occuper de Julien. Le médecin écarta d'un coup sec les pans de la chemise en faisant sauter ses boutons pour écouter son cœur, tandis que le reste de l'équipe retirait un défibrillateur cardiaque et un insufflateur de leur sac. Le médecin se poussa. Ils posèrent le masque sur le nez et les électrodes sur la poitrine de Julien, puis envoyèrent la décharge tout en pompant sur le masque pour injecter de l'air dans ses poumons. Ils refirent un massage cardiaque puis recommencèrent. Toujours rien. Le cœur ne repartait pas. Au bout de six tentatives, le médecin se redressa et constata le décès. L'équipe rangea le matériel et déplia un sac mortuaire. Le docteur tendit le certificat à Pascal avec une mine navrée :

— Je suis désolé. Se contenta-t-il de dire avant de ressortir par le couloir.

Pascal s'appuya sur le mur opposé et regarda le corps inerte de Julien être enveloppé dans le sac, puis quitter la cellule sur un brancard pour prendre la direction de l'IML. Et merde ! Son principal suspect venait de claquer sous sa garde. Hardouin allait lui passer un de ces savons ! La procureure serait encore plus furieuse de cet échec. Sans parler des journaux qui allaient se déchaîner si l'information fuitait. Comment cela avait-il pu se produire ? Comment un jeune homme, en apparente bonne santé, avait-il pu mourir dans une cellule de la police ?

Pascal revint vers le bureau des surveillants et demanda à regarder les images de la visite de l'avocat. Le gardien s'exécuta. Il chercha dans l'ordinateur la vidéo de la cellule en question, puis lança la visualisation au *timecode* correspondant.

On voyait un homme d'une soixantaine d'années, quasiment chauve, en manteau noir et portant une serviette, se faire ouvrir la cellule de Julien puis y pénétrer. Il s'assit à côté de lui. Julien semblait bien le connaître et lui parlait à voix basse. Malheureusement, on n'avait pas le son sur la vidéo. Puis les deux hommes baissèrent la tête et se rapprochèrent. Leurs lèvres n'étaient plus visibles. Inutile de faire intervenir un spécialiste qui aurait pu lire dessus. Ils discutèrent ainsi pendant une demi-heure avant que l'avocat ne pose sa main amicalement sur l'avant-bras de Julien. Celui-ci sursauta et retira son bras d'un coup. Leur échange parut plus vif ensuite. L'avocat sembla s'excuser, montra ses mains vides puis demanda à sortir.

Une fois l'homme de loi parti, Julien se rendit au fond de sa cellule, dans le coin toilette. Puis il revint en se frottant le bras et s'allongea sur sa couche. Il trouva une position pour s'endormir et ne bougea plus.

Pascal jaillit de la salle des gardiens en courant et rattrapa les infirmiers dans le parking souterrain, juste avant qu'ils ne ferment les portes de l'ambulance. Il demanda à examiner le corps.

On lui ouvrit le sac. Il étudia longuement le bras que l'avocat avait touché et finit par y dénicher une microscopique piqûre.

— Putain ! hurla-t-il.

Il remercia les infirmiers, exigea qu'une analyse toxicologique soit faite rapidement par le médecin légiste et retourna vers les cellules de garde à vue :

— Vous avez le nom et le téléphone de cet avocat ? beugla-t-il aux gardiens dans leur bureau.

— Oui, forcément... On va vous les trouver, Capitaine.

Le gardien consulta fébrilement le listing des visites de la veille, vers minuit, et cliqua sur la fiche de l'avocat :

— Voilà. C'est Maître Rigolin, 32, rue Villiers de L'Isle-Adam. C'est dans le 20e à Paris.

— Il vous a montré sa carte ?

— Oui, c'est comme ça qu'on a enregistré ses coordonnées.

— Vous l'avez contacté tout à l'heure pour lui dire de venir à l'interrogatoire de son client ?

— Oui. Mais aucune réponse.

— Pas étonnant. Appelez-moi le lieutenant Patrick Baranski : qu'il prépare un petit groupe pour aller chez l'avocat. Je les rejoins au parking dans dix minutes. Pendant ce temps, vous envoyez la vidéo au lieutenant Éric Rantier pour voir s'il peut en tirer quelque chose.

Pascal sortit son portable et passa un coup de fil à Éric pendant que les gardiens exécutaient ses ordres.

— Éric ? C'est Pascal. Tu vas recevoir une vidéo d'une de nos cellules. Tu peux essayer de faire une reconnaissance faciale de la personne qui entre ? Repérer si elle est déjà fichée ? Ah... Et tu peux aussi me faire une recherche sur Maître Rigolin, avocat, 32 rue Villiers de L'Isle-Adam, à Paris ?

— OK, Pascal, je te fais ça au plus vite.

— Merci.

Pascal remonta prendre son gilet pare-balle et son arme à l'étage puis joignit l'équipe qui l'attendait au parking. Ils sautèrent dans deux voitures et sortirent en trombe du bâtiment.

Le même jour, 10 h 15, dans le 20ᵉ arrondissement

Lorsque l'équipe s'engouffra rue Villiers de L'Isle-Adam, ils trouvèrent une agréable allée bordée de platanes et d'immeubles assez récents. Seul le numéro 32 était un ancien bâtiment avec sa vieille devanture de magasin vert pomme et, au-dessus, deux appartements, dont un duplex qui affichait une énorme baie vitrée en façade, à cheval sur le premier et le deuxième étage. Sur la porte d'entrée, aucune plaque d'avocat. Ils attendirent qu'une femme d'une quarantaine d'années sorte avec son chien pour la questionner sur les habitants. Ici, aucun homme de loi, leur confirma-t-elle. Pascal s'engouffra tout de même avec son équipe dans l'immeuble et fit le tour des locataires pour vérifier. Aucune trace de Rigolin ni de personne qui lui ressemble. Après une demi-heure d'enquête auprès du voisinage, ils durent se rendre à l'évidence : l'adresse de l'avocat était bidon. Pascal remonta, très énervé, dans la voiture qui le ramena au Bastion avec toute l'équipe.

Le faux avocat n'était autre qu'un complice de Latour. Il en était certain. Enfin pas exactement, puisqu'il l'avait piqué avec une drogue mortelle pour le réduire au silence. L'autopsie dira de quel poison il s'agissait, mais Pascal pariait pour un puissant dérivé du cyanure ou du curare, au regard de la petite quantité injectée et de l'arrêt du cœur survenu quelques minutes plus tard. Il y avait donc bien un réseau derrière Julien Latour. Ils s'étaient débarrassés de lui, car il risquait de tout balancer. Hardouin avait peut-être raison finalement : un réseau de prostitution qui enlevait des filles pour les envoyer au Moyen-Orient, en Asie ou ailleurs. Il y avait de fortes chances que ce vieux, qui s'était fait passer pour un avocat, était un de ceux qui avaient poursuivi Éva, dans les rues de Paris. Peut-être avait-elle réussi à leur fausser compagnie avant de quitter la France ? Non, ça ne collait pas : cela faisait un an et demi qu'elle avait disparu. Il était presque impossible qu'un réseau garde une fille tout ce temps sur le territoire avant de l'envoyer à l'étranger. C'était trop risqué. Et puis, une fille valait une belle somme d'argent, ils n'auraient pas attendu plus d'un an avant de la vendre. C'était donc autre chose. Mais quoi ?

De retour au 36 rue du Bastion, il rejoignit Éric Rantier, dans son laboratoire ultramoderne, pour voir s'il avait pu tirer quelque chose de la vidéo. « Que dal, lui répondit ce dernier. La reconnaissance faciale ne donne rien. Le faux avocat n'est pas fiché. On ne distingue pas les lèvres. Donc impossible de savoir ce qu'ils se sont dit. Je suis désolé. » Pascal lui tapota l'épaule en signe de remerciement et lui demanda d'imprimer une photo de la tête du faux avocat à partir des images. Puis il retourna, dépité, dans son bureau pour rédiger son rapport. Il venait à peine de s'asseoir et d'ouvrir son traitement de texte que le téléphone sonna : Hardouin, mis au courant de l'histoire, le convoquait immédiatement.

Jamais un chef ne lui avait passé un tel savon. Les murs en tremblaient et les collègues autour n'en perdaient rien. Le commissaire fulminait parce que le capitaine continuait de travailler sur cette affaire, alors qu'il avait exigé qu'elle soit transférée aux Mœurs. Que ce soit la procureure qui lui ait ordonné de le faire ne le calma pas. Maintenant, un autre cadavre s'ajoutait au tableau et dans une cellule sous sa responsabilité ! L'IGPN[30] allait débarquer pour enquêter sur le service et cela le mettait dans une colère noire. Il lui annonça sa mise à pied conservatoire immédiate, le temps que l'Inspection mène son enquête, refila le dossier à la BRP[31] et renvoya Pascal chez lui. Excédé et furieux, le capitaine claqua la porte et retourna dans son bureau. Il déposa son insigne et son arme dans le coffre-fort, puis sortit du Bastion d'un pas décidé et rejoignit son domicile en métro.

Juliette fut très surprise de voir son mari rentrer aussi tôt. Mais Jules, qui était en train de jouer avec Marie, comprit immédiatement que quelque chose de grave s'était passé. Pascal préféra aller prendre une douche plutôt que d'en parler. Il finit par se livrer à eux lors du dîner. Juliette, à ses côtés, serrait le bras de son homme pour le réconforter pendant que Jules l'interrogeait sur le déroulement de cet événement. Ils furent interrompus par un appel sur le portable de Pascal.

La procureure, mise au courant en fin de journée, lui téléphonait pour avoir les détails de ce qui s'était passé.

— Ne vous inquiétez pas, capitaine, vous n'avez commis aucune faute. S'il y a eu un manquement, c'est au niveau des gardiens qui ont laissé entrer le faux avocat. Aucun d'eux n'a poussé plus loin les recherches pour savoir s'il était bien ce

---

[30] Inspection Générale de la Police Nationale, la police des polices. Les « bœuf carotte ».

[31] Brigade de Répression du Proxénétisme, « les Mœurs ».

qu'il prétendait. Ils se sont contentés de sa carte. Ils n'ont pas vérifié auprès du Barreau. L'IGPN ne devrait rien retenir contre vous. En ce qui concerne Hardouin, je m'en occupe. Profitez donc de ces quelques jours pour vous reposer avec votre famille. Et revenez en forme, car je n'ai pas l'intention de lâcher le morceau. Je vous garde sur l'affaire, vous avez bien avancé, en très peu de temps.

— Merci, Madame, mais j'ai perdu mon principal suspect... Cela va être compliqué de retrouver la piste du faux avocat et du réseau qui est derrière.

— Vous trouverez ! Vous avez une aide appréciable près de vous... Mais dites bien à cette aide de ne pas déraper cette fois. Je voudrais qu'on boucle cette affaire proprement. Je détesterai devoir le recoller en prison.

— Comment...

— Ne me prenez pas pour une idiote, Capitaine. Je garde un œil sur vous deux. Bonne soirée.

— Merci. Bonne soirée, Madame, dit simplement Pascal avant de raccrocher, troublé.

Comment la Proc savait-elle qu'il avait retrouvé Jules et que ce dernier l'aidait ? Mystère. C'est donc le cœur un peu plus léger qu'il finit de raconter tous les détails de cette affaire à Jules.

— Éric n'a rien trouvé sur ce faux avocat ?

— Non, et la reconnaissance faciale ne donne rien. Aucune trace, nulle part.

— Tu as essayé de faire lire sur leurs lèvres ?

Pascal sourit : j'ai eu aussi cette idée, tu penses bien... Mais ils penchaient la tête pour discuter, on ne voit pas leurs bouches.

— Ils l'ont fait exprès, s'exclama Jules. En tout cas, Julien Latour ne s'attendait pas à se faire éliminer de la sorte. En appelant ce gars, il imaginait qu'il pourrait l'aider à sortir de là. Le réseau auquel il appartient est donc prêt à sacrifier ses pions quand ceux-ci sont découverts... Ils ne plaisantent pas. Bon, mais désormais, on n'a plus qu'une piste à remonter : celle de Camille et du numéro de téléphone.

— Ah, non, Jules ! Je te vois venir. Je te connais trop bien et je sais ce que tu as en tête... Mais non ! Il faut arrêter avec ça ! La Proc' vient juste de me demander de t'empêcher de déraper, et je compte bien lui obéir. Tu m'as déjà fait le coup en Argentine en voulant enlever la femme de l'avocat véreux...

— On n'a finalement rien fait.

— Parce que Christophe Leduc t'a appelé à temps et qu'on est partis sur la piste du cartel. Guère plus réjouissante, d'ailleurs... Mais toi, tu étais prêt à le faire, sans état d'âme.

— Tu vois une autre solution ? On n'a plus rien. Le seul lien entre toutes ces disparitions c'est Latour. Il draguait les filles et les refourguait à son réseau.

— Je vais trouver quelque chose. On va remonter la piste du faux avocat. On va découvrir qui il est...

— Tu es mis à pied le temps de l'enquête de l'IGPN. Tu restes donc ici et tu t'occupes de ta famille. Moi, je vais remonter la filière à ma façon et je te dirai ce que je trouve.

— Non, Jules ! Tu as déjà fait de la taule. Hardouin te fera replonger et tu écoperas de quinze ans, minimum ! Alors, tu oublies cette idée débile, s'il te plaît, et tu attends que je reprenne mon poste. La Proc' va me soutenir et me remettre rapidement dessus...

— D'ici là, le réseau se sera évanoui. Ils auront éliminé la branche pourrie. Ton faux avocat risque de subir le même sort que Julien Latour. C'est maintenant qu'il faut agir, pendant que tout est encore en place.

— Jules, non !

— Désolé, Pascal, mais je vais le faire... pour Madeleine, et pour retrouver Lucie.

— Si elle est toujours vivante ! Tu sais qu'il y a peu d'espoir.

— Oui. Mais il n'y a que comme ça qu'on pourra découvrir ce qui lui est arrivé.

— Tu as conscience que tu vas finir ta vie en prison ?

— C'est une possibilité.

— Et Camille ? Tu penses à ce que tu vas lui faire subir ? La peur qu'elle va avoir ? Les risques que tu vas lui faire prendre ?

— Je lui ferai signer une décharge...

— Une décharge ? Une décharge de quoi ? Tu rigoles ! Tu vas l'enlever et la livrer à un réseau !

— Elle exprimera son consentement... qu'elle fait cela pour aider l'enquête, pour retrouver ses copines.

— Tu te fous de moi ! Et quand bien même elle signerait

ton truc ! Cela n'aura aucune valeur devant un juge ! Et tu le sais très bien. Jules, je t'en supplie : ne fais pas cette connerie !

— Je te remercie de ta sollicitude, Pascal. Mais il vaut mieux que tu ne sois au courant de rien, pour ne pas être impliqué.

À bout d'arguments, et exaspéré, Pascal se résigna devant l'obstination de son ancien chef. Celui-ci avait décidé de se mettre en danger et surtout de mettre en danger une jeune fille innocente. C'était suicidaire et criminel. Mais que pouvait-il faire contre son entêtement. Il pensa, un instant, le mettre en garde à vue pour l'empêcher d'agir. L'interroger officiellement sur la découverte du cadavre dans le chantier. Puis il abandonna l'idée. Hardouin risquait de tout lui coller sur le dos et de le coffrer pour rien. Après tout, Jules était assez grand pour décider de ses actes. Il savait ce qu'il encourait. Pascal espéra seulement que tout cela ne dérape pas et se finisse mal pour Camille et pour lui.

Dimanche 8 avril, 11 h 50, Paris, Beaugrenelle

L'ascenseur ouvrit ses portes au dixième étage et Jules en sortit avec un bouquet acheté à un fleuriste sous la dalle de Beaugrenelle, non loin de la Tour Panorama où il se rendait. Il trouva la porte 10B sur sa gauche et sonna. Madeleine lui ouvrit et sourit en voyant son bouquet de fleurs :

— Il ne fallait pas !

— Cela se fait bien, n'est-ce pas ? J'ai un peu oublié toutes les bonnes manières...

— Oui, cela se fait, rit-elle. Merci ! Elles sont magnifiques. Entrez...

Madeleine referma la porte derrière lui et le débarrassa. Puis elle le conduisit dans la salle à manger.

— Je ne suis pas tout à fait prête. Le rôti doit cuire encore une demi-heure. On va prendre l'apéritif en attendant.

Elle installa Jules sur le canapé en skaï orange et s'accroupit face à un buffet laqué noir, aux portes coulissantes, sur le mur opposé. Elle en sortit trois bouteilles et deux verres qu'elle déposa sur une petite table devant Jules. La salle à manger, qui faisait également office de salon sur une partie, était très lumineuse grâce à ses larges fenêtres qui occupaient tout un pan de mur. Les meubles colorés, dans le pur style des années soixante-dix, tranchaient sur le papier peint gris pâle à motif « oignons ». Ils donnaient un air joyeux et un peu fou à la pièce. Madeleine avait pris un soin particulier à reconstituer un intérieur de ces années très créatives en matière de décoration. Il s'en dégageait quelque chose de cohérent, de convivial et d'un brin désuet.

— Jolie, votre déco années '70 !

— Vous aimez ?

— C'est très coloré. C'est en décalage total avec l'époque actuelle qui veut du blanc et du noir partout. C'est gai, chaleureux... On s'y sent bien.

— C'est à mon image ! rit-elle. J'adore la décoration de ces années-là. Elle est un peu dingue, futuriste, mais aussi très pratique. Et puis toutes ces couleurs vives, ça me donne la pêche. On est dans une tour qui a été construite en 1974, alors je me suis amusée à reconstituer un intérieur qui lui correspond.

— Les meubles de cette époque sont effroyablement chers, non ?

— Oui. Aujourd'hui, ils sont très recherchés et atteignent parfois des sommes folles. Impossibles à acquérir pour moi. Ceux-là sont récents. Ils imitent le style des années '70 et sont donc beaucoup moins coûteux. Je les trouve dans des boutiques du quartier. Je vais aussi aux puces occasionnellement, ou sur Internet, pour chiner. Je les achète en mauvais état et je les retape moi-même.

— Quand même, vous avez de belles pièces ! Comme ce buffet... C'est un vrai, de ces années-là. N'est-ce pas ? Je suppose qu'il a dû coûter assez cher.

— Vous avez l'œil ! Oui, je me suis fait plaisir pour celui-là, expliqua-t-elle un peu gênée en sentant les questions que Jules se posait à son égard. Elle détourna la conversation : un Martini blanc, un Porto, un whisky ? Sinon, j'ai de la bière au frigo...

— Je prendrai un Martini. Merci.

— C'est ce que je préfère aussi.

Ils discutèrent ensuite de tout et de rien, du temps, de la vue qu'on avait depuis ce dixième étage sur la Seine et les autres tours, de l'actualité... Le four émit un bruit de clochette et Madeleine se leva pour aller sortir le rôti. Jules la suivit. L'odeur de la pièce de veau chaude et des pommes de terre au romarin lui emplirent les narines de bonheur. Il saliva d'avance. Dans la cuisine aussi, les années '70 avaient frappé : les meubles en formica beige et les petits carreaux alternés verts et blancs au mur faisaient le tour de la pièce. Il n'y avait que l'électroménager qui était moderne. Cela valait probablement mieux.

— C'est cuit. On va pouvoir passer à table.

Ils déjeunèrent en se racontant leur vie, leur enfance. Ils rirent de leurs déboires amoureux, de leurs premières expériences ratées, des errements de la jeunesse. Puis ils évoquèrent immanquablement des souvenirs plus récents, des moments plus tristes, voire douloureux, de leurs vies d'adultes. Madeleine resta silencieuse sur une partie de son histoire, entre Hilario, le bel Argentin père de Lucie, et les études supérieures de sa fille. De fil en aiguille, ils en vinrent à parler de l'état d'avancement de l'enquête, de l'arrestation de Julien Latour et de sa mort.

— Que vas-tu faire maintenant ? demanda Madeleine à Jules, en s'apercevant soudain qu'elle l'avait tutoyé et en s'excusant.

— Il n'y a pas de souci. On peut se tutoyer… Je vais tenter de m'infiltrer dans leur réseau, trouver ce qu'ils trafiquent et découvrir où est Lucie.

— Comment comptes-tu faire ? Ça sera très dangereux ! Ton ami, le capitaine de police, va t'aider ?

— Pascal ? Non. Il ne doit pas être mêlé à cela. Il a été mis à pied le temps que l'enquête interne détermine s'il y a eu des manquements ou même des complicités… Je ne vais pas lui rajouter des problèmes. Je vais y aller seul. Il me faut juste trouver une voiture.

— Tu peux prendre la mienne ! Elle dort au sous-sol dans un box. Je ne m'en sers pas souvent.

— Non, si ta voiture est identifiée, via sa plaque, tu auras des ennuis. Je vais en louer une, c'est plus sûr.

— C'est toi qui auras des ennuis si l'on remonte au loueur, puis à toi.

— Je ne vais quand même pas en voler une ! rit-il.

— J'ai un ami qui peut me faire des plaques et des papiers...

— Tu veux dire : des fausses plaques et des faux papiers ?

— Oui, bon... En tout cas, il peut changer les plaques sur ma voiture et me fournir une carte grise *provisoire* à ton nom, ainsi qu'un permis...

— Ben, tu as de sacrées relations ! Je devrais peut-être me méfier... Jules rit. Sérieusement, non ! On ne peut pas faire ça. Je vais en louer une. Ça sera plus simple.

— Avec quels papiers ? Tu as ton permis ? Une carte d'identité ? Une carte de crédit ? Tu les obtiendras dans combien de temps ? Et pour quelle durée vas-tu la louer ? Une semaine ? Deux ? Un mois, deux mois ? Combien de temps va durer ton infiltration ? Tu n'en sais rien. Quand tu seras dans la place, tu ne pourras pas passer chez le loueur pour prolonger ton bail... Tu vois que tu n'as pas d'autre solution. Prends la mienne. Je vais appeler Tony pour qu'il change les plaques et te fasse des papiers. Il te faudra aussi une arme...

Madeleine se leva et alla dans sa chambre. Elle revint avec un tissu replié qu'elle déposa sur la table devant Jules. Il écarta les pans pour découvrir un Beretta Tomcat 7,65 inox.

— Beau joujou ! C'est à toi ? Je suppose que cette arme

n'est pas déclarée ?

— Non. Un jour, je te raconterai mon histoire. Ce qui s'est passé après Hilario. Mais pour l'heure, accepte ça sans rien demander. Tu ne peux pas infiltrer un réseau criminel sans un minimum de protection.

— Euh... Ton arme a déjà blessé quelqu'un ? Ses balles sont impliquées dans un meurtre ?

— Mais ça ne va pas ? Tu me prends pour qui ? Bonnie Parker ? Madeleine s'emporta puis s'excusa aussitôt. J'ai toujours eu ce pistolet pour me défendre, au cas où... J'ai fait des choses pas très glorieuses et j'ai dû porter ce Beretta sur moi pour ne pas me laisser emmerder. C'est tout. Il n'a jamais servi. J'ai même une boîte toute neuve de balles. Ne cherche pas à savoir, Jules... Prends cette arme, pars retrouver ma fille et surtout fais bien attention à toi, s'il te plaît.

Elle le vit hésiter, se perdre dans ses pensées en examinant le Beretta. Puis il la dévisagea avec un œil nouveau. Il se dit qu'il s'était peut-être trompé sur elle, qu'elle n'était pas si innocente et fragile qu'elle en avait l'air. Elle avait un passé trouble et de bien curieuses relations. Peut-être même que l'enlèvement de sa fille avait un rapport avec tout cela ? Puis il cligna des yeux et revint à l'instant présent. Madeleine semblait stressée. Elle avait probablement peur qu'il refuse, ou qu'il fouille dans sa vie. Ce qu'il trouverait le décevrait, certainement. Mais Jules se dit que peu lui importait le passé de Madeleine. Ce qu'il s'apprêtait à faire n'était, sans doute, guère plus reluisant. Il accepta l'arme et le changement de plaques. Madeleine souffla. Elle pensa, cependant, qu'elle n'échapperait pas à une explication sur tout ceci, un jour prochain. Elle ne savait pas si elle était prête à tout lui raconter. Il ne comprendrait probablement pas. Cela le ferait fuir, certainement. Elle verrait bien, le moment venu... Elle se leva pour prendre le dessert et aller faire le café. Jules débarrassa la table.

Après le repas, il demanda à Madeleine de continuer à lui apprendre à se servir de son smartphone, à installer des applications et surtout à utiliser le GPS. Ils s'assirent côte à côte sur le canapé et elle lui expliqua tous les mystères de cet engin diabolique en sirotant deux petits verres de Cognac. Elle lui montra comment enregistrer un numéro dans ses contacts puis l'appeler, envoyer des textos, prendre des notes, enregistrer des mémos, manipuler les cartes et le GPS, et installer de nouvelles applications depuis le store. Il fut un peu perdu au départ, lui qui avait une profonde aversion pour la technologie, mais Madeleine était patiente et bonne pédagogue. Il assimila tout cela assez facilement, au bout du compte.

À plusieurs reprises, leurs doigts se frôlèrent en manipulant l'appareil. Ils se sourirent bêtement et continuèrent comme si de rien n'était. Jules installa seul les applications qui lui seraient utiles pour son enquête. Ce fut une immense victoire pour lui. Sans Madeleine, il n'y serait sans doute jamais arrivé. Il la remercia en lui serrant chaudement les mains et en retour elle déposa un baiser sur sa joue. Ils firent enfin une séance photo, pour les faux papiers, et rirent de leurs grimaces et de leurs facéties. En fin d'après-midi, Madeleine adressa ces clichés par email à Tony et demanda à Jules s'il voulait venir au cinéma avec elle, le lendemain soir. Il accepta avec plaisir.

Mercredi 11 avril, 15 h 30

Trois jours plus tard, Jules revint voir Madeleine pour emprunter sa voiture. Ils descendirent au sous-sol et ouvrirent ensemble le box numéro 105. Il découvrit une Citroën ZX blanche, pas toute jeune, mais en parfait état. Les plaques d'immatriculation avaient été changées et Madeleine lui tendit une carte grise et un permis de conduire au nom de Jules Lavigne. Il examina attentivement les papiers. Ils semblaient aussi vrais que ceux délivrés par la préfecture. Il s'étonna de la qualité du travail. Il y avait même l'hologramme. Elle sourit sans rien dire et lui remit les clés. Elle lui confia également son Beretta, ainsi qu'une boîte de balles et une enveloppe avec huit cents euros en liquide.

— Non, garde ton argent. Je n'en ai pas besoin.

— Jules ! Si ! Tu vas en avoir besoin ! On ne va pas se revoir avant un moment, alors prends et ne tergiverse pas. Donne-moi des nouvelles régulièrement, s'il te plaît. Par SMS. Je vais être morte de trouille durant les jours qui viennent. Fais surtout très attention à toi... Ce ne sont pas des enfants de chœur que tu vas trouver. Si tu sens que c'est trop dangereux, abandonne et reviens.

— Pas avant de savoir ce qui est arrivé à Lucie.

— Si. Même avant... Il y a déjà eu assez de victimes comme ça. Je n'en veux pas une de plus.

Elle fit un pas vers lui et le serra fort contre elle. Puis elle déposa un baiser sur sa joue. « Sois très prudent ! Je t'en prie ! » Un peu gêné par cet élan de tendresse, Jules resta les bras ballants, sans savoir quoi dire ni quoi faire. Elle s'écarta enfin, et le laissa monter dans la voiture.

Il sortit du parking en la saluant de la main puis se dirigea vers la rue du Chevaleret.

Il se gara à quelques pas du numéro 75 et partit faire un tour dans le quartier pour trouver une pharmacie, une boutique de gadgets électroniques et acheter de quoi manger. Il revint deux heures plus tard et s'installa au volant de la ZX pour patienter.

C'était de la folie. Il le savait. Mais quelle autre solution avait-il ? Rester là à attendre que la police trouve quelque chose sur ce faux avocat ? Le réseau l'avait sans doute déjà éliminé. Jules ne voulait pas laisser le temps à l'organisation d'effacer toutes ses traces et de s'évaporer. Il rechignait à faire endurer à Camille ce que Caroline avait subi quatre années plus tôt, entre les mains de trafiquants d'êtres humains en Amérique latine. Il allait entraîner une jeune femme dans ses délires de justicier, dans son envie irrépressible de résoudre cette affaire pour Madeleine. Mais que pouvait-il faire d'autre ? Attendre que Pascal découvre une éventuelle nouvelle piste ? Ce ne serait que dans plusieurs semaines, le temps qu'il réintègre son poste, après l'enquête de l'IGPN. Pendant ce temps, des filles souffraient. Elles étaient prisonnières et sûrement forcées à se prostituer. Quelqu'un devait infiltrer ce réseau, le révéler et mettre un terme à ses agissements. Ce n'était pas la police qui pouvait le faire. Alors qui d'autre, à part lui ?

Jules se demanda s'il était totalement honnête dans son désir de sauver ces filles. N'agissait-il pas, plutôt, pour prouver quelque chose à son entourage ? Comme, par exemple, qu'il était capable de résoudre cette affaire tout seul, au nez et à la barbe d'Hardouin, cet incompétent notoire ? Ou que le « Grand Commissaire Lanvin » était de retour ! Et encore plein de ressources ? Ou bien voulait-il se prouver, à lui-même, qu'il aurait été capable de sauver Caroline si Pascal et Christophe ne l'avaient pas empêché d'enlever la femme de l'avocat en Argentine, pour lui faire cracher le morceau ? Était-ce cela qu'il espérait démontrer aujourd'hui ? Que ses méthodes étaient les bonnes ? Que son idée était la seule qui aurait permis de retrouver Caroline à temps et de la sauver ? Que c'était leur faute s'il n'y était pas arrivé ? Était-il donc prétentieux à ce point ? Jules sentit sa tête tourner. Un frisson glacial lui parcourra l'échine. Pascal avait peut-être raison : l'avocat en Argentine, le faux avocat ici, il ne pouvait pas ignorer la similitude. Cette affaire le ramenait quatre ans en arrière. Face à son échec le plus cuisant. Et cette fois, il voulait réussir. À tout prix. Et à sa manière.

Il se persuada qu'il faisait ça pour Lucie, Madeleine et Éva. Que Camille comprendrait et accepterait de jouer le jeu. Et finalement, que les choses se terminaient bien cette fois. Il se mentait, il le savait. Mais il ne pouvait pas rester sans rien faire.

Camille Verdana rentra chez elle vers dix-neuf heures. Jules la regarda pénétrer dans son immeuble. Il dîna ensuite dans sa voiture et attendit vingt-deux heures pour sortir. Il monta sonner à sa porte.

— Ah, c'est vous ! dit-elle d'un air visiblement déçu quand elle lui ouvrit.

— Tu espérais quelqu'un d'autre ? Je peux entrer te parler un instant ?

— Ouais, entrez... Elle referma derrière lui et se tint appuyée contre la porte. Où est Julien ? Comment va-t-il ? Qu'est-ce que vous en avez fait ? Je n'ai plus aucune nouvelle ! Ils m'ont relâchée sans rien me dire après vingt-quatre heures de garde à vue.

Jules éluda les questions.

— Il est impliqué dans l'enlèvement et la disparition de Lucie Carlier et d'Éva Merlotto.

— Non ! Ce n'est pas possible ! Vous faites erreur. Pas Julien, c'est un gars super-gentil, prévenant, et tout et tout !

— Et tu étais la suivante sur sa liste... Il avait pour habitude de fréquenter ses victimes durant quelques jours, ou quelques semaines, avant de les faire enlever par ses complices. Tu ferais mieux de l'oublier !

Camille sentit sa tête tourner et fit quelques pas pour aller s'asseoir sur le bord de son canapé-lit. Les larmes lui montèrent aux yeux, mais elle se retint de pleurer. Ce n'était pas possible ! Pas Julien ! Le flic se trompait. Pourtant, au fond d'elle, une petite voix lui murmurait « *Tu vois, je t'avais bien dit de te méfier de lui !* » Au début de leur relation, c'est vrai qu'elle avait eu des doutes. Elle lui avait posé des tonnes de questions et il lui avait assuré que non, il n'y était pour rien dans la disparition de ses deux copines, tout en riant de sa stupidité. Elle s'était sentie idiote, et avait fini par se convaincre qu'il lui disait la vérité. Que ce n'était qu'un épouvantable hasard. Qu'un prédateur rôdait autour du groupe et qu'avoir un garçon auprès d'elle pouvait peut-être la protéger. Elle avait plongé ses yeux dans les siens et y avait lu de la sincérité. Peut-être même une pointe de fragilité et de peur. Cela l'avait attendrie. Elle avait alors ignoré tous ses doutes et laissé libre cours à son cœur. Elle avait eu envie de croire à cet amour que Julien lui offrait. Ce dernier était si beau, si doux, si gentil et attentionné. Il s'intéressait à elle : quelle chance elle avait ! Elle était fière de l'avoir à son bras, devant toutes ses copines qui bavaient de jalousie. La rivalité entre filles rend complètement marteau et aveugle. L'amour n'arrange rien.

Sentant son désarroi, Jules s'assit à côté d'elle et lui demanda si elle avait quelque chose de fort à boire.

— Au-dessus de l'évier de la cuisine. Il y a du whisky et de la vodka.

— Whisky ou vodka ? demanda-t-il en se relevant et en allant ouvrir le placard.

— Vodka... Il y a du Coca dans le frigo, si vous voulez.

Jules trouva des verres dans la porte à côté. Il les remplit à moitié et versa discrètement le contenu de trois gélules dans celui destiné à Camille. Il revint vers elle et lui tendit son breuvage. Elle le but cul sec. Jules se rassit près d'elle et sirota quelques gorgées.

— Vous êtes vraiment sûr ? redemanda-t-elle. Sûr qu'il est mêlé à tout cela ? Sûr que j'étais la prochaine ?

— Oui, vraiment sûr, mentit Jules. En fait, ce n'était qu'une hypothèse, mais elle était la plus plausible. L'assassinat de Julien dans sa cellule prouvait qu'il faisait partie d'un réseau et était complice de ces enlèvements. Est-ce que Camille était la suivante ? Sincèrement, il n'en savait rien, mais il faisait le pari que Julien restait auprès d'elle jusqu'au moment où on lui commanderait une autre fille.

— J'ai vraiment eu chaud, alors ?

— Oui, vraiment ! On te demandera de témoigner... Ça va, Camille ?

— ... Pardon, je ne sais pas ce que j'ai... Un coup de fatigue sans doute... L'émotion de cette nouvelle... Je me sens bizarre, sans force, tout d'un coup.

— Je comprends. Tout cela te bouleverse. C'est naturel.

— Il faut que je m'étende. Est-ce que vous pourriez me laisser ? J'ai besoin d'être seule.

— Je rince les verres et je m'en vais.

Camille s'allongea sur son canapé-lit et suivit du regard Jules qui se rendait dans la cuisine. Il lava les deux verres puis les essuya. Elle ferma les yeux et s'endormit aussitôt.

Jules tira des gants en latex de la poche intérieure de sa veste et les enfila. Il effaça méthodiquement toutes les empreintes qu'il aurait pu laisser dans le petit appartement. Il chercha ensuite du gros scotch et des cordes dans les placards. Il choisit des vêtements dans une penderie pour habiller chaudement Camille, lui passa un blouson, puis la bâillonna et la ligota. Il attendit deux heures du matin pour la hisser sur son dos et descendre silencieusement l'escalier de l'immeuble. La rue du Chevaleret était déserte. Il la transporta jusqu'à la ZX et la glissa dans le coffre. Il referma délicatement le hayon et s'installa au volant. Puis il prit son portable et appela le numéro trouvé dans la poche de Julien Latour.

Personne ne décrocha. *Merde*, se dit-il, *j'espère que je n'ai pas fait tout cela pour rien !* Il recommença cinq minutes plus tard. Toujours rien. Il eut alors l'idée de rédiger un SMS comme Madeleine le lui avait appris : « *J'ai la fille que Julien a repérée. Je vous l'apporte ?* »

Il attendit cinq minutes avant qu'une réponse ne lui parvienne : « *Faux numéro.* »

Jules réfléchit puis renvoya un autre message : « *C'est Julien qui m'a donné votre numéro.* »

Encore quelques instants de silence, avant que la réponse ne vienne : « *Tu es qui ?* »

« *Un pote de Julien. Il m'a mis au parfum de votre petit trafic. Je l'ai déjà aidé à vous livrer des filles. J'en ai une, toute prête, pour vous.* »

« *Comment être certain que tu n'es pas un flic ?* »

« *Je fuis les poulets tout autant que vous. J'ai mon propre business dans le nord de Paris. Vous vous êtes débarrassé de Julien apparemment. Maintenant, c'est avec moi que vous traiterez si vous voulez des filles. J'ai Camille Verdana dans mon coffre de bagnole. Elle ne va pas tarder à se réveiller. Je vous la livre où ?* »

Jules n'était pas certain de convaincre son interlocuteur avec son argumentaire improvisé, mais il ne voyait pas comment expliquer autrement son appel. Il s'écoula quinze minutes avant qu'une réponse ne lui parvienne. Durant ce laps de temps, son contact avait probablement interrogé différents membres du réseau pour décider quoi faire.

« *On ne trempe pas là-dedans. Oublie ce numéro.* »

Zut. Ils ne mordaient pas à l'hameçon. Ils se méfiaient de

lui. Jules hésita un instant puis tenta un coup de poker : « *J'en veux seulement 5 000.* » À ce prix-là, se dit-il, c'est une affaire pour eux. À combien pouvait se négocier l'enlèvement d'une fille ? 10 000 ? 15 000 ? 20 000 ? Ils devraient y trouver leur compte, surtout s'ils la revendaient à un autre réseau ensuite. Les bénéfices seraient plus conséquents. La réponse vint dix minutes plus tard :

« *OK, mais 3 000, à prendre ou à laisser.* »

Les rapaces ! pensa Jules. Ils en profitent pour tirer les prix vers le bas.

« *OK, je prends* », répondit-il simplement. Après cinq minutes, l'adresse lui parvint :

« *Rue de la Marseillaise, à Vermenton, à une heure demain matin. Va au bout de la rue, là où elle se sépare en fourche, au milieu des champs. On t'y attendra. Monte tous phares éteints. Seul, sans arme.* »

SIXIÈME SANG

SECHS

Journal de Merl Sattengel
17 août 2011

Mes cinq tentatives précédentes ont toutes conduit à des échecs, des enfants mort-nés, difformes, ou décédés peu de temps après leur naissance. Mais la sixième est enfin la bonne ! Elle est parfaite : trois kilogrammes six cents, cinquante et un centimètres, elle est merveilleusement équilibrée. Je suis totalement bouleversé de la tenir entre mes mains. Elle est belle, elle vit, elle bouge, elle me fait des grimaces, elle est si petite et si fragile : ma très chère sœur. Elle ressemble en tous points au bébé que mes parents avaient photographié, avec moi à ses côtés, dans notre couffin à la clinique. Maintenant, il va falloir qu'elle grandisse pour que je sache si tout va bien, si son cerveau fonctionne correctement. Serais-je assez patient ? Il me tarde de la retrouver telle qu'elle était, de lui parler. J'aurais soixante-huit ans quand elle en aura trente. Cela me donne le vertige. Notre vie est à tout jamais bouleversée. Mais peu importe. Elle est de nouveau là, près de moi. Désormais, c'est à moi de la protéger, de l'élever et de lui apprendre tout ce que Meryl savait.

En attendant qu'elle devienne Meryl, je l'ai baptisée Sechs. Sa réussite rend inutiles les deux essais suivants, mais j'ai décidé de les conduire à terme tout de même. Je m'en débarrasserai plus tard, ou je réaliserai des études dessus.

Dorénavant, je maîtrise la technique pour produire des embryons parfaits, copies conformes de l'être original, à partir de ses cellules souches. Mon entreprise peut démarrer. Il me faut un endroit pour les faire grandir en toute discrétion. J'ai entamé la réfection des niveaux supérieurs du château pour y aménager des chambres, un réfectoire et des salles de jeux. Ils auront tout le parc, aussi, pour s'amuser. Les enfants y seront bien. Le personnel qui travaillera dans les étages devra également être dans le secret. Il sera soumis à la même pression que celui en labo, ce qui l'empêchera de parler. Officiellement, nous créerons une sorte d'orphelinat, afin de ne pas attirer l'attention sur notre nouveau business.

17 août 2012

Sechs a aujourd'hui un an. Elle grandit et se développe parfaitement. Les sentiments que je noue pour elle sont perturbants. Elle dépend de moi, comme tout bébé dépend de ses parents. D'une certaine manière, je suis son géniteur, car c'est moi qui l'ai créée. Elle est ma fille, tout en étant ma sœur. Quand elle me regarde avec ses petits yeux naïfs et pleins de tendresse, je ne peux qu'être troublé. Je sais qu'elle est Meryl, mais en même temps ce n'est pas tout à fait elle. J'avoue que je suis perdu. Je ne m'attendais pas à cela. Je pensais la retrouver... Et je me rends compte que c'est impossible. C'est une autre personne qui va grandir auprès de moi. Une autre qui aura son visage, son corps, sa voix, ses gestes, mais probablement pas son âme. Jamais, je ne reverrai ma jumelle. Mes illusions se sont envolées. Mon rêve s'est brisé. J'y ai consacré de nombreuses années avec, comme unique énergie, le désir de retrouver ma sœur et je mesure aujourd'hui le gouffre qui sépare ce désir de la réalité. Je ne peux pas l'appeler Meryl. Je n'y arrive pas. C'est elle sans être elle. Elle pense et agit différemment. Elle restera à tout jamais Sechs : la sixième tentative. Je vais me débarrasser de Sieben et Acht. Je ne pourrai pas supporter de voir trois pâles copies de ma sœur, sans qu'aucune d'elles ne soit vraiment Meryl.

5 octobre 2013

Je ne suis pas arrivé à éliminer Sieben et Acht. Comment pourrais-je tuer des enfants qui portent chacune une part de ma sœur ? Elles ont toutes les trois son ADN, ses cellules, son visage. Les voir tourner autour de moi me fait souffrir et me rappelle celle que je ne reverrai jamais. Et puis, peut-être que Sieben, ou bien Acht, sera finalement plus proche de la Meryl que j'ai connue, que Sechs ? Je dois les laisser grandir pour savoir. Alors, je me concentre sur mon travail, en attendant. Je m'enferme dans mon labo. J'y passe quatorze heures par jour. Cela me permet de ne pas les croiser ni de penser à elles. J'ai confié l'éducation de Sechs, Sieben et Acht aux infirmières et pédiatres qui résident en permanence au château.

Mon entreprise commence à bien tourner. Les actionnaires

me font confiance et me fournissent les fonds pour m'agrandir et m'équiper pour une production à grande échelle. Sechs, Sieben et Acht ont été là pour leur prouver que mes travaux étaient sérieux et que mon savoir-faire était bien réel. Ils sont devenus mes premiers clients. Qui refuserait une telle assurance-vie ? Non pas un bout de papier qui vous promet un revenu financier en cas de souci, mais une véritable garantie de longévité grâce à un stock d'organes sur pieds, à des pièces détachées disponibles immédiatement pour vous réparer si une défaillance survient.

Je suis le seul au monde à proposer cela. La connaissance de mon offre s'est répandue comme une traînée de poudre dans le microcosme des plus grandes fortunes. Je croule désormais sous les demandes et mes capacités de conception et d'élevage sont limitées. Le problème, c'est qu'on ne fait pas attendre des gens riches. Ils ne sont pas habitués à cela. On se doit de répondre immédiatement à leurs moindres désirs, sinon ils vous crachent à la figure et se détournent de vous à tout jamais. Pire : ils le font savoir autour d'eux. Les autres riches se détournent de vous et vous faites faillite. La phase est dès lors délicate. Aussi, je prélève au plus vite les cellules souches de mes clients et je les conserve en caisson cryogénique en attendant d'avoir des matrices de libres. Mes clients ont ainsi l'impression que je traite leur demande rapidement. Je triche un peu. Le problème, c'est que le délai entre le prélèvement et l'insémination s'allonge. Cela va finir par se voir.

Il me faut absolument plus de matrices en parallèle. J'ai donc décidé d'étendre mon laboratoire à tout le sous-sol du château, aux carrières et aux bunkers sous la montagne. Nous avons tout connecté : réhabilité l'ancien abri antiatomique, rouvert les carrières, créé de nouvelles salles de travail, des labos et des nouvelles chambres pour nos matrices. Espérons que cela suffise à l'avenir.

25 mars 2015

Les trois étages du château commencent à saturer. J'ai repoussé les chambres du personnel sous les toits, au quatrième. Les dortoirs des assurances-vie se répartissent du premier au troisième, ainsi que les réfectoires, un par niveau. L'administration et les salles de prélèvement, où l'on reçoit les clients, occupent le rez-de-chaussée. C'est dans les nombreux sous-sols de la bâtisse que j'exerce désormais mon talent sans plus voir le jour.

J'ai recruté de nouvelles personnes pour mon labo. J'ai aussi dû racheter un hôtel près du centre-ville pour les loger. Toutes ont signé un accord de confidentialité, mais au-delà de ce bout de papier, elles savent très bien que si elles parlent de leur travail, à quiconque, leurs familles en pâtiront. Elles-mêmes encourent la mort. Mes gardes ont été clairs. Ils sont redoutablement persuasifs et efficaces quand il le faut.

Dernièrement, une de mes laborantines, qui voulait me dénoncer à la police, en a fait la cuisante expérience : elle et sa famille ont disparu du jour au lendemain. Plus aucune trace. L'information a circulé dans tout le château. Cela a refroidi les autres. Elles se tiennent à carreau parce qu'elles ont peur. Elles savent qu'on ne plaisante pas avec le secret. Mais ont-elles vraiment réalisé qu'aucune démission n'était possible ?

17 août 2016

Sechs a cinq ans. Je la trouve très mature pour son âge. Bien plus que Sieben et Acht. Son cerveau est celui d'une fillette de sept ou huit ans. Ses précepteurs sont étonnés. Elle sait déjà lire couramment. Elle raisonne presque comme une adulte, mais est de temps à autre très agitée. Au point de se révolter contre tout, contre moi, son univers, les gens qui l'entourent, l'éduquent et la soignent. Elle s'en prend aussi à ses sœurs. Elle a certaines fois des crises de colère difficiles à canaliser. Dans ces moments-là, elle fait preuve d'une grande violence en vociférant des insultes et en cassant tout ce qui lui passe sous la main.

Elle me fait peur. Parfois, j'ai l'impression que l'âme de Meryl s'est réincarnée en elle, et qu'elle est en colère contre moi. Qu'elle me le fait savoir à travers Sechs. Mais c'est impossible. Je suis un scientifique. Je ne crois pas en de telles choses. Pourtant...

Il arrive à Sechs de changer soudainement de comportement en quelques secondes, sans raison : de petite fille douce et paisible qui chantonne et joue avec ses jouets dans son coin, elle devient tout à coup une furie qui élève la voix contre ses poupées, les jette contre les murs, leur arrache la tête ou les membres. Elle se met ensuite à courir en hurlant dans les couloirs du château qu'elle est Meryl, la sœur du patron, et qu'on lui doit du respect. Elle crie qu'elle m'en veut, qu'elle me hait pour ce que je lui ai fait, et qu'elle aurait voulu rester morte. Puis, elle exige de moi que je l'appelle Meryl et non Sechs... Mais je ne peux pas... Alors elle se jette sur moi et me frappe de ses petits poings.

Comment a-t-elle découvert l'histoire de Meryl ?

Comment a-t-elle deviné qu'elle est née de ses cellules souches ? Qui le lui a dit ? Le personnel n'en sait rien. Moi-même, je ne lui en ai jamais parlé.

Serait-elle tombée sur ce journal, en fouillant dans mes affaires ? Impossible. Il est rangé en permanence dans le tiroir de mon bureau qui ferme à clé, et je suis le seul à posséder cette clé. Aurait-elle eu accès aux sous-sols du bâtiment et vu mon laboratoire, les matrices dans leurs chambres ? L'ascenseur est muni d'un digicode, comme la porte de l'escalier. Comment aurait-elle pu y aller ? Et quand bien même : comment aurait-elle pu deviner qu'elle était le clone de Meryl ? Je ne comprends pas.

Je regrette. Je n'aurais jamais dû la créer. Je me rends compte à quel point j'ai été à la fois naïf et présomptueux : j'ai cru pouvoir régénérer ma sœur à partir de quelques cellules prélevées dans sa moelle épinière, alors qu'elle était à l'hôpital San Candido, juste après son accident. J'ai imaginé pouvoir la restituer « corps et âme » afin de pouvoir retrouver cette complicité gémellaire avec elle... Cette complicité qui me manque tant aujourd'hui. Je me sens si seul. J'ai l'impression qu'on m'a arraché une partie de moi-même. Mais l'âme est une chose complexe et intangible qui ne se laisse pas appréhender par la médecine ou la chimie. Meryl, en tant que personne, n'existe plus. Ses trois clones ne sont que des copies de son corps, mais pas de son âme.

J'ai soudain réalisé que je cherchais à retrouver l'âme de ma sœur à travers ses clones, alors qu'elle était en vérité présente en moi. Elle fait partie de moi. Car, elle vit à travers ma mémoire et cet ADN que nous partageons. Elle est là. Dans ma tête et dans mon cœur. Quand je n'y arrive plus, quand je désespère, quand les obstacles se dressent devant moi plus haut que des montagnes et que je ne me sens pas le courage de les surmonter, j'entends sa voix suave me parler avec tendresse et me réconforter. Elle me dit que je vais y parvenir, que je suis plus fort que cela, qu'elle croit en moi. Je vois son sourire cajoleur dans les miroirs et il gomme immédiatement toutes mes douleurs et tous mes doutes. Je sens ses mains, aussi délicates et légères que des plumes, se poser sur mes épaules, caresser mes joues, et me redonner l'énergie dont j'ai besoin.

20 août 2016

J'en suis maintenant certain : Meryl m'accompagne. Elle est en moi. Elle m'aide et me conseille, chaque jour. J'entends désormais sa voix tout le temps. Nous ne faisons plus qu'un. Je l'ai retrouvée. Je n'ai plus besoin de ces clones stupides. C'est le Diable qui m'a poussé à les créer alors que j'étais faible et que je souffrais de l'absence de ma sœur. Meryl m'a demandé de les éliminer. De tuer ces démons. C'est ce que je vais faire.

Cette nuit, je suis entré silencieusement dans la chambre de Sechs, une hache à la main. J'ai brandi haut la lame au-dessus de son cou et je me suis figé. Mes forces m'ont abandonné quand j'ai vu son petit visage endormi. Je n'ai pas eu le courage. Ce n'est qu'une enfant. Et elle lui ressemble tellement...

Meryl m'a intimé de le faire ! Sechs a ouvert les yeux à cet instant. Elle a aperçu la hache au-dessus d'elle. Elle a bondi hors du lit en hurlant. Elle s'est enfuie dans les couloirs du château. Je n'ai pas pu la rattraper.

25 août 2016

Les choses sont devenues très compliquées avec Sechs depuis cette nuit-là. Elle garde ses distances et refuse de me parler. Elle n'a que cinq ans, mais j'ai parfois le sentiment qu'elle me regarde avec des yeux d'adulte. Elle me juge comme une femme le ferait. Elle a exigé qu'une infirmière dorme en permanence dans sa chambre, et que la porte soit fermée à clé de l'intérieur. J'ai accepté. Je ne sais pas comment me racheter. Comment lui faire oublier cet instant de folie ? Peut-être qu'avec le temps… Je suis un père atroce.

Elle a décidé de ne plus se laisser pousser les cheveux, comme les autres petites filles de son âge ni comme ses sœurs. Elle se les coupe elle-même en carré, court, devant sa glace. Elle ne veut plus que quiconque s'approche d'elle avec des ustensiles tranchants ou pointus. Elle ressemble encore plus à Meryl ainsi, avec sa coupe à la garçonne… C'est insupportable pour moi. On dirait qu'elle le fait exprès, pour me torturer. J'ai le sentiment qu'elle m'a déclaré la guerre.

2 septembre 2016

J'ai fouillé la chambre de Sechs pendant qu'elle jouait dehors. Sous son matelas, j'ai trouvé une photo de Meryl et moi. C'était à Venise, une semaine avant son accident. Ma sœur avait les cheveux coupés court, comme Sechs. Elle souriait et me regardait avec un air taquin en me serrant par la taille, devant le pont des Soupirs.

Comment a-t-elle eu cette photo ? Elle était dans mon tiroir, fermé à clé, au fond de mon bureau. Aurait-elle réussi à crocheter la serrure ? Si c'est le cas, elle a dû lire ce journal. Tout s'explique. Elle a donc compris. Sa maturité m'effraie. Je dois redoubler de vigilance, mieux cacher mes affaires. Je vais faire installer un coffre-fort pour y ranger mes documents sensibles.

2 octobre 2016

Le comportement de Sechs a changé. Elle ne me fuit plus. Elle passe désormais devant moi en me défiant, ou en me jetant des regards sombres. Alors qu'auparavant elle restait le plus souvent seule dans son coin à jouer, maintenant elle commande un petit groupe d'enfants. Elle est devenue leur cheffe. Elle organise des jeux douteux dans lesquels les autres doivent faire absolument tout ce qu'elle désire. S'ils désobéissent, elle les frappe puis les chasse du groupe. Elle les fait courir tout nu dans la forêt, derrière le château, se rouler dans la boue ou les orties. Elle joue à celui qui gardera la tête plongée le plus longtemps possible dans une marmite d'eau froide posée sur un feu allumé. Elle les fait grimper dans des arbres et sauter au sol de plus en plus haut. Bien évidemment, Acht et Sieben sont de la partie. Elles font tout ce qu'elle leur dit.

J'ai demandé à ce qu'on la surveille constamment et qu'on l'empêche de jouer à ces jeux dangereux. Il ne faudrait pas qu'elle blesse les autres enfants. C'en serait terminé de mon business. Qui voudrait d'une assurance-vie en mauvais état, ou pire : morte. Je serai tenu de rembourser les frais engagés par leurs propriétaires et je n'en ai pas les moyens. Tout ce que je gagne me sert à entretenir le domaine, le château, à payer grassement le personnel, et ce qui reste je le réinvestis dans le matériel et dans mes travaux. Je me verse un tout petit salaire, pour me nourrir et m'habiller, mais je ne roule pas sur l'or. Toute ma fortune, je l'ai mise dans cette entreprise. Mes clients ne manqueraient pas de se retourner contre moi et de m'écraser si je ne tenais pas mes engagements.

J'ai l'impression que Sechs, du haut de ses cinq ans, en a conscience. C'est dingue, mais j'ai le sentiment qu'elle fait tout pour nuire à mon travail. On dirait qu'elle veut abîmer mes clones, détruire ce que j'ai bâti, pour me faire payer sa création. Elle est devenue sournoise, retorse, et me semble dénuée d'empathie envers ses petits camarades. Derrière son doux visage enfantin, son esprit manigance constamment des choses dont je n'ai pas idée. Seul son regard la trahit. Elle me déteste et ne compte rien m'épargner. Peut-être est-ce elle qui a allumé le feu dans les cuisines, il y a trois nuits de cela. Il aurait pu détruire toute la bâtisse si une infirmière ne s'était levée pour boire et n'avait découvert l'incendie à temps. Elle a aussitôt pris un extincteur et l'a étouffé. Nous avons eu de la chance.

Peut-être est-ce que je culpabilise d'avoir tenté de la tuer, mais j'ai l'impression que toutes les choses, petites ou grandes, qui vont de travers au château sont de son fait et découlent de ses plans tordus.

Enfin, je ne sais pas... Ce n'est qu'une enfant après tout. Certes, elle a lu mon journal, elle est en colère contre moi, contre le monde qui l'entoure, contre elle-même aussi probablement. Mais est-elle capable de comploter à ce point ? Je deviens sans doute paranoïaque.

5 mai 2017

Aujourd'hui, nous avons reçu un oligarque dont je tairai le nom. Un milliardaire russe d'une trentaine d'années qui s'est enrichi très rapidement grâce au commerce des armes. Il est obsédé par sa déchéance. Il est venu visiter nos installations pour savoir s'il pouvait nous faire confiance. Je lui ai montré les laboratoires souterrains, les salles des naissances, les chambres et les réfectoires dans le château, le réseau informatique, l'équipe de sécurité et le parc avec toutes ses caméras. J'ai évité de lui faire voir nos matrices. J'ai invoqué une raison de confidentialité. Pour parer à tout problème, Sechs a été enfermée avec son infirmière. Il a aperçu les autres enfants, a reconnu quelques célébrités, et cela l'a rassuré. Il a signé un chèque de vingt millions de dollars pour quatre assurances-vie. C'est la plus grosse somme que je n'ai jamais reçue. Il a doublé le tarif que je demandais.

En général, mes clients paient pour une unique assurance-vie. Deux millions et demi suffisent alors. Mais celui-ci sait que sa famille est porteuse de la maladie de Von Hippel Lindau. Elle provoque des tumeurs endocrines du pancréas et a tué tous ses ancêtres, très jeunes. Il pense qu'une seule transplantation de pancréas ne sera pas suffisante pour lui quand la maladie se déclarera. Il souhaite en avoir deux autres pour plus tard, au cas où. Il m'a demandé également d'effectuer des expériences sur le dernier embryon restant afin de corriger le gène qui provoque cette maladie. Il veut tester sur lui le traitement génétique que j'aurai mis au point, puis l'injecter à ses enfants pour les protéger.

Je n'ai jamais fait de recherche sur l'amélioration des

gènes pour éradiquer une maladie. Je ne sais même pas si j'en suis capable. Mon activité consiste juste à cloner l'existant. J'ai tout d'abord refusé, mais il a fortement insisté. À l'entendre, personne d'autre que moi ne peut travailler sur ce sujet. Il veut que je trouve la séquence génétique à modifier pour que sa descendance ne souffre plus de cette maladie qui les condamne tous à mort vers quarante ou quarante-cinq ans. Il ne m'a pas laissé le choix. J'ai parfaitement perçu la menace, à peine voilée, de révéler ce que je faisais ici, si je refusais de bosser pour lui.

Je lui ai donc fait les prélèvements nécessaires pour son clonage et lui ai assuré que je lui donnerai des nouvelles si mes recherches aboutissaient. Il a secoué la tête et a exigé des résultats pour dans six mois. Il m'enverra ses trois gorilles pour vérifier l'avancée de mes travaux à ce moment-là. J'ai regardé les trois grosses brutes qui l'accompagnaient et j'ai rétorqué que six mois c'était trop court. Mais il n'a rien voulu entendre.

16 août 2017

Cela fait trois mois que je travaille, presque jour et nuit, sur le code génétique de cet homme. Grâce à son argent, j'ai pu investir dans des machines ultrasophistiquées. Les plus puissantes, actuellement, pour séquencer et décoder un génome. Je lis tous les articles scientifiques sur le sujet. Je regarde même des vidéos et des sites de chercheurs totalement en marge de la science académique, sur le Dark Net.

Un professeur cubain déclare pouvoir proposer aux parents une manipulation des gènes de leur embryon pour leur assurer un garçon ou une fille, aux yeux bleus ou verts, avec la voix de Maria Carey ou le cerveau d'Einstein. Un autre, chinois, dit pouvoir éradiquer tout type de maladie en découpant les gènes incriminés et en les remplaçant par des séquences inoffensives. Cependant, en creusant ses travaux, j'ai découvert qu'il n'a pas encore réussi à créer des êtres génétiquement modifiés viables.

Je me rends compte que je me suis engagé dans une voie dans laquelle je ne suis pas certain de déboucher. J'étudie la thérapie génique et ses outils comme le CRISPR-CAS9[32]. Je ne sais pas si je serai capable de faire ce que le russe exige, car je piétine : je ne trouve pas comment isoler le gène qui pose problème. J'aurais dû refuser en bloc tout son argent. Mais ses trois premières assurances-vie sont déjà en cours de gestation. Sa quatrième n'est pas encore lancée. J'attends de progresser dans mes connaissances. Si jamais j'y arrive.

J'ai reçu un mail de mon client, ce matin, me demandant si j'avais avancé. Je n'aime pas le ton de son message ni la pression qu'il me met. Il n'est pas du genre patient. J'ai très peur.

17 août 2017

Jour des six ans de Sechs. Nous venions de les fêter quand

---

[32] Outil moléculaire qui permet d'invalider un gène ou de le corriger. Il est composé d'un fragment d'ARN (CRISPR) qui reconnaît une séquence spécifique sur l'ADN, auquel vient se fixer une nucléase (Cas9) qui coupe les deux brins d'ADN à cet endroit précis.

un terrible drame s'est produit. Alors qu'elle jouait avec les autres enfants dans le parc du château, après avoir dégusté son gâteau d'anniversaire, elle a emmené ses deux sœurs près des ruines de la chapelle Saint-Nicolas. Je ne sais pas comment elle a découvert que cette chapelle avait une crypte dont l'entrée se trouvait un peu plus loin, à la lisière de la forêt. Elle y a entraîné Sieben et Acht. Une voûte s'est effondrée sur elles et a écrasé Acht. Elle est morte sur le coup. Sieben a été blessée à la tête et à l'épaule. Elle a pu sortir de là et venir nous prévenir. Je l'ai soignée et gardée en observation. Sechs est restée introuvable pendant deux bonnes heures. Nous l'avons cherchée partout dans le parc et la forêt. C'est une infirmière qui l'a finalement retrouvée en train de jouer avec ses poupées sur son lit, comme si de rien n'était. Elle n'a exprimé ni tristesse ni regret, aucune empathie vis-à-vis de sa sœur décédée. Elle ne s'est nullement sentie coupable.

Je l'ai enfermée dans sa chambre pour qu'elle réalise la gravité de la situation. Je ne suis pas certain que cela serve à quelque chose. Je la trouve dure et renfermée. Elle fait mine de ne pas comprendre pourquoi on la punit. Je pense même qu'elle l'a fait exprès.

18 août 2017

Sieben a été hospitalisée. Elle s'est plainte de violents maux de tête. Elle a vomi durant la nuit et son bras droit ne répond plus. Elle a également montré des signes de confusion. Le diagnostic est tombé : hématome intracrânien. Elle a été opérée pour évacuer l'épanchement et libérer la pression sur son cerveau, mais les médecins sont réservés, car ses vaisseaux sanguins sont très fragiles et son sang peine à coaguler.

20 août 2017

L'hémorragie a repris et n'a pu être contenue par les chirurgiens. Sieben est décédée à 17 h 35 ce jour. J'ai eu l'impression de perdre ma sœur pour la troisième fois. Je suis dévasté. Il ne me reste plus que Sechs et les relations avec elle sont très compliquées. Elle m'évite. Elle doit sentir que je pourrais avoir des gestes très violents envers elle. J'ai, à certains moments, envie de la tuer et de recommencer toute ma création à zéro. Mais le courage me manque. Et puis j'ai d'autres sujets plus importants à traiter pour l'instant.

Je ne vais cependant pas pouvoir la garder avec nous. Elle est trop dangereuse pour les enfants. Je dois trouver une solution pour l'éloigner.

30 octobre 2017

Après m'être immergé totalement dans mes travaux de recherche pendant dix jours, à la fois pour ne plus voir Sechs et pour trouver une solution pour l'oligarque, je souffle un peu. Je pense avoir isolé la séquence d'ADN qui provoque la maladie de Von Hippel Lindau. J'en ai informé mon client russe qui s'est dit satisfait. Il me faut maintenant remplacer cette séquence par une séquence neutre sur un embryon créé à partir de ses cellules souches et observer si l'enfant se développe normalement. Je dois probablement en prévoir plusieurs, pour faire différents tests. Ce travail va mobiliser quelques-unes de mes matrices. Il va donc m'en falloir de nouvelles pour continuer à concevoir des assurances-vie pour mes autres clients.

La modification in vivo des cellules de mon client et de sa descendance ne sera pas chose aisée. Elle nécessitera l'utilisation d'un virus transporteur de gènes. Pour cela, je dois mettre en place un laboratoire très sécurisé et des protocoles spécifiques afin de manipuler des virus. En attendant de recevoir ses nouveaux gènes modifiés, l'oligarque parle déjà de moi à son entourage et m'adresse de nouveaux clients pour des assurances-vie. Je n'aime pas ces Russes. Ils sont arrogants, suffisants, et te donnent la sensation qu'ils te menacent tout le temps si tu ne fais pas ce qu'ils veulent. Mais leur argent coule à flots. Ils ne regardent pas à la dépense. Et cela m'est indispensable pour continuer à me développer.

5 février 2018

Pour la première fois depuis que j'ai lancé mon entreprise, le père d'un de mes plus jeunes clients a demandé à récupérer l'assurance-vie de son fils. Ce dernier a besoin d'une transplantation cardiaque urgente, au Moyen-Orient. Son clone, appelé Numéro 28 dans nos fichiers et qui n'était âgé que de trois ans, est donc parti aujourd'hui pour l'aéroport de Genève.

J'ai ressenti une immense fierté de le voir quitter notre « orphelinat » pour sauver la vie d'un enfant. Tout ce que j'ai réalisé depuis des années prend enfin son sens. Et quand j'observe tous ces clones qui jouent dans le parc, je me dis que je n'ai pas sacrifié mon temps inutilement, que Meryl n'est pas morte pour rien. Ensemble, nous avons créé cet institut pour sauver des vies humaines, pour combler un manque crucial de dons d'organes, pour assurer une plus longue vie à des centaines de gens, enfants ou adultes.

Une infirmière a écrasé une larme en regardant Numéro 28 monter dans le taxi. Il faut que je la surveille de près, celle-là. Elle est trop sensible. Elle pourrait craquer et devenir un danger pour notre entreprise. On ne doit pas s'attacher aux clones. Le personnel le sait. Ce ne sont que des assurances-vie. Rien de plus. Ils sont destinés à fournir des pièces pour remplacer celles qui sont défectueuses. Cent pour cent compatibles. Sans aucun risque de rejet. Ni nécessité de prendre un médicament à vie, puisqu'elles sont génétiquement identiques aux originales. C'est ça la « prodigiosité » de mon offre.

Une fois la transplantation cardiaque réalisée, il faudra que je suggère à son père de souscrire une nouvelle assurance-vie pour son fils. On ne sait jamais : il pourrait avoir besoin d'un autre organe dans quelques années. Élever un clone demande beaucoup de temps.

À ce propos, une évidence m'a sauté aux yeux ce jour-là. Curieusement, je n'y avais pas encore songé. J'étais trop absorbé par mon travail de conception, sans doute. Mais tous ces clones vont grandir, s'ils ne sont pas utilisés durant leur enfance. Que vais-je en faire quand ils seront adolescents ou adultes ?

Il va me falloir un espace plus vaste pour les parquer et contenir leurs probables désirs de liberté. Il y aura sûrement des tentatives d'évasion, des rébellions. Certains s'imposeront comme chefs et fomenteront des révoltes. La nature humaine est ainsi faite.

Mon château ne suffira pas. Je dois trouver un local sécurisé, gardé par une milice expérimentée. Je songe à acquérir une prison désaffectée, à quelques kilomètres d'ici. C'est un lieu qui n'éveillera pas les soupçons. On pourra y enfermer des adolescents et des adultes. Ils passeront pour des délinquants, sans que cela paraisse anormal. Lors de la remise en état du bâtiment, il faudra le renforcer, empêcher absolument toute évasion et toute communication avec l'extérieur. Je ne peux me permettre aucune erreur, aucune fuite.

En parallèle, je dois travailler à une solution pour les rendre apathiques. Je ne peux pas risquer de révolte, de viol ou même de meurtre au sein de mes murs. Je séparerai les hommes des femmes pour éviter des incidents qui mettraient en péril mon entreprise. Le comportement de Sechs aurait dû me mettre la puce à l'oreille bien plus tôt. Quel aveugle ai-je été !

Deux solutions s'offrent à moi : sectionner une partie de leur cerveau, vers dix ans, pour leur ôter toute agressivité, ou les mettre sous traitement médicamenteux toute leur vie. Un jour peut-être, il sera possible de greffer un cerveau à un patient. Partout dans le monde, on fait des tentatives avec des morceaux, pour soigner des cancers ou des pathologies complexes. Je ne peux donc pas détériorer cet organe précieux en l'amputant. Je vais par conséquent me pencher sur un procédé chimique.

J'entrevois soudain une transformation totale de mon business : la nécessité de surfaces énormes de stockage, du personnel de gardiennage et de nettoyage, et la production de mes propres médicaments en grosses quantités pour ne pas éveiller les soupçons... Pour cela, je devrais glisser des pots-de-vin pour obtenir les bonnes grâces des politiques et des notables du coin, faire taire leurs réticences, décrocher des permis de construire et monter des prisons ou des entrepôts un peu partout dans la région.

Je dois aussi reconsidérer mon modèle économique, en conséquence. L'entretien des clones va coûter beaucoup plus cher avec toute cette logistique. Plutôt que de faire payer, une fois pour toutes, deux millions cinq cent mille dollars pour leur création, il va me falloir mettre en place un loyer mensuel, comme pour une classique assurance-vie. Décidément, je ris jaune de ma naïveté et de mon manque d'anticipation.

Pour les clients qui ne voudront pas ou plus payer, ou qui seront décédés, je devrai trouver un moyen de recycler leurs clones en toute discrétion. Alimenter des réseaux de trafic d'organes, en Asie ou en Afrique, me semble une bonne solution. La différence entre ces réseaux et moi, c'est que moi je crée des êtres uniquement pour cela. Je n'enlève pas des gens. Je répugne à m'associer avec des criminels. Ils ne sont pas fiables. Mais je n'ai pas le choix. Je ne peux pas m'afficher au grand jour et proposer mes organes aux hôpitaux. Je dois rester dans l'ombre.

Mon activité quitte désormais l'artisanat pour entrer dans l'ère industrielle : je dois revoir toute mon organisation. Je dois me transformer en véritable chef d'entreprise et laisser à mes laborantins les manipulations génétiques et les inséminations. Il y a énormément de pain sur la planche. J'en ai le tournis.

LA VENTE

Vendredi 13 avril 2018, 00 h 20, Vermenton

Jules arriva en avance au rendez-vous. Cela lui donna le temps de garer sa voiture au centre du village de Vermenton et de remonter la rue de la Marseillaise à pied pour repérer l'endroit. Juste après la dernière maison, la rue se muait en un simple chemin gravillonné qui sillonnait au milieu des champs. La fourche, où le rendez-vous aurait lieu, était assez loin du village, tout en haut de la colline. Jules ne put s'y rendre à pied. Il préféra faire demi-tour et vérifier que Camille dormait toujours paisiblement au fond du coffre de la ZX. Ceci fait, il se remit au volant et attendit l'heure. Il en profita pour contrôler les balles dans son Beretta et le glisser à sa ceinture, sous son blouson.

La nuit précédente, il était sorti de Paris par l'autoroute A6 et avait pris la direction de Chablis. Camille s'était réveillée sur le trajet. Elle avait poussé des cris, étouffés par le scotch sur sa bouche, et frappé la tôle du coffre de ses pieds ligotés. Heureusement que les péages n'avaient plus de caissières, sinon ils n'auraient pu les franchir sans se faire repérer. Jules avait ensuite roulé tout droit vers son ancienne propriété, près de Tonnerre.

En pénétrant dans la cour de ferme calcinée, son cœur s'était arrêté de battre. Tous les souvenirs lui étaient remontés[33] d'un coup. Il avait revu Caroline sur le pas de la porte, morte d'inquiétude, alors qu'il s'asseyait dans le véhicule de la DCRI pour être amené et interrogé à Levallois. Puis il s'était vu de retour, planté au milieu de cette même cour, alors que tout flambait autour de lui et que les pompiers extrayaient de la grange le corps carbonisé d'un de ses ouvriers. Il avait cherché Caroline partout avant de retrouver sa trace quelques mois plus tard en Argentine, chez sa cousine. Elle avait fui loin de lui, et était morte depuis. Il avait fait de la prison, puis avait connu la rue... Il n'avait pas remis les pieds ici depuis des années. Il avait l'impression que tout cela s'était déroulé dans une autre vie.

L'assurance ne voulait pas l'indemniser, tant que l'enquête était toujours en cours. Si elle avait bien conclu à un incendie criminel, les coupables, les agents de la DCRI, n'avaient cependant pas été arrêtés. Le ministère de l'Intérieur les avait couverts et mutés dans les territoires d'outre-mer pour les éloigner.

Jules avait garé sa voiture près de ce qui restait de la grange et avait extrait Camille du coffre. Il l'avait installée dans un coin du bâtiment encore debout, à l'abri de la vue et de la bruine qui tombait. Il lui avait ôté le scotch sur sa bouche,

---

[33] Voir « Les flammes du Crépuscule » (tome 2 de la Trilogie du Crépuscule).

LA VENTE

mais laissé les pieds ligotés. Il avait attaché ses mains autour d'une poutre solide avant de partir faire quelques courses dans le centre de Tonnerre. Durant son absence, elle avait hurlé au secours, mais personne ne l'avait entendue. La propriété était isolée. Pas une âme qui vive à plusieurs centaines de mètres.

Jules était revenu une heure plus tard avec des vivres et de l'eau. Ils avaient déjeuné, puis fait la sieste, et enfin dîné avant de repartir pour Vermenton. Camille avait protesté, insulté Jules. Elle s'était débattue et avait tout fait pour ne pas retourner dans le coffre. Jules lui avait alors collé un coton imbibé de chloroforme pendant quelques secondes sous le nez pour la calmer. Il avait ensuite repris l'autoroute pour sortir à Nitry et emprunter la départementale jusqu'à Vermenton.

Une heure moins cinq. Le village était paisiblement endormi. Il était temps d'y aller. Jules démarra et monta lentement, tous feux éteints, la rue de la Marseillaise. La nuit était claire, la lune presque pleine. La route se détachait parfaitement au milieu des champs. Il monta jusqu'à la fourche où une voiture blanche l'attendait déjà. Il manœuvra pour orienter sa ZX dans le sens du départ, puis tira le frein à main à quelques mètres de l'autre véhicule. Il descendit en laissant sa portière ouverte et le moteur en marche.

Un homme d'une soixantaine d'années, chauve, au visage rond, et une femme du même âge, aux cheveux argentés mi-longs et à l'allure acariâtre, sortirent de l'autre véhicule. L'homme tenait un fusil de chasse et la femme un gros révolver. Ils se collèrent contre l'arrière de leur voiture et l'observèrent sans rien dire. Jules passa derrière la ZX et ouvrit le coffre pour montrer Camille encore endormie. L'homme fit un mouvement de la tête et la femme alla voir.

Elle alluma une lampe torche pour examiner la jeune fille bâillonnée et ligotée. Elle palpa sa carotide pour vérifier qu'elle était toujours vivante, puis retourna auprès de l'homme et lui fit un bref compte-rendu. L'homme ordonna alors à Jules :

— OK. Sors-la et installe-la dans notre coffre. Ma femme va te donner la somme convenue.

— C'est dix mille. Si vous la voulez, il faudra payer le tarif normal.

— On s'était mis d'accord pour trois mille au téléphone ! s'énerva le vieux. Tu auras trois mille. C'est tout. Si ça ne te plaît pas, tu retournes à Paris avec elle.

— Julien m'a dit...

— Julien est mort ! L'homme pointa son fusil en direction de Jules. Et si tu ne veux pas finir comme lui, tu la sors du coffre, tu la fourres dans notre caisse et tu te barres avec tes trois mille. Tu as compris ?

— Mon téléphone est décroché et enregistre tout ce qu'on se dit, énonça Jules posément. Mes amis sont à l'autre bout. Ils écoutent. Ils sont dans deux voitures garées dans le village. Au moindre souci, ils déboulent ici et vous font la peau. Jules bluffait avec tant de calme et d'assurance que les deux vieux hésitèrent.

— Qui es-tu ? demanda sèchement la femme.

— Un pote de Julien. J'ai un *business* plutôt lucratif dans le nord de Paris : putes, drogues, armes... Je n'ai pas apprécié que vous butiez mon ami. Mais au lieu de me venger, j'ai pensé qu'il y avait peut-être matière à développer mon

LA VENTE

business avec vous. Je vous livre la fille qu'il avait repérée, comme prévu. Mais j'en veux dix mille. C'est raisonnable pour commencer. Un petit geste pour sceller notre fructueuse collaboration. Je peux vous en fournir plein d'autres, toutes aussi fraîches et mignonnes que celle-ci. Qu'est-ce que vous en dites ?

— Que tu bluffes ! lui balança l'homme. Tu n'as rien d'un chef de gang du nord de Paris. Si tes trafics rapportent autant que tu le dis, pourquoi tu roules en ZX et pas en Mercedes ou en Audi ? Tu sais ce que je pense ? Je pense que tu n'es qu'un minable, comme Julien. Un petit opportuniste qui veut se faire du blé sur notre dos. Mais tu ne sais pas à qui tu as affaire... On peut te buter, ici et maintenant, et embarquer la fille.

— La ZX est plus discrète que le SUV Mercedes, surtout dans la cambrousse. Tu as bien un Kangoo, toi ! Mais si tu le penses... Jules sortit délicatement le téléphone de la poche de sa veste et le montra aux deux vieux qui pointaient leurs armes sur lui. Il l'approcha de sa bouche et parla au micro : « Dimitri ? Tu me reçois ? Ils ne veulent pas payer. Tu montes avec les gars ? » Discrètement, il appuya sur le bouton « PLAY » de son lecteur audio et joua un bout de la bande-son d'un film qu'il avait précédemment enregistré. Le couple entendit une voix avec un fort accent russe répondre « OK, patron, on arrive ».

L'homme et la femme se regardèrent. Ils eurent un instant de doute qui se transforma aussitôt en panique. Ils lui lancèrent :

— Attends ! On va discuter...

Jules approcha le téléphone de sa bouche et dit simplement : « Stop, les gars ! Ils ont l'air de devenir raisonnables. »

La femme s'adressa à lui :

— On n'a pas les dix mille. Avec Julien, on traitait à huit mille. Prends-les et tire-toi. Elle lui tendit un sac en papier plein de billets de deux cents euros.

— Il a toujours été un gagne-petit. Ce n'est pas mon cas. Moi, j'ai des frais, une équipe, un réseau, des pots-de-vin à verser... Jules agita son téléphone devant lui.

— On ne peut pas décider seuls de t'en donner plus, reprit l'homme, qui sentait que la situation lui échappait. Il faut qu'on en parle à notre chef.

— Je te propose un truc, péquenaud, continua Jules sur un ton assuré, alors qu'il n'en menait pas large. Tu vas me dire où je peux trouver ton chef et je vais négocier directement avec lui. Entre *businessmen*, on devrait s'entendre. Je n'ai pas l'habitude de traiter avec les intermédiaires. Si ton boss veut des filles, mon réseau peut lui en fournir autant qu'il en désire. Même des vierges, mais c'est plus cher. Il me donne les goûts de ses clients et je les lui apporte.

— Tu te goures de business. Ce n'est pas ça qu'il recherche.

— Laisse-moi en discuter avec lui.

L'homme s'agita. Il ne sut que faire. Sa femme lui dit de prendre son téléphone et d'appeler l'orphelinat pour décider. Il posa son fusil contre l'aile arrière de la voiture puis fouilla dans ses poches pour en tirer un smartphone. Il composa un numéro tout en s'éloignant un peu d'eux. Sa femme tenait toujours Jules en joug avec son révolver, pour qu'il ne bouge pas.

— Allo ? C'est Bertrand. On a un problème. On est en pleine livraison, mais ce n'est pas Julien... C'est un gang du nord de Paris.

— ...

— Oui, ils ont la fille, mais ils en exigent dix mille.

— ...

— Je leur ai dit... Mais ils peuvent nous en fournir régulièrement. Ils veulent monter un business avec nous. Qu'est-ce qu'on fait ?

— ...

— Ils demandent à discuter avec le patron.

— ...

— Non, je sais, mais...

— ...

— Non, ils pensent que c'est pour la prostitution.

— ...

— Oui. Ils ont trois voitures.

— ...

— Non, ils ne rigolent pas. On risque gros avec Marie.

— ...

— OK. Je leur dis. Merci.

L'homme revint près d'eux et ramassa son fusil. Il lança à Jules :

— Ils sont d'accord pour discuter avec toi. Le rendez-vous est fixé à demain, vingt-trois heures, au pied du télésiège de Piquemiette, à la sortie de Jougne. Mais tu iras seul, avec la fille, sinon ils ne viendront pas.

— C'est où ça ?

— Dans le Jura. Près de la frontière suisse.

— Et vous croyez que je vais aller me traîner jusque-là bas ? Dans ce trou paumé ? Ton boss n'a qu'à venir me voir à Paris.

— C'est à prendre ou à laisser. Si tu as envie de faire du business avec lui, tu vas là-bas. C'est tout ce que je peux te proposer. Sinon tu gardes la fille, tu rentres à Paris, et tu en fais ce que tu veux.

L'homme et la femme ouvrirent les portières arrière de leur voiture et jetèrent leurs armes sur la banquette. Ils les refermèrent simultanément et s'assirent à l'avant. L'homme démarra, alluma ses phares et partit à travers champs par le petit chemin sur lequel il était garé. Jules regarda les lampes rouges s'éloigner et se demanda ce qu'il allait faire. Se rendre à Jougne avec des renforts ? C'était risqué. Il pouvait arrêter une partie de l'organisation, certes, mais peut-être ne jamais remonter au reste, ni découvrir où les filles étaient emmenées. Seul, c'était suicidaire. Il pouvait se faire tuer et Camille disparaître... Il devait se poser et réfléchir. Il la sortit du coffre, lui ôta le bandeau et l'allongea, toujours endormie, sur la banquette. Puis il bloqua les portières avec la sécurité enfant, s'installa au volant et verrouilla la ZX. Il inclina enfin son siège et fit une petite sieste jusqu'à ce que Camille se réveille et commence à gigoter pour se libérer.

— Du calme, jeune fille, sinon tu retournes dans le coffre !

— Qu'est-ce que vous me voulez, à la fin ?

— À toi ? Rien ! J'espère remonter le réseau qui a enlevé Lucie et tué Éva. Tu me sers de prétexte. Je ne sais pas encore ce qu'il y a derrière tout ça, mais l'organisation a l'air étendue et bien structurée. Demain, on va dans le Jura. Il faudra sans doute que je t'endorme à nouveau pour que ce soit crédible.

— Vous ne pouvez pas faire sans ? J'ai la migraine et la nausée. Je ne me sens vraiment pas bien. Je crois que je vais gerber. Si vous arrêtez avec le chloroforme, je vous promets de rester sage, de ne pas chercher à me débattre ni à m'enfuir... Et, vous ne pourriez pas me détacher les mains aussi ? J'ai très mal aux poignets.

— Désolé Camille, mais je ne suis pas tombé de la dernière pluie : si je te libère les mains, tu vas délier tes pieds et filer... On va retourner chez moi, dans la grange, et patienter. Demain, on partira pour Jougne. Je n'ai aucune idée d'où c'est, mais le GPS de mon smartphone me le dira sans doute.

— Si vous ne savez pas l'utiliser, je peux vous montrer. Il faudrait juste me défaire les mains.

— Bien tenté. Mais je vais m'en sortir. Une amie m'a montré comment ça marche. Elle est très pédagogue, j'ai tout compris !

Il enclencha la première et prit la direction de Tonnerre.

Samedi 14 avril 2018, 08 h 30, Tonnerre.

Jules prit soin de bien attacher les poignets de Camille à la poutre et de la bâillonner avant de partir faire de nouvelles courses en centre-ville. Ils déjeunèrent ensuite et firent la sieste, à même le sol, pour récupérer de la nuit passée et en prévision de la nuit future. En milieu d'après-midi, il prit Camille dans ses bras et l'installa sur la banquette arrière de la voiture. Il lui mit la ceinture de sécurité et arracha le scotch de sa bouche. Il s'assit enfin au volant. L'application GPS indiquait trois cent quinze kilomètres jusqu'à Jougne, par l'A6 et l'A39. Trois heures trente de route. Il démarra aussitôt et sortit de sa propriété.

Le trajet ne fut pas de tout repos. Camille demanda à s'arrêter souvent pour répondre à des besoins pressants. Sans doute le faisait-elle exprès, pour retarder Jules, mais ce dernier céda à tous ses caprices de peur qu'elle ne se fasse sur elle. Chaque fois, il quittait l'autoroute et trouvait un endroit discret dans un bois ou une forêt. Chaque fois, il la détachait, la surveillait d'assez près pour qu'elle ne tente pas de s'enfuir, puis la rattachait et reprenait la route. Il ne pouvait pas s'arrêter dans les toilettes d'une station-service et risquer qu'elle déclenche un scandale ou crie à l'enlèvement. C'est ainsi que, cinq heures plus tard, ils arrivèrent enfin à Jougne. Il était vingt-deux heures. Heureusement que Jules avait prévu très large.

Après avoir franchi un col, il emprunta la route qui descendait vers le vallon. Il traversa Jougne, un village typique du Jura qui s'étalait tout le long de sa route principale. Il prit la direction de la frontière suisse. À la sortie de Jougne,

LA VENTE

une pancarte annonçant le « Télésiège de Piquemiette » le fit jeter un œil à son GPS. Plus que deux cents mètres. Il tourna dans la petite route, un peu plus loin sur la droite, dépassa un groupe de maisons et trouva enfin un bâtiment qui ressemblait à un départ de télésiège. Il arrêta son véhicule sur le parking à côté, à quelques mètres de la barrière qui marquait la fin de la route. Il redéposa Camille dans le coffre, alors qu'elle se débattait comme une furie puis, en s'excusant, lui colla à nouveau un linge imbibé de chloroforme sur le nez jusqu'à ce qu'elle perde connaissance. Il rabattit le hayon et retourna s'asseoir derrière le volant pour attendre. Machinalement, il vérifia son arme, son chargeur, et la remit à sa ceinture.

À vingt-trois heures dix, trois énormes SUV noirs tournèrent à l'intersection pour prendre la petite route du télésiège. Jules les regarda s'approcher et se positionner autour de la ZX. Il s'extirpa lentement de son siège et alla s'appuyer, bien en vue, sur l'aile arrière de la voiture, son Beretta à la main. Trois hommes armés sortirent de chaque véhicule et se placèrent en arc de cercle face à lui. L'un d'eux fit quelques pas dans sa direction et s'adressa à lui avec un fort accès suisse :

— Tu es seul ? Tu n'as pas tes amis avec toi ?

— Ils sont restés en retrait, sur la route de Jougne, dans le cas où cela tournerait mal. Je suis seul avec la fille, comme exigé.

— Pour un caïd, tu es armé comme une femmelette ! Tu n'as pas ta Kalach ? Je croyais que dans le nord de Paris tout le monde avait un AK-47 ?

— Trop lourde, sous la veste. Et puis il n'y a pas de raison pour qu'on se tire dessus. N'est-ce pas ?

— Cela dépend de toi. Où est la fille ?

— À l'arrière.

— Montre.

Jules passa derrière la ZX et ouvrit le hayon. L'homme se tint à bonne distance et pointa une petite lampe torche pour éclairer l'intérieur du coffre.

— Parfait ! Comme ça, tu en veux dix mille ?

— Oui.

— Notre pourvoyeur habituel traitait avec nous pour huit mille.

— Il est mort et tout augmente !

— Si l'on t'en commande d'autres, tu peux nous les fournir sous combien de temps ?

— Trois ou quatre jours.

— OK, on marche. Tu les livreras à Vermenton.

— Aux deux péquenauds ?

— Oui. Difficile de les soupçonner ces deux-là, n'est-ce pas ?

— En effet. Mais ils ne sont pas très discrets : monter à Paris pour rattraper une fille échappée, passe encore, mais lui ouvrir le bide dans un terrain vague et la laisser là, à la vue de tous, c'est franchement con ! Ça excite les poulets. Qu'est-ce qu'il leur a pris ?

— Comment tu sais ça toi ?

— C'est mon territoire. Je suis au courant de tout ce qui

LA VENTE

s'y déroule. Je n'ai pas trop apprécié leur charcutage dans ma zone. J'ai eu toute la volaille de Paris sur le dos pendant une semaine. Ils ont fouiné et posé des questions à tout le monde. C'est vraiment pas bon pour le business. Si vous ne savez pas garder vos filles, ça va causer des problèmes, et entraver nos relations. Je ne traite pas avec des amateurs.

— Ça ne se reproduira pas. On les tient bien en main, maintenant. Alors, tu nous la livres celle-là ? Ou tu passes la nuit à te plaindre ?

— Faites voir l'argent.

Le chef fit signe à un de ses gardes d'approcher. L'homme présenta à Jules un petit sac en papier contenant vingt billets de cinq cents euros. Il s'en saisit et vérifia rapidement la somme puis hocha la tête pour dire que tout était OK pour lui. Le chef lui tendit un stylo et un bloc-notes pendant qu'il demandait à deux de ses gars de prendre la fille. Ils la transportèrent dans le coffre du premier SUV et Jules regarda le hayon arrière se refermer sur elle, la boule au ventre. Jamais il n'aurait imaginé que cela se passerait ainsi. Malheureusement, il n'était pas en position de force pour l'empêcher. Il pria seulement pour que la suite se déroule comme prévu.

— Note ton numéro de portable là-dessus. On te contactera dans quelques jours pour une nouvelle livraison.

— Vous avez des préférences ? Blonde, rousse, brune ? Vierge, dépucelée ? Grande, petite, mince, ronde ?

— Juste jeune, entre vingt et trente ans, pas trop maigre, bassin large, en bonne santé.

— C'est tout ?

— C'est tout. Maintenant, file rejoindre tes amis et retournez chez vous. On te regarde partir.

— C'est un plaisir de faire affaire avec vous ! lança Jules sous forme de boutade pour masquer son inquiétude, avant de rendre le bloc-notes à l'homme et de monter dans sa voiture.

Il passa près des trois SUV en jetant un regard préoccupé au coffre dans lequel Camille se trouvait. Son réveil allait être brutal quand elle découvrirait qu'elle avait été vendue à des proxénètes. Un rapide coup d'œil aux plaques d'immatriculation lui permit de mémoriser un des numéros et de vérifier que ces voitures venaient toutes de Suisse, comme il s'en doutait. Il s'engagea ensuite sur la route de Jougne sous la surveillance des hommes de main qui attendirent qu'il ne soit plus en vue pour monter dans leurs véhicules et disparaître dans des tourbillons de poussière.

Dans sa ZX, Jules pestait : il n'avait pas réussi à voir le boss. Il s'en doutait un peu, mais jamais il n'avait imaginé que l'échange se passerait ainsi sur un parking en France. Il avait espéré qu'ils l'escorteraient jusqu'à leur repaire, afin de le localiser. Aussi, fit-il demi-tour après le premier virage et reprit-il le chemin en sens inverse, tous phares éteints. Il aperçut au loin les SUV quitter l'impasse du télésiège et tourner en direction de la frontière suisse. Il les suivit à bonne distance.

Au poste-frontière, les SUV s'arrêtèrent. Jules immobilisa sa voiture sous des arbres, à l'écart, et observa la scène de loin. Un douanier vint les voir et, après leur avoir parlé longuement, souleva la barrière pour les laisser passer. Jules ralluma ses phares et se pointa quelques secondes après. L'homme en uniforme sortit de son bureau et lui lança :

— Le poste-frontière est fermé, Monsieur !
— Comment ça ? Il est fermé ?
— Il ferme la nuit. Il n'ouvre qu'à huit heures. Il faudra revenir.
— C'est insensé ! Depuis quand un poste-frontière ferme-t-il la nuit ?
— Vallorbe est un petit poste et je suis seul. Il n'y a pas de contrôle la nuit. Si vous souhaitez entrer en Suisse, maintenant, vous devez passer par un poste plus grand, qui ne ferme pas. Sinon, attendez huit heures. Veuillez faire demi-tour, Monsieur, s'il vous plaît !

Jules ne tenta pas de protester en disant qu'il venait de voir entrer les trois véhicules précédents. L'homme en uniforme était sûrement dans la combine. Insister l'aurait fait repérer. Jules regarda sa montre. Il était plus de minuit. Les SUV seraient loin quand il pourrait passer. Il hésita. Aller à un autre poste, à des kilomètres, ne lui apporterait sans doute rien. Il fit marche arrière et se rangea sur un parking réservé aux camions, dans une zone non éclairée.

Il tira le frein à main entre deux poids lourds, verrouilla ses portières et inclina son siège pour faire croire qu'il allait dormir là, en attendant le matin. Il sortit le smartphone de sa poche et lança une application de traçage GPS. Le boîtier, acheté près de la rue du Chevaleret et qu'il avait glissé dans la doublure du blouson de Camille, fonctionnait parfaitement. Sur la carte de la région s'imprimait un point bleu qui indiquait la position de la voiture dans laquelle elle était enfermée. Il les suivit dans leur traversée de Vallorbe, puis sur une petite route qui longeait la rivière Orbe et conduisait à des grottes ouvertes aux touristes. Il vit le point s'arrêter au bout d'une impasse, puis repartir vers la gauche, dans une zone verte où aucun chemin n'était dessiné. Le point disparut quelques mètres plus loin.

« *Merde !* » pesta Jules à voix haute. Le signal était coupé. Il espérait que les voitures étaient entrées dans un garage et étaient donc arrivées à destination. Mais il n'en était pas certain. L'appareil avait pu être découvert ou avoir rencontré une panne. Il devait patienter jusqu'au matin pour passer la frontière et en avoir le cœur net. En attendant, il se cala dans son siège et tenta de dormir un peu pour récupérer.

Impossible de fermer l'œil. Ses pensées tournaient en boucle sur Camille, sur la peur qu'elle allait éprouver à son réveil, la haine contre lui, sans compter qu'il avait peut-être réellement perdu sa trace, qu'il pourrait éventuellement ne jamais la retrouver. Tout cela était de sa faute, à cause de son obstination à la jouer solo, à croire en son indéfectible capacité de pister ces criminels pour remonter jusqu'à Lucie, quitte à mettre en danger une fille pour laquelle il n'avait aucune estime.

Il était peut-être allé un peu trop loin. Il s'en rendait compte maintenant. Son pari était très risqué... Il ne put trouver le sommeil. Les minutes s'égrenèrent au rythme des heures. Pour tromper l'insupportable attente, il rédigea un SMS à Madeleine pour lui indiquer où il était et ce qu'il allait faire au petit matin. Mais il ne put se résoudre à lui écrire qu'il avait perdu la trace de Camille. Voyant que la batterie était à moins de dix pour cent, il brancha un câble à la prise allume-cigare pour recharger son smartphone et sourit. Il avait réalisé d'énormes progrès depuis qu'il la connaissait : il savait

LA VENTE

envoyer un SMS, consulter une carte sur Google et suivre un traqueur GPS ! Lui qui avait toujours ressenti une profonde aversion pour la technologie et s'était généralement appuyé sur ses collègues pour l'aider, grâce à Madeleine, il avait fait son entrée dans le vingt et unième siècle. Elle avait réussi à lui expliquer avec des mots simples et à lui montrer quoi faire. Il avait compris, mais surtout il avait eu envie de s'y mettre pour ne pas rester une « quiche » toute sa vie. Ni passer pour un vieux croûton auprès d'elle.

Une « quiche ». Madeleine avait de ces expressions ! Elle était étonnante. Forte et fragile, à la fois. Drôle et mélancolique. Combative, mais vite abattue. Bien ancrée dans le présent et pourtant très attachée au passé... Passé dont elle occultait une grande partie. Une période dont elle paraissait peu fière. Des relations douteuses... Quelque chose qui intriguait Jules et l'alertait en même temps. Un mystère qui la rendait intéressante, peu commune, attirante, mais qui semblait lourd et peu reluisant. Ce passé lui collait toujours à la peau et lui faisait peur, apparemment. Au point de conserver une arme avec elle. À l'occasion, il faudrait qu'il creuse la question.

Pour occuper le temps, Jules fit défiler les cartes sous Google Earth et zooma sur quelques lieux touristiques. Il était fasciné par la technologie qu'il avait entre les mains. Il s'arrêta sur la Californie et agrandit la baie de San Francisco pour voir le Golden Gate. Il repensa avec tendresse à Christophe Leduc et Kate Anderson[34]. Que devenaient-ils à

---

[34] Voir « Les flammes du Crépuscule » et « Le Crépuscule des Hommes »

San Francisco ? Ils semblaient s'être bien trouvés ces deux-là. Étaient-ils toujours ensemble ? Travaillaient-ils toujours pour le FBI ? Après cette affaire, il essayerait de prendre de leurs nouvelles, de leur envoyer un « email », avec l'aide de Madeleine.

Il éteignit enfin son portable, se cala contre son siège et ferma les yeux en tentant de calmer son esprit. Pour s'endormir, il s'efforça d'avoir des pensées positives. Il redéroula le film de cette journée chez Madeleine, leur déjeuner, leurs discussions, et leurs fous rires quand elle avait entrepris de lui apprendre à utiliser le smartphone. Depuis qu'il la connaissait, il avait envie de renouer avec les gens qu'il aimait, de retrouver une vie sociale. Envie de laisser derrière lui son lourd passé, sa culpabilité, ses erreurs et de faire des projets, de trouver un travail, un logement, de repartir à zéro et surtout… de revoir Madeleine.

Ses mains, quelques secondes posées sur les siennes, avaient éveillé en lui des choses insoupçonnées. Il ressentait encore leur contact sur sa peau. Il revoyait son regard planté dans le sien. Il se sentait troublé et, en même temps, éprouvait de la joie à la connaître. Il trouva finalement l'apaisement dans cette douce pensée et s'endormit.

L'ORPHELINAT

Dimanche 15 avril, 08 h 00, Poste-frontière de Vallorbe.

Jules fut le premier à se présenter quand le poste-frontière ouvrit. Il tendit ses faux papiers et expliqua qu'il venait pour découvrir Vallorbe et ses grottes. Le douanier le laissa passer sans poser plus de questions. Il prit la direction du centre-ville, puis obliqua vers la droite, suivant les indications de son GPS, pour rejoindre l'endroit où Camille avait disparu de son écran la veille. Il traversa un petit pont, au creux d'une vallée verdoyante et isolée, puis se retrouva face à une aire de stationnement aménagée pour les visiteurs des grottes. Il se gara sur une place près de l'entrée et sortit pour faire du repérage à pied.

Sur la carte de son smartphone, il y avait une petite route sur la gauche du parking. Certainement l'impasse dans laquelle les voitures s'étaient engouffrées la veille avant de disparaître. Il la remonta à pied sur quelques centaines de mètres. Mais, voyant qu'elle s'enfonçait plus profondément dans la montagne que ce que son plan indiquait, il fit demi-tour et reprit la ZX.

À environ un kilomètre, le goudron laissa place à de la terre. À cet endroit précis, sur la gauche, Jules trouva un portail en fer forgé soutenu par deux énormes piliers en pierres grises. Des caméras de sécurité, disposées de chaque côté, en surveillaient l'entrée. L'une d'elles pivota imperceptiblement vers lui. Quelle que soit la propriété qui se cachait derrière, ses occupants semblaient se méfier des visiteurs. Ils étaient déjà informés de sa présence et l'observaient.

Jules descendit de voiture et s'avança vers la grille. Un écriteau, sur le pilier de gauche, annonçait « Orphelinat Saint-Nicolas » juste à côté d'un interphone et d'un bouton d'appel. Il hésita. Les SUV avaient dû disparaître dans cette propriété. L'établissement devait servir de plaque tournante pour le trafic des jeunes femmes enlevées. Il devait donc avoir son comité d'accueil : l'équipe de gros bras qu'il avait rencontrée à Jougne. Ces hommes le reconnaîtraient sûrement. Sonner et faire le gars perdu n'était pas la bonne tactique. Il devait réfléchir à un plan.

Alors qu'il s'apprêtait à faire demi-tour, une petite fille brune aux cheveux courts et aux yeux bleus, si pâles qu'ils semblaient gris, surgit d'un épais buisson et accourut vers lui. Elle devait avoir une dizaine d'années environ. Elle glissa sa tête entre les barreaux du portail et l'interpella :

— Bonjour ! Vous venez chercher un enfant ?

— Bonjour, jeune fille ! Euh… Je ne sais pas. On peut adopter des enfants, ici ?

La petite fit non de la tête :

— Vous pouvez juste récupérer l'enfant que vous avez payé.

L'ORPHELINAT

— On achète des enfants ? Mais c'est horrible ! Jules s'accroupit pour être à la hauteur de la jeune fille. Elle continua ses explications :

— Oui. Vous payez pour qu'on le fasse naître, qu'on le nourrisse, puis vous venez le chercher quand vous en avez besoin.

— Besoin ? Comment ça ?

— Quand vous êtes malade.

Jules ne comprit pas :

— Et toi, on t'a achetée aussi ?

— Non, moi je suis la fille-sœur du directeur-directrice

— Fille-sœur ? Tu veux dire petite sœur ? Toutes les sœurs sont des filles.

— Non. Je suis sa fille et sœur !

La fillette semblait un peu embrouillée dans sa tête. Jules tenta d'en tirer d'autres informations :

— C'est un directeur ou une directrice qui gère cet établissement ?

— Les deux.

— Ah ! Tu veux dire que tu es la petite sœur du directeur et de la directrice.

— Non ! Je suis la fille-sœur du directeur-directrice ! répéta-t-elle en haussant le ton et en tapant du pied au sol. Vous ne comprenez rien !

Jules ne comprit pas, en effet, et n'insista pas. Il changea de sujet :

— Et tu t'appelles comment ?

— Sechs

— Quel curieux prénom !

— C'est parce que je suis la sixième.

— La sixième de ta fratrie ? Et vous êtes nombreux ?

— On était huit. Les cinq premières sont mortes parce qu'elles n'étaient pas bien faites. Pour Sieben et Acht, je les ai fait mourir parce qu'elles m'énervaient.

Jules eut un mouvement de recul. Il se demanda si cette jeune fille racontait la vérité ou si elle inventait des histoires, des aventures vécues avec ses poupées. Quoi qu'il en soit, son univers était bien morbide. Avait-elle subi un traumatisme avec la mort d'une de ses sœurs ? En restait-elle marquée ? Jules plongea les yeux dans ceux de la petite fille et y trouva un regard inhabité, sans joie. Elle semblait perdue dans un monde désenchanté. Le voyait-elle vraiment, ou regardait-elle à moitié dans le vide ?

Tu as quel âge ?

— Sept ans.

— Tu es très grande et très mature pour ton âge ! Et... est-ce que tu penses que je pourrais rencontrer le directeur ou la directrice de l'orphelinat ?

— Vous voulez commander un enfant ? Il suffit d'appuyer sur le bouton du portail. Elle lui montra du doigt l'interphone.

Jules hésita. La petite caméra intégrée dans le mur, au-dessus de l'interphone, semblait l'observer. Peut-être même

L'ORPHELINAT

les écoutait-elle.

— Vas-y, sonne ! l'encouragea soudain Sechs en le tutoyant. Vas-y ! Ça va ouvrir la porte.

Jules se décida enfin à presser le bouton. Après tout, Camille avait disparu près d'ici et c'était la seule piste qu'il avait. Une voix d'homme nasillarde lui répondit :

— Bonjour. Que voulez-vous ?

— Je souhaiterais rencontrer le directeur ou la directrice.

— À quel sujet ?

— C'est pour adopter.

— Nous ne faisons plus d'adoption.

Jules regarda Sechs et corrigea :

— Je veux dire *commander* un enfant.

Il y eut un instant de silence puis l'homme égrena d'un ton monocorde : Reprenez votre voiture, suivez la route jusqu'à l'embranchement et tournez à gauche. Garez-vous devant le château et attendez. Une infirmière viendra vous chercher et vous conduira à la directrice.

L'interphone grésilla et les deux vantaux du portail s'écartèrent automatiquement. Sechs jubila. Elle recula un peu puis s'engouffra par l'ouverture :

— Je peux monter dans ta voiture ? Dis... Tu m'emmènes avec toi ?

— Euh... Oui, vas-y !

Jules installa Sechs à l'arrière puis reprit le volant. Il roula lentement en direction du portail.

— Non, pas par-là ! s'écria soudain Sechs en pleurant. Pas par-là ! Je veux aller en bas, dans la vallée !

— Mais non, enfin... Je vais voir la directrice !

— Je ne veux pas y retourner ! Je veux partir avec toi ! Je veux que tu m'emmènes.

— Ça, ce n'est pas possible, Sechs.

La jeune fille se jeta sur la banquette arrière et tapa des pieds contre la portière verrouillée en criant. Elle faisait un caprice qui tournait en crise de nerfs. Jules essaya de la calmer pendant qu'il franchissait le portail. Mais sans succès. Elle poussa un cri si aigu que Jules eut l'impression que ses tympans se déchiraient.

Les lourds vantaux se refermèrent automatiquement après son passage. Il tenta de se concentrer sur l'étroit chemin goudronné qui grimpait dans la montagne, mais ce n'était pas chose aisée avec Sechs qui hurlait et convulsait à l'arrière. Il roula un bon moment dans le sous-bois qui couvrait l'immense propriété avant d'arriver à l'embranchement. En face de lui, un chemin qui descendait vers une sorte de petite carrière, au fond de laquelle un imposant portail en métal fermait l'entrée d'un probable tunnel creusé dans la roche. Sur sa gauche, la route qui continuait de grimper. Jules prit donc à gauche comme on lui avait indiqué.

Tout le long de sa montée, il nota que certains lampadaires, qui bordaient la voie, portaient des caméras. Celles-ci pivotaient à son passage. Il était suivi de près.

Enfin en haut de la montagne, la forêt de pins laissa place

L'ORPHELINAT

à une vaste clairière au centre de laquelle trônait un magnifique château du dix-neuvième parfaitement restauré. Jules roula lentement dans sa direction en observant les enfants qui jouaient dans la prairie. Il gara sa voiture sur une aire en graviers, devant la bâtisse, et descendit pour ouvrir à Sechs qui boudait sur sa banquette. Comme elle refusait de sortir, il laissa la portière ouverte et fit quelques pas en direction du château. Inquiet de ne pas savoir où il mettait les pieds, ni si Camille était détenue dans cette propriété. Il patienta quelques instants, qu'on vienne le chercher, tout en étudiant la demeure posée sur ce flanc de montagne.

Une terrasse surélevée, protégée par une imposante balustrade, ceinturait cette immense maison. Celle-ci comptait une entrée centrale et deux grandes ailes de dix fenêtres de large, flanquées chacune à leurs extrémités d'une tour carrée. Le toit mansardé était percé de nombreuses fenêtres en chien assis et de quelques hublots surmontés de décors en forme de conques. La terrasse supportait deux énormes vérandas de chaque côté de la bâtisse, à demi cachée par les tours. L'entrée monumentale, protégée par une imposante marquise, se situait de fait au premier étage, au niveau de la terrasse. Un escalier en fer à cheval y conduisait depuis le parking. En dessous, face à Jules, la terrasse était supportée par une vingtaine de colonnes en fer forgé, à chapiteaux doriques, dans le pur style de la fin du dix-neuvième siècle. Des vasistas perçaient les murs d'un rez-de-chaussée semi-enterré. Derrière la bâtisse, la terrasse était au niveau du sol et donnait probablement sur un jardin d'agrément. À chaque angle de la demeure, des caméras. Une soudaine angoisse l'étreignit : l'endroit était immense et bien surveillé. Impossible de traverser la prairie et de s'approcher du château sans être vu. Comment allait-il s'y prendre ?

Jules attendit, appuyé contre sa voiture, qu'une femme habillée en infirmière descende les marches et vienne à sa rencontre :

— Bonjour Monsieur. Vous désirez voir la directrice, je suppose ?

— En effet !

— Veuillez me suivre.

Jules lui emboîta le pas et pénétra dans le hall du château après avoir gravi l'imposant escalier. À l'intérieur, les murs étaient couverts de grandes dalles en béton brossé gris jusqu'au plafond. Les meubles, blanc et noir, étaient de formes géométriques, à lignes et angles droits, tous montés sur des pieds en acier inoxydable étincelants. Quelques sculptures et tableaux abstraits égayaient de leurs couleurs vives ce hall aussi monumental que glacial. Il n'y avait que le sol, en carreaux de ciment peints, qui rappelait que l'on était dans une maison bourgeoise du dix-neuvième. L'infirmière fit asseoir Jules sur un canapé, face à une table basse en verre recouverte de brochures sur l'orphelinat, et alla chercher la directrice.

Il prit une de ces plaquettes et la feuilleta en attendant. Elle ne parlait que d'adoption, de bien-être des enfants et du bonheur de devenir parents. Ce que Sechs et la voix dans l'interphone avaient contredit. Ce n'était probablement qu'une couverture pour rendre respectable l'établissement. Que faisaient-ils donc là-dedans ? Jules se demanda si Camille était cachée dans ce château ou dans la carrière qu'il avait aperçue en arrivant. Le GPS avait cessé d'émettre peu après l'entrée de la propriété. Son intuition lui soufflait qu'elle était là-bas, et non ici. Mais ce faux orphelinat était assurément la plaque tournante d'un trafic bien lucratif dont il ignorait tout. Il devait la jouer fine, être très prudent.

Une grande femme brune, très élégante, au tailleur noir ajusté, fit son apparition dans le hall. Elle avança droit vers lui et s'arrêta de l'autre côté de la table basse, alors que Jules se levait. Elle le dévisagea quelques secondes de ses yeux gris, effaça le sourire de son visage, puis lui tendit une main molle en énonçant d'une voix rauque :

— Bonjour, Monsieur ! Je suis Meryl Sattengel, la directrice de cet orphelinat. À qui ai-je l'honneur ?

— Jules Lavigne.

— Je suis enchantée de faire votre connaissance, Monsieur Lavigne. Venez dans mon bureau, nous serons plus à l'aise pour parler.

Jules suivit la directrice et fut étonné de voir à quel point elle était mal à l'aise dans ses chaussures. Elle dut le sentir, car elle crut bon d'ajouter :

— Je suis désolée, je ne supporte plus ces escarpins. Ils sont neufs, ils me font mal. Je dois en mettre pour mon travail, car cela est plus élégant avec un tailleur, mais ceux-ci me blessent les pieds. J'ai hâte de voir arriver la fin de la journée pour les ôter.

Jules ne fit aucun commentaire pour ne pas accroître le malaise de cette femme. Il pénétra, à son invitation, dans une très belle pièce d'angle couverte au sol d'une moquette hermine immaculée, épaisse, au centre de laquelle trônait un imposant bureau ébène. Tout autour de la pièce, de hautes bibliothèques blanches et vitrées renfermaient des dossiers et des livres reliés. Deux grandes fenêtres donnaient sur le parc. La directrice invita Jules à s'asseoir dans le fauteuil en cuir gris devant son bureau et prit place derrière. Elle cliqua sur sa souris, tapota durant quelques secondes sur son ordinateur portable, puis revint à Jules.

— Alors, Monsieur... Lavigne, c'est bien cela ? Puis-je savoir ce qui vous amène dans notre établissement ?

— Et bien... Jules se racla la gorge, je souhaiterais commander un enfant.

La directrice fit la moue :

— Ici, Monsieur, nous parlons de *souscrire une assurance-vie*.

— Alors, disons cela, Madame.

— Très bien. Vous êtes mandaté par quelqu'un, je suppose. Elle le détailla de la tête aux pieds et jugea qu'il n'avait pas le profil de ses clients habituels.

Jules hésita un instant avant de répondre par l'affirmative.

— En effet... mon... client souhaite rester très discret sur cette démarche d'information et m'a envoyé pour cela.

— Je comprends. Pouvez-vous cependant me dire qui est votre client, ou ce qu'il fait ?

— Il souhaite garder l'anonymat, pour le moment.

— Tous nos clients le souhaitent et nous préservons scrupuleusement le secret de leur identité, cela va sans dire. Mais vous comprenez qu'ils ne peuvent rester anonymes vis-à-vis de nous : ils doivent venir en personne pour le prélèvement et nous devons également avoir un dossier médical à jour sur eux, ainsi que leurs coordonnées bancaires pour régler les petits détails financiers. Nous avons aussi besoin d'une adresse mail pour échanger régulièrement avec eux, leur donner des nouvelles de leur assurance... À ce propos, l'assurance-vie est-elle pour lui ou pour un proche, un de ses enfants peut-être ?

— Non, c'est pour lui.

— Parfait. Puis-je au moins avoir son âge ?

— Euh... Oui, je suppose. Il a cinquante-deux ans.

— Cinquante-deux ? C'est âgé pour souscrire une assurance-vie.

La directrice prit quelques notes sur son ordinateur.

— Vous ne permettez plus la souscription d'une assurance à partir de cet âge ?

— Si. Mais votre client doit savoir qu'il faut au moins une dizaine d'années pour que son assurance-vie soit... disons... en état d'être utilisée par lui. Avant cela, les organes ne sont pas transplantables, sauf sur un jeune enfant, évidemment. On doit leur laisser le temps de terminer leur croissance. Cela ferait donc un âge de soixante-deux ans, à votre client, avant qu'il ne puisse profiter de ses organes. Souhaitons qu'il n'en ait pas besoin d'ici là. C'est vraiment navrant qu'il n'y ait pas pensé plus tôt !

— Il ne vous connaissait pas avant.

— Je comprends. Connaît-il nos conditions ?

— Je pense que non.

— Puis-je savoir comment il nous a connus ?

— Mon client ne l'a pas précisé.

— Je vois. Mais c'est une information que nous demandons à nos clients pour les inscrire. Nous ne fonctionnons que par parrainage. Vous comprenez ?

— Parfaitement. J'en ferai part à mon client. Et pour vos conditions ?

— L'entretien et le développement d'une assurance-vie coûtent très cher. De plus en plus cher à mesure qu'elle grandit. Elle commence sa vie dans ce château, sous notre surveillance attentive. Nous veillons à ce que sa santé et sa croissance soient parfaites jusqu'à ses douze ans. Puis elle continue son existence dans un lieu plus adapté à son âge, à quelques kilomètres d'ici. Nous demandons deux cent mille euros par an, les douze premières années. Révisables en fonction de l'inflation, bien évidemment.

— Et ensuite ?

— Le coût de l'assurance-vie passe à trois cent mille par an.

— Pourquoi une telle hausse ?

— Nous avons des frais supplémentaires pour entretenir les assurances-vie qui ont plus de douze ans. Il nous faut un local... disons... plus grand, plus adapté, et du personnel en plus.

— Je comprends. Je vais transmettre toutes ces informations à mon client, dès mon retour à l'hôtel. J'ai aperçu des enfants... enfin des assurances... courir dans le parc en arrivant. Me serait-il possible d'en voir de plus près ? Me feriez-vous visiter votre château ? Mon client souhaiterait en savoir un peu plus sur votre organisation. Vous comprenez que de telles sommes, engagées dans la durée, ne peuvent être fournies qu'à des gens de confiance.

— Je crains que ce ne soit pas réalisable, répondit la directrice sur un air agacé. Nous ne faisons pas visiter l'orphelinat... pour le bien-être des enfants. Mais vous pourrez juger de la qualité de nos assurances-vie, et de leur bonne santé, en vous promenant dans le parc, si vous le désirez.

— Vous avez des stars parmi vos clients ?

— Je ne puis rien dire, mais vous reconnaîtrez peut-être, au passage, quelques visages connus.

— Une dernière question, Madame, si vous permettez. Le prélèvement des cellules de vos clients est fait ici ?

— Oui.

— Est-il douloureux ?

— En aucune manière ! Notre médecin est un expert dans ce domaine. Le prélèvement est réalisé sous anesthésie locale, par ponction lombaire. Le client peut se relever et partir quelques heures après. Nous demandons juste qu'il soit raccompagné chez lui, ou à son hôtel, par un chauffeur. Car il n'est pas conseillé de conduire après une anesthésie, si légère soit-elle. Nous ne voulons pas d'accident pour nos clients. Mais je pense que ceci ne pose aucun problème, n'est-ce pas ?

— Aucun, en effet. Je vous remercie beaucoup, Madame, pour le temps que vous m'avez consacré. Je vais donc en parler à mon client et revenir vers vous très rapidement.

— Mais je vous en prie, Monsieur, nous avons l'habitude. Je suis là pour répondre à toutes ses questions. Je vais vous faire raccompagner.

Meryl Sattengel appuya sur le bouton d'un interphone et demanda que quelqu'un vienne reconduire Monsieur Lavigne à son véhicule. Quelques instants plus tard, l'infirmière qu'il avait vue précédemment pénétra dans la pièce et l'invita à la suivre. Jules salua la directrice et partit avec elle.

Meryl sortit par une porte dérobée, au fond de son bureau, et longea un étroit couloir. Elle accéda à un local sur la droite où elle trouva un de ses hommes en train de fumer une cigarette devant une dizaine d'écrans de surveillance.

— Alors ? lui demanda-t-elle.

— C'est bien lui.

— OK. Suis ce rigolo. Va à son hôtel. Espionne-le et ramasse toutes les infos que tu peux sur lui et ses contacts. Récupère notre fric, puis supprime-le. Je ne supporte pas les fouineurs. Je vais m'occuper de la fille. Elle a l'air d'avoir une bonne matrice, au moins elle nous sera utile.

— Vous croyez que c'est un flic ?

— Possible. La fille serait en infiltration dans ce cas. Il faut être prudent et la surveiller de près. Mais je pense plutôt à un fouille-merde et sa complice, ou bien à des concurrents qui nous espionnent.

— Je fais disparaître le corps et la voiture ?

— Oui. Aucune trace.

— OK, patron.

L'homme écrasa sa cigarette sur le bord du cendrier et se redressa. Il vérifia l'arme dans son holster et referma son blouson, par-dessus, avant de sortir par une porte de service. Il monta dans une Mercedes noire garée à l'arrière du château et démarra en trombe.

Meryl retourna à son bureau. Elle s'arrêta devant une des bibliothèques et tira une clé de sa poche. Elle la glissa dans la serrure de la double porte vitrée et un déclic se fit entendre. Elle poussa un pan complet de bibliothèque sur le côté. Celui-ci coulissa sans opposer de résistance pour découvrir l'entrée d'une petite pièce borgne. Elle se faufila dans l'ouverture et alluma un plafonnier avant de replacer la bibliothèque derrière elle. Meryl ouvrit un placard au fond de ce cagibi et ôta sa perruque qu'elle déposa sur une tête de mannequin en polystyrène. Puis elle retira ses escarpins, sa jupe, son collant, sa veste et son chemisier. Elle dégrafa son soutien-gorge, avec les faux seins, et pendit le tout à des cintres. Sur son torse poilu, elle fit glisser un maillot de corps. Elle enfila un pantalon et des mocassins plats, puis s'assit face à une table collée contre un des murs et se démaquilla minutieusement en se regardant dans le miroir entouré de lampes.

Lorsqu'elle eut terminé, et revêtu une chemise immaculée, c'est Merl Sattengel qui sortit de la pièce et referma à double tour la bibliothèque. Il reprit le couloir au fond de son bureau et, tout au bout, s'arrêta devant un ascenseur qui menait au sous-sol. Il composa un nombre à huit chiffres sur le digicode et les portes s'ouvrirent.

Jules conduisit prudemment dans la descente tout en vérifiant qu'il n'était pas suivi. La route, couverte ici et là de mousse, était glissante par endroits, surtout sous les arbres. Une fois arrivé en bas de la montagne, il tourna à gauche et retrouva le chemin de Vallorbe. Il lui fallait trouver un hôtel pour se reposer quelques heures. Il avait passé la nuit précédente dans sa voiture et, la prochaine, il voulait la passer là-haut à explorer la carrière et voir ce qu'il y avait derrière le portail.

En Suisse, des milliers de tunnels et d'abris antiatomiques avaient été creusés pendant la guerre froide pour protéger la population d'une éventuelle attaque atomique ou résister à des envahisseurs. Ce portail ouvrait sûrement sur l'un d'eux. C'était peut-être là qu'était gardée Camille. Il devait faire vite avant qu'elle ne soit transportée ailleurs. L'organisation devait avoir un laboratoire, quelque part dans les environs, pour concevoir les enfants... ces *assurances stocks d'organes* sur pieds. Les filles enlevées leur servaient donc de mères porteuses. Jamais, il n'aurait imaginé qu'une chose pareille puisse exister. Les milliardaires étaient-ils prêts à toutes les bassesses pour préserver leur santé ?

Jules s'arrêta en route pour interroger des passants sur leur connaissance d'un hôtel pas trop cher, non loin du centre-ville. Ils lui conseillèrent « l'Auberge Pour Tous », une imposante bâtisse carrée, haute de trois étages, qui surplombait la ville. Il s'y rendit et demanda à l'accueil s'il y avait une chambre de libre. La réponse positive de l'hôtesse le ravit. Elle lui fit remplir des papiers, lui indiqua les horaires du petit-déjeuner et des repas, puis lui donna la clé d'une chambre au deuxième.

Quand il retourna à sa voiture pour la garer sur une place de parking, son attention fut attirée par des petits bruits dans

L'ORPHELINAT

le coffre. Jules sortit le Beretta de la poche intérieure de sa veste et ouvrit d'un coup le hayon. Sechs se recroquevilla au fond du coffre, un fil de fer à la main. Elle le supplia de ne pas tirer.

— Que fais-tu là ?

— J'essayais d'ouvrir.

— Je le vois bien. Je voulais dire : que fais-tu dans mon coffre ?

— Je ne veux plus rester dans ce château.

— Tu ne peux pas rester dans mon coffre, non plus. Ni même avec moi. Ils vont te chercher partout là-haut !

— Bien fait ! Je ne veux plus les voir.

— Sors de là. Jules aida Sechs à s'extraire du coffre et le referma derrière elle. Qu'est-ce que je fais de toi maintenant ? Il faut que je te ramène à l'orphelinat.

— Non ! S'il te plaît, ne me ramène pas là-bas !

— Mais Sechs, ils doivent te chercher partout, ils vont certainement prévenir la police. Je vais être accusé d'enlèvement, arrêté... Je ne peux pas te garder. Allez, monte dans la voiture, je te ramène.

— Garde-moi avec toi, au moins cette nuit ! Ils ne préviendront pas la police, ils en ont peur. Ils ne veulent pas qu'elle se mêle de leurs affaires.

— J'imagine bien. Et après ? Tu vas faire quoi ? Tu iras où ?

— Je ne sais pas. Sechs s'adossa à la ZX, croisa ses bras et se mit à bouder. Je ne veux plus retourner là-haut ! Je les déteste tous !

En la voyant ainsi renfrognée, à deux doigts de pleurer, Jules eut pitié d'elle. Sa vie ne devait pas être facile dans ce faux orphelinat. Mais que pouvait-il faire ? Il ne pouvait pas la garder. Si on la trouvait avec lui, il serait dans de beaux draps. On l'accuserait d'enlèvement. On le prendrait pour un pédophile. Mais, en attendant de la ramener au château, elle pouvait peut-être lui en apprendre un peu plus sur cette propriété et ses habitants. Cela l'aiderait sans doute pour l'expédition qu'il avait prévu de faire cette nuit.

Il ferma sa voiture puis la tira par la main et lui fit faire le tour de l'auberge. Il la laissa devant une porte de service, à l'arrière du restaurant, et lui demanda de patienter là quelques secondes avant d'entrer, puis de traverser la salle et de le rejoindre aux escaliers. Jules passa par l'entrée principale, sourit à l'hôtesse d'accueil, puis traversa le hall et attendit Sechs au pied des escaliers. Elle le retrouva quelques secondes plus tard et, ensemble, ils montèrent à sa chambre.

Dès qu'ils entrèrent, elle se jeta sur le lit et commença à sauter joyeusement dessus en chantant qu'elle était *libérée, délivrée...* Jules la fit redescendre et lui ordonna de se tenir tranquille, si elle ne voulait pas que l'auberge soit au courant de sa présence et appelle la police. Il l'installa devant la télévision et chercha des chaînes avec des dessins animés.

Il se plaça ensuite devant la fenêtre, qui donnait sur la vallée et les montagnes en face, et tira son portable de sa poche. Il composa le numéro de Madeleine et lui fit un résumé de la situation. Quand elle apprit ce qu'il avait fait de Camille, elle explosa. Elle s'emporta et lui demanda s'il se rendait compte de ce qu'il faisait. Pour toute réponse, Jules lui assura

L'ORPHELINAT

qu'il la récupérerait cette nuit. Madeleine se sentit impuissante :

— Jules, tu vas trop loin ! Non seulement tu fais prendre d'énormes risques à cette fille, mais tu peux te faire tuer. Arrête tout de suite ! Préviens la police suisse et laisse-la faire.

— Et je leur dis quoi ? Je leur explique comment je sais que Camille est entre leurs mains ? Que c'est moi qui leur ai vendu ? Non. Je n'ai plus le choix. Je suis trop engagé maintenant. Je dois aller jusqu'au bout et la sortir de là. Je dois découvrir ce qui est arrivé à ta fille. Je suis certain qu'elle est passée par ici.

Madeleine se trouva à bout d'arguments. D'un côté, Jules était allé bien plus loin que n'importe quel policier jusqu'alors. Il lui redonnait un peu d'espoir de retrouver la trace de Lucie. De l'autre, elle était terrifiée par ce qui pourrait advenir si le réseau le capturait. Il était entêté, et c'est ce qui l'avait conduit jusque-là. Mais il pensait y arriver seul, et c'est ce qui faisait craindre le pire à Madeleine. Elle essaya de le convaincre d'y aller avec la police locale. En vain. Quand ils eurent terminé leur dialogue de sourds et raccroché, Madeleine, très contrariée, chercha sur Internet le téléphone de la Brigade Criminelle à Paris et demanda à parler au Capitaine Cordis. On lui répondit qu'il était en congé, mais qu'on pouvait lui passer quelqu'un d'autre. Elle refusa. Elle fouilla dans son carnet d'adresses pour retrouver un ancien numéro et l'appeler.

Jules se tourna vers Sechs. Elle était absorbée par les aventures de Jerry qui se jouait des pièges de Tom à l'écran. Il se demanda ce qu'elle savait des affaires qui se tramaient là-haut. Il consulta sa montre : midi trente. Il fallait qu'ils déjeunent. Jules ordonna à Sechs d'être sage, d'attendre dans la chambre sans bouger, sans dire un mot. Il allait chercher de quoi manger au restaurant de l'hôtel et revenir dans quelques minutes.

Il s'installa à une table, au rez-de-chaussée, et commanda un hamburger avec des frites. Il n'en consomma que la moitié puis réclama un *doggy-bag* pour emporter le restant. Il fit de même avec une grosse part de gâteau au chocolat, et subtilisa les couverts discrètement. Il prit ses sacs et remonta à la chambre.

Il assit Sechs devant une petite table, dans un coin de la pièce, et sortit les plats qu'il avait rapportés. Les frites et le demi-hamburger étaient froids, mais elle mangea de bon cœur. Elle se régala avec le morceau de gâteau que Jules lui donna ensuite. Les dessins animés étant terminés, il éteignit la télévision et se plaça face à elle, un genou à terre pour être à sa hauteur :

— Sechs, que sais-tu de ce qui se passe à l'orphelinat ?

— Je ne sais rien.

— Tu m'as dit que les gens venaient pour commander des enfants. Comment est-ce que cela se passe ?

— Il y a des gens qui viennent. Ils voient Meryl. Ils paient et puis, après, il y a un garçon ou une fille qui naît et grandit à l'orphelinat pour eux. C'est eux, mais en plus petit.

— Ce sont des clones.

— Non, c'est pas des clowns. C'est drôle les clowns ! Là, c'est pas drôle du tout. Les enfants partent un jour avec ceux qui les ont payés et on ne les revoit plus jamais.

L'ORPHELINAT

— Je disais un *clone*, pas un clown.

— C'est quoi un clone ?

— Une copie d'une personne.

— Alors, oui, c'est ça, mais en petit enfant.

— Où est-ce que cela se passe ?

— Quoi ?

— Eh bien... Jules chercha les mots pour que la jeune fille comprenne. Ils doivent prélever des cellules aux gens qui viennent pour faire une copie d'eux. Ensuite, il faut faire grandir les bébés... Tu sais où tout cela se passe ?

— Sous le château. Il y a des caves et des tunnels. C'est là que mon père-frère y passe toutes ses journées. Mais, moi, je n'ai pas le droit d'y aller.

— Et par où on y entre ?

— Par un ascenseur qui descend dans le château, ou par le tunnel dans la clairière, mais c'est fermé avec un code à taper... Tu vis où ? Tu habites ici ?

— Euh... Non. J'habite Paris, en France.

— Si tu m'emmènes avec toi, à Paris, je te dis un secret.

Jules hésita. Bien évidemment, il ne pourrait jamais l'emmener avec lui à Paris. Le moment venu, Sechs serait confiée à la police suisse et à des services sociaux. La promesse qu'il s'apprêtait à faire, et à trahir de surcroît, était bien dérisoire à côté du trafic qui se passait dans ce château, et qu'il voulait arrêter à tout prix.

— D'accord, dit-il.

— Tu promets, hein ?

— Je te promets.

— OK. Je n'ai pas le droit d'aller sous le château, mais j'y vais quand même.

— Tu arrives à y entrer ? Tu as le code ?

— Oui. Un jour, j'ai même fait sortir mon amie par le tunnel.

— Tu as fait sortir qui ? Comment ça ?

— J'ai fait sortir mon amie de sa prison. Elle avait un bébé dans le ventre. Elle voulait retourner à Paris, retrouver ses parents qui lui manquaient. Elle pleurait très souvent. Elle était gentille, on est devenues amies. J'allais la voir en cachette, la nuit, et on parlait longtemps derrière la porte. Elle s'appelait Éva. Je l'ai aidée à s'échapper. Elle devait me faire venir à Paris, mais je n'ai plus de nouvelles. Je crois qu'elle m'a oubliée… Tu me feras visiter Paris, hein, tu promets ? On ira voir Éva chez elle, aussi ?

— C'était Éva ton amie ? Éva Merlotto ? Soudain, tout s'éclaira pour Jules. Ainsi c'était Sechs qui l'avait aidée à s'enfuir. Les filles étaient donc retenues sous le château et servaient à la procréation des clones. Il eut un léger étourdissement en pensant à Camille et Lucie. Il devait les sortir de là au plus vite. Il revint à l'instant présent en sentant Sechs qui tirait sa manche : euh… oui, je te ferai visiter tout Paris… Dis-moi : je peux entrer, moi aussi, par le tunnel ? Je fais comment, ensuite, pour trouver la cellule où était emprisonnée Éva ?

— Promets, pour Paris !

L'ORPHELINAT

— Oui, oui...

— Dis : croix de bois, croix de fer, si je mens je vais en enfer !

— Croix de bois, croix de fer.

— Allez ! Promets ! Et je te dirai comment entrer dans le tunnel.

— Croix de bois, croix de fer, si je mens je vais en enfer. Voilà, tu es contente ?

— Je voudrais monter tout en haut de la tour en fer !

— La tour Eiffel ? Oui, Sechs, on ira, tout en haut... En attendant, comment j'entre dans le tunnel ?

— Le code pour entrer dans le tunnel c'est ma date de naissance : 04-07-1973.

— Ce ne peut pas être ta date de naissance... Tu aurais... quarante-cinq ans !

— Bah, oui ! Je suis le *clone* de Meryl, alors c'est ma vraie date de naissance.

Jules frissonna. Profondément troublé par cette affirmation, il se demandait si Sechs comprenait tout ce qu'elle disait. N'était-elle pas traumatisée par l'environnement dans lequel elle baignait et ne s'inventait-elle pas des histoires pour assimiler tout cela à sa manière ? Était-elle réellement le clone de Meryl Sattengel, la directrice qu'il avait rencontrée ? En la regardant de plus près, Jules lui trouva un petit air de famille, mais assez éloigné. Les paroles de Sechs lui revinrent soudainement en mémoire : « *Les cinq premières sont mortes parce qu'elles n'étaient pas bien faites.*

Sieben et Acht, je les ai fait mourir parce qu'elles m'énervaient. »

Si Sechs était un clone de la directrice, elle était la sixième de la fratrie. Ou, plutôt, la sixième *tentative de clonage*. Sieben et Acht étaient alors les septièmes et huitièmes. Cela se tenait. Les cinq premières étaient mortes de leurs malformations. Jules pâlit et recula imperceptiblement pour la considérer dans son ensemble. Depuis les premiers instants, où il l'avait vue près du portail, il avait remarqué son regard vide, inhabité, sans expression. Il se sentit soudain perturbé par l'être qu'il avait devant lui : cette petite fille n'était pas vraiment humaine. Pas au sens habituel où on l'entend : qui naît de l'union de deux individus de sexe opposé. Sechs était le résultat d'une manipulation génétique faite en laboratoire, à partir d'une seule cellule prélevée sur une personne. Elle ne portait pas en elle la richesse de la combinaison de deux ADN. Était-elle normale ? Éprouvait-elle de l'empathie pour les autres ? Avait-elle... une âme ? Il se surprit à en douter.
« *Sieben et Acht, je les ai fait mourir parce qu'elles m'énervaient.* »

Le petit visage pâle, à la chevelure noire épaisse et raide, affichait toute la douceur, l'innocence et l'espièglerie d'une enfant de son âge. Mais son regard gris-vert n'exprimait rien. Ou plutôt si : de la froideur, de la dureté et un mépris pour les autres. Jules crut même, l'espace d'un instant, y voir danser les flammes de l'enfer au moment où Sechs s'empara du couteau sur la table et fondit sur lui. Dans son élan, elle le reversa sur le sol et tenta de lui planter dans le cœur. Heureusement, il fut très rapide à réagir. La force de Sechs était celle d'une enfant et il n'eut aucun mal à la maîtriser. Il lui ôta l'arme des mains et la jeta au loin. Sechs se redressa

L'ORPHELINAT

aussitôt et fonça vers la porte. Elle sortit dans un courant d'air. Jules tenta de la rattraper, mais elle avait déjà filé dans l'escalier. Il préféra ne pas la poursuivre pour ne pas éveiller l'attention du personnel de l'auberge. Ils auraient pu imaginer une histoire très différente en voyant un adulte pourchasser une jeune enfant qui n'était pas sa fille. Sechs reviendrait sûrement, car elle n'avait pas d'autre endroit où aller. Jules retourna dans sa chambre et jeta un coup d'œil par la fenêtre. Il la vit dévaler la rue qui menait au centre-ville. Une Mercedes noire, garée un peu plus loin sur le bord de la chaussée, ouvrit une portière à son passage et Sechs s'immobilisa. Un homme lui parla et lui fit signe de monter. Elle hésita, puis obéit à contrecœur et s'installa à l'arrière. La Mercedes démarra, fit demi-tour, et emporta Sechs en direction de l'orphelinat.

Jules resta un moment à la fenêtre pour suivre le véhicule des yeux jusqu'à ce qu'il disparaisse. Il lui semblait avoir aperçu cette voiture garée sur le côté du château. Ainsi, avait-il été suivi jusqu'à l'auberge. La directrice se méfiait de lui ou, tout du moins, se renseignait sur lui. Sechs allait probablement tout raconter. Il devait être prudent et faire vite, car il avait attiré l'attention de l'organisation. Camille était en danger, aussi, désormais.

Il sortit quelques minutes plus tard et monta dans sa ZX pour se rendre au centre de Vallorbe. Il chercha un bureau de change puis une boutique de vêtements et acheta des baskets sombres, un jean et un sweat à capuche anthracite. Il trouva une quincaillerie, un peu plus loin, et s'y procura une lampe torche, des petits outils pour crocheter des serrures, de la corde, du scotch renforcé et un pied-de-biche.

De retour dans sa chambre, il vérifia son arme, mit son équipement dans son sac à dos et prit son portable pour appeler Éric Rantier à Paris. Au bout de quelques sonneries, celui-ci décrocha :

— Lieutenant Éric Rantier, à qui ai-je l'honneur ?

— Salut Éric. Je t'ai toujours dit que tu te présentais comme un militaire, tu pourrais être moins formel. Le « *à qui ai-je l'honneur* » est vraiment de trop.

— Que voulez-vous, on ne se refait pas ! C'est bien vous, commissaire ? Cela fait... quatre ans !

— Oui. Mais c'est Jules, maintenant, tout simplement.

— Vous avez été mon chef pendant si longtemps ! Je vais avoir du mal à vous appeler par votre prénom. Où êtes-vous ? Comment allez-vous ? Qu'est-ce qui vous est arrivé ? Pourquoi avez-vous disparu toutes ces années ?

— Cela fait beaucoup de questions et il me faudrait plus de temps pour tout te raconter. On fera ça plus tard, OK ? Excuse-moi, mais j'ai besoin d'un service urgent. Tu pourrais faire ça pour moi ?

— Dans quelle sale affaire vous êtes-vous encore fourré ? railla Éric.

Jules sourit. Éric marquait un point. C'est vrai qu'il avait l'habitude de se mettre dans des situations impossibles. Il lui expliqua qu'il enquêtait sur le cadavre trouvé éventré dans le terrain vague et qu'il suivait la piste d'une organisation qui enlevait des filles.

— J'aimerais que tu me fasses une petite recherche dans les fichiers d'Interpol et, si tu as accès, plus particulièrement

L'ORPHELINAT

dans les fichiers d'identités suisses.

— Je vais voir. Dites-moi...

— Regarde ce que tu peux obtenir sur une femme : Meryl Sattengel. Où elle est née, sa famille, ce qu'elle fait, avec qui elle vit, où elle habite...

— Vous n'avez que son nom ?

— J'ai aussi sa date de naissance : le quatre juillet soixante-treize. Elle dirige un soi-disant orphelinat dans les hauteurs de Vallorbe, en Suisse. Je soupçonne l'établissement d'être une plaque tournante pour la traite des blanches et un labo de *bidouilles* génétiques pas très orthodoxe.

— Oh là ! Rien que ça ! Vous ne tombez jamais sur des affaires banales, vous !

— Je dois les attirer.

— OK. Je vais voir ce que je peux trouver. Vous voulez ça pour quand ?

— Euh... Pour hier, c'est possible ?

— Les choses ne changent pas ! soupira Éric en riant. Je fais au plus vite. Je peux en informer Pascal ?

— Oui, tu peux.

— Je vous rappelle dès que j'ai des infos, Commiss... Jules.

— Merci, Éric, à très vite !

SIXIÈME SANG

LE LABORATOIRE

Dimanche 15 avril, 23 h 54, Vallorbe.

Habillé de vêtements sombres, sac sur le dos, Jules sortit discrètement de l'auberge par l'arrière et se glissa sans bruit dans la ZX de Madeleine. Ayant pris soin de la mettre dans le bon sens en fin d'après-midi, il n'eut qu'à desserrer le frein à main et à la pousser légèrement pour qu'elle roule silencieusement vers le bas de la colline. Après cent mètres de roue libre, il enclencha la seconde et démarra en souplesse. Direction l'orphelinat. Personne ne le suivait.

À quelques dizaines de mètres du grand portail, il éteignit ses phares et se gara dans un renfoncement, sur le bord de la route. Il plaça la voiture dans le sens du départ, au cas où il faudrait faire vite. Il longea ensuite à pied le mur d'enceinte du domaine pour dénicher une faille dans la clôture ou, au moins, un arbre dont les branches passeraient par-dessus et seraient assez robustes pour supporter son poids. Il ne tarda pas à en trouver un. Avant de sauter de l'autre côté, il prit soin d'attacher une corde à la branche et de la lancer au sol pour s'offrir un moyen de ressortir du parc.

Jules suivit le tracé de la route qui montait au château en restant à couvert dans le sous-bois, pour éviter les caméras de surveillance en haut des lampadaires. Au bout de quelques minutes, il arriva à la bifurcation. Il prit tout droit en direction de la carrière et progressa prudemment. Il s'arrêta à une cinquantaine de mètres du portail en métal, toujours caché par la végétation, et observa un bon moment pour voir s'il y avait des mouvements aux alentours ou des points rouges de caméras dans les environs. Rien. Tout semblait très calme.

Le chemin redescendait légèrement vers la petite carrière circulaire. Au fond, au centre de la falaise découpée abruptement, un portail gris à deux vantaux fermait un probable tunnel qui s'enfonçait sous la montagne. Jules s'assura qu'aucune caméra ne surveillait l'entrée et s'avança à découvert. Il trouva le clavier fiché dans la pierre sur le montant gauche et saisit la date de naissance de Meryl Sattengel. Une serrure grésilla.

Il ouvrit précautionneusement une petite porte percée dans le vantail de gauche et se glissa à l'intérieur. Un courant d'air frais, provenant du fond du tunnel, le caressa et lui apporta des odeurs de salpêtre et d'humidité. Il alluma sa torche et découvrit les trois SUV qu'il avait vus au moment de la vente de Camille. Dans l'immense galerie creusée dans la pierre, ils étaient garés en file indienne. Il jeta un coup d'œil à l'intérieur du premier et nota les clés enfichées dans le démarreur. Il continua sa progression dans le sombre boyau.

La roche environnante empêcha Jules de recevoir l'appel d'Éric Rantier. Celui-ci atterrit directement sur le serveur de messagerie vocale : « *Bonsoir, Commiss… Jules… J'ai des infos sur Meryl Sattengel, comme vous me l'avez demandé.*

LE LABORATOIRE

Elle est morte le 5 juillet 2003, dans un accident d'escalade, dans les Dolomites. Son corps a été rapatrié en Suisse, par son frère jumeau, Merl Sattengel. Elle est enterrée dans le parc de leur propriété familiale, près de Vallorbe. Elle était directrice du théâtre de Lausanne et habitait avec son frère, un biologiste, une maison dans les faubourgs de Lausanne. La maison a été vendue depuis. Le frère a quitté son travail, à la mort de sa sœur, et vit à Vallorbe. Voilà. Je ne sais pas si c'est important, mais je vais transmettre tout cela à Pascal. Bonne nuit. »

Une fois les trois véhicules dépassés, la galerie tournait à gauche et rétrécissait au fur et à mesure qu'elle s'enfonçait dans la montagne. À part des gros câbles électriques, qui couraient sur ses parois, le tunnel n'avait rien de particulier. Il avait été creusé à la pioche et à la barre à mine, il y a plus de quatre-vingts ans. Son tracé remontait légèrement en direction du château. Si Sechs avait dit vrai, le boyau devait mener dans un abri antiatomique sous l'orphelinat. Il débouchait probablement dans un dédale de galeries et de salles en béton. Y trouverait-il Camille ? Il l'espérait de tout son cœur, car il voulait la sortir de là à tout prix. Mais il y trouverait aussi vraisemblablement les hommes armés de l'organisation. Ceux qu'il avait vus sur le parking du téléphérique.

Le tunnel se termina sur une porte en métal. Il posa sa main sur la poignée glacée et l'inclina lentement pour l'entrouvrir. Ses gonds émirent un grincement lugubre qui résonna dans les souterrains, bien plus loin que Jules ne l'aurait souhaité. Elle était épaisse et lourde : probablement renforcée au plomb, contre les radiations. Il sortit son Beretta et tira le percuteur en arrière pour engager une balle dans le canon, puis jeta un œil par l'ouverture : la porte donnait sur un couloir en béton éclairé par des néons au plafond. Il était arrivé dans le bunker.

Jules écouta les bruits qui émanaient du corridor. À part le ronflement d'une pompe, qui devait insuffler de l'air dans les galeries, et le grésillement d'un néon qui clignotait par intermittence, il n'y avait aucun son suspect. Il ouvrit un peu plus la porte et se glissa prudemment par l'ouverture, son pistolet en avant. Il tira la porte derrière lui et la referma pour qu'on ne se doute de rien.

Maintenant, la question était : droite ou gauche ? Le couloir s'étendait à perte de vue des deux côtés. Au sol, des rails enfoncés dans la dalle de béton devaient permettre la circulation de chariots pour transporter du matériel. Jules hésita. Vers la droite, le corridor semblait monter légèrement. Peut-être vers une sortie ou le château ? Il prit à gauche et marcha quelques mètres avant de tomber sur une nouvelle porte en acier, sur le mur de droite. Elle était fermée à clé. Il tira ses instruments de son sac à dos et s'accroupit devant pour crocheter la serrure. La porte résista un moment, mais finit par céder. Jules entra dans ce nouveau couloir.

Au bout d'une centaine de mètres, le coffrage en béton laissa place à de la roche nue et suintante. Les néons cédèrent leur place à des ampoules accrochées sommairement au plafond du boyau. Jules eut le sentiment de pénétrer dans une mine à peine plus large qu'un homme. S'était-il trompé de direction ? Le sol en terre, parsemé de flaques d'eau, était glissant. Il progressa prudemment. Enfin, il arriva face à une nouvelle porte. En bois, celle-ci. La serrure était ancienne, à grosse clé. Il lui fut très facile de la crocheter. Il poussa un peu le battant qui grinça également et regarda ce qu'il y avait derrière.

Dans l'entrebâillement, il aperçut un tunnel en pierre faiblement éclairé par des veilleuses rouges et sentit une douce chaleur mêlée d'humidité et d'odeurs de salpêtre lui caresser le visage. Couvert par le ronronnement continu d'une pompe qui devait insuffler de l'air dans le sous-sol, il lui sembla distinguer un reniflement. À peine perceptible. Y avait-il un chien ? Dormait-il dans le couloir ? Son cœur se serra. Il ouvrit un peu plus la porte et alluma sa lampe. Il en promena le faisceau dans le couloir et ne vit rien. Il décida de passer un pied, une jambe puis la moitié de son corps de l'autre côté, lentement, en restant prêt à reculer en cas d'attaque. Mais rien ne bougea. Les reniflements se faisaient toujours entendre, par intermittence. Jules prit son courage à deux mains et franchit totalement la porte, son Beretta pointé en avant.

Sur la gauche, le tunnel en pierre grise s'enfonçait légèrement dans la roche. Sur sa droite, des marches conduisaient, en tournant sur elles-mêmes, à un étage supérieur. Il décida de voir ce qu'il y avait en bas avant de remonter. Il trouva de chaque côté du corridor des portes en bois munies de volets coulissants au ras du sol. Jules en fit glisser un et passa sa lampe à l'intérieur. Il s'allongea à plat ventre pour découvrir une cellule voûtée aux murs de pierres. Un lit, une commode et un pot de chambre étaient les seuls objets de cette pièce. Sous les couvertures du lit, Jules devina une silhouette étendue.

— Camille ? appela-t-il doucement. Camille ? C'est toi ?

Le corps se redressa et afficha un visage grimaçant dans le faisceau de lumière. C'était une jeune femme, de l'âge de Camille, aux cheveux bruns, longs. Elle se leva lentement, en robe de chambre, et marcha jusqu'à la porte. Jules remarqua son ventre gonflé sous le mince tissu.

— Qui êtes-vous ? Le père de Camille ? Vous venez pour nous délivrer ? chuchota-t-elle.

Embarrassé, Jules préféra ne pas répondre et posa une autre question :

— Vous vous appelez comment ? Cela fait longtemps que vous êtes ici ?

— Je m'appelle Lucie. Cela fait deux ans, peut-être trois, je ne sais plus. Je ne suis pas arrivée à compter tous les jours.

— Lucie ? Lucie Carlier ? La fille de Madeleine ?

— Oui ! dit-elle soudain en joie. Vous connaissez ma mère ?

— Elle m'a chargé de vous retrouver.

Lucie s'agenouilla derrière la porte pour regarder son sauveur au travers du passe-plat. Elle se mit à pleurer de joie.

— Faites-moi sortir d'ici ! Vite !

— Vous pouvez marcher ? Vous êtes enceinte de combien ?

— Huit mois, je crois.

— OK. Je vais vous conduire à une voiture et vous m'y attendrez. Je dois trouver Camille Verdana.

— Camille est un peu plus bas. On est une vingtaine de filles ici. Il faut toutes les faire sortir !

— Vingt ? Ils vous gardent toutes ici ?

— Oui. Ils nous emmènent dans leur laboratoire juste au-dessus pour nous implanter des embryons dans le ventre. Puis ils nous laissent ici jusqu'à ce qu'on accouche. Ils récupèrent les bébés et on ne les revoit jamais. Je ne sais pas ce qu'ils en font. Puis ils recommencent. C'est la seconde fois qu'ils me mettent enceinte. Par pitié, sortez-moi de là, ou je vais mourir !

— Bien sûr. Reculez-vous !

Jules tira deux énormes loquets qui grincèrent et poussa la lourde porte. Lucie franchit l'ouverture, les cheveux poisseux, les pieds nus, avec son ventre proéminent sous la fine chemise de nuit en coton. Elle grelottait, mais affichait un sourire de soulagement. Elle se jeta dans les bras de Jules en pleurant.

— Ramenez-moi à Paris, s'il vous plaît !

— Bien sûr. Attends. On va libérer les autres filles.

Jules et Lucie s'attelèrent à déverrouiller les portes des cellules, une par une, puis à faire sortir leurs occupantes. Elles avancèrent hébétées dans le couloir sans dire un mot. Jules remarqua qu'elles étaient à différents stades de grossesse. Certaines avaient beaucoup de mal à marcher et se faisaient aider par celles qui n'en étaient qu'au début. Jules ouvrit enfin à Camille et s'excusa immédiatement de l'avoir entraînée dans cette affaire. C'était le seul moyen qu'il avait trouvé de remonter jusqu'à cette organisation et de localiser les filles enlevées, lui expliqua-t-il. Dans une pulsion irrépressible, elle lui assena une gifle monumentale qui raisonna dans tout le couloir.

Les autres filles étouffèrent un cri de surprise et se retournèrent pour voir Jules se frotter la joue. Il l'avait sans doute bien méritée, pensa-t-il, mais ce n'était pas le moment ni l'endroit pour une dispute. Lucie s'interposa. Elle demanda à Camille de se calmer et lui fit remarquer que sans l'intervention de cet homme personne ne les aurait jamais trouvées. Camille foudroya Jules de ses yeux emplis de rancœur. Puis elle regarda Lucie, vit son gros ventre et se mura dans le silence. Jules s'excusa une nouvelle fois et promit d'en reparler une fois dehors. Il retourna en tête du groupe et conduisit les filles vers la sortie.

Sans bruit, elles passèrent la porte en bois en file indienne et suivirent Jules dans l'étroit couloir taillé à même la roche, jusque dans la partie bétonnée. Ce n'est que lorsqu'ils franchirent la seconde porte en métal, qui donnait sur le corridor aux rails, qu'ils découvrirent le comité d'accueil : six hommes armés de Kalachnikov encadraient un homme en blouse blanche, mince, aux yeux gris-vert, qui ressemblait beaucoup à la directrice.

— Vous êtes plein de surprises, Monsieur Lavigne ! Ou qui que vous soyez... Vous vous faites passer pour un chef de clan parisien — pas très crédible, entre-nous — vous nous vendez une fille, puis vous venez rencontrer notre directrice, et enfin vous faites évader nos pensionnaires... Je ne comprends pas. Vous êtes stupide ou naïf ? Vous avez déclenché nos alarmes en ouvrant le portail de la carrière, puis la porte du bunker... Je vous ai laissé faire, pour voir quelles étaient vos intentions. J'ai cru que vous étiez un journaliste qui enquêtait sur nos activités. Maintenant, je suis fixé... Bon, les gars : remettez-moi ces matrices dans leurs chambres. Franck, tu viens avec moi, on va accompagner Monsieur Lavigne dans notre labo. Je pense qu'il a beaucoup de choses à nous raconter.

LE LABORATOIRE

Dépité, Jules regarda les filles pleurer de désespoir en rebroussant chemin pour retourner dans leurs cellules. Il eut surtout pitié de Lucie et Camille quand il croisa leurs regards effondrés. Pour sa part, il fut conduit vers la gauche du corridor par le bout du fusil de celui qui s'appelait Franck. Il remonta le tunnel aux rails puis franchit une porte épaisse qui donnait sur un escalier. En haut, après une nouvelle porte blindée, il déboucha dans un couloir vert et blanc, au sol brillant, qui sentait le formol et le désinfectant.

Le garde le poussa dans une pièce jaune, occupée en son centre par une table d'opération. L'homme en blouse blanche leur emboîta le pas. Une infirmière les rejoignit quelques instants plus tard. Elle ressemblait à une tortionnaire SS, de par son allure sadique, son embonpoint, ses vêtements kaki et son visage porcin. Un petit homme, âgé et voûté, fit son entrée et referma la porte à clé derrière lui. L'infirmière et le vieil homme déshabillèrent Jules tandis que Franck gardait son arme pointée sur lui. Ils lui laissèrent uniquement son boxer avant de le hisser sur la table. L'homme en blouse blanche fixa les sangles à ses chevilles, pendant que l'infirmière s'occupait de ses poignets et de son bassin. Elle serra si fort que Jules grimaça et laissa échapper un grognement. La SS donna trois petites tapes sur la joue de Jules : « *Mutig Mann*[35] », lui dit-elle en souriant de toutes ses dents jaunies par la cigarette au maïs. Puis elle s'éloigna pour aller chercher une potence pour intraveineuse.

Le petit homme, pour sa part, se dirigea vers une armoire.

---

[35] Brave garçon (homme courageux).

Il en sortit des poches et des tuyaux, et revint avec vers Jules. Il enfonça l'aiguille d'un cathéter dans son bras droit et accrocha une poche de sérum, ainsi qu'un goutte-à-goutte, à la potence. Le chef orienta alors une grosse lampe suspendue au plafond vers le visage de Jules et l'alluma. Ce dernier plissa les yeux et détourna la tête. La SS prit une cage en fer, dans un placard, et la plaça autour de sa tête pour l'immobiliser en position droite. Elle serra les vis de manière à ce qu'il ne puisse plus la bouger. Puis elle lui scotcha les paupières pour lui maintenir les yeux ouverts.

Le petit homme retourna vers une armoire puis revint avec une seringue. Il injecta son contenu dans la perfusion puis vérifia le débit du goutte-à-goutte. Enfin, il sortit avec le garde armé. La blouse blanche tira une chaise et s'assit près de la tête de Jules. La SS mit une goutte dans chacun de ses yeux pour dilater ses pupilles.

— Je ne vous donne pas cinq minutes avant que le thiopental, qu'on vous a injecté, ne fasse effet et que vous ne me racontiez tout ce que je veux savoir.

— Que voulez-vous savoir ? Je peux vous le dire sans tout ça, répondit Jules en panique et fortement incommodé par la brûlure de la lumière au fond de ses yeux.

— Je veux tout savoir… Qui êtes-vous ? Comment êtes-vous arrivé jusqu'ici ? Comment avez-vous découvert ce que nous faisions ? Qui avez-vous prévenu ? Tout !

— Je m'appelle Jules Lavigne, je représente un client fortuné qui souhaite avoir son clone…

— Non, non, non ! D'abord, ici, on parle d'assurance-vie ! Ensuite, vous avez déjà raconté tout cela à ma sœur et nous savons que ce sont des bobards. C'est vous qui avez vendu Camille à mes hommes. Vous l'avez enlevée à Paris et livrée à la frontière, contre dix mille euros. Pourquoi ?

— Je m'appelle Jules Lavigne, je représente un client fortuné qui...

— Ne résistez pas, c'est inutile. Le thiopental va vous délier la langue, tôt ou tard, et vous allez gentiment tout me raconter depuis le début. Alors, dites-moi tout maintenant et l'on arrêtera tout ça très vite.

— Vous pourriez baisser la lumière ?

— Elle vous gêne ?

— Oui.

— J'en suis vraiment navré.

L'homme se leva et passa sa main derrière la lampe. Il actionna un bouton qui rendit la lumière deux fois plus éclatante. Jules tenta de fermer ses paupières ou de détourner la tête, mais il en fut incapable. Il se mit à pleurer abondamment. L'infirmière SS se pencha au-dessus de son visage, essuya ses larmes avec une compresse et versa une nouvelle goutte dans chaque œil.

— La goutte hydrate votre cornée, puisque vous ne pouvez plus cligner des paupières... mais elle dilate aussi votre pupille. Cela va devenir encore plus insupportable dans quelques instants... Si vous tardez trop à me parler, la lumière va endommager irrémédiablement votre rétine. Vous garderez une tache noire, aveugle, au centre de votre œil... Alors, si vous voulez qu'on arrête tout cela, et si vous ne voulez pas marcher avec une canne blanche à l'avenir, dépêchez-vous de tout me dire... Qui êtes-vous ?

— Et vous ? Qui êtes-vous ? Où est Meryl ?

— Meryl, c'est ma sœur. Laissez-la en dehors de tout cela ! Je m'appelle Merl Sattengel... Mais pour vous, c'est Docteur Sattengel, si vous voulez bien.

— Et elle est au courant de ce que vous faites ici ? Elle est d'accord ?

— Oui, puisqu'elle est avec nous.

— Ici ? Jules essaya de regarder dans la pièce, mais immobilisé comme il l'était, et avec cette lumière dans les yeux, il ne vit rien.

— Elle a hâte de savoir ce que vous avez à nous raconter.

— Elle n'est pas là... C'est vous. C'est ça ?

— Elle est en moi. Un peu comme tous les gens qu'on a aimés. Non ? Vous avez déjà perdu quelqu'un de cher ? Monsieur... Monsieur comment ?

— Lanvin. Jules Lanvin.

— Ah, le produit fait enfin effet ! Nous allons pouvoir discuter sincèrement, maintenant. Monsieur Lanvin, dites-moi tout...

— Eh bien... J'ai perdu ma femme. Notre couple ne fonctionnait plus très bien. Elle est partie voir sa cousine en Argentine, pour quelques semaines, pour prendre de la distance avec moi, mes enquêtes et le Crépuscule qui nous harcelait. Pour réfléchir à tout cela. Elle a été enlevée, avec sa cousine, par des trafiquants. Elle aurait dû finir dans un bordel, mais son sang intéressait le chef de la secte, il l'a récupérée, l'a mise dans un sous-sol comme celui-ci, a fait des expériences sur elle et elle est morte. Enfin, c'est peut-être parce que je l'ai débranchée qu'elle est morte. J'ai enlevé tous les tuyaux qui la maintenait dans le coma... je voulais la sauver... pas la tuer, vous comprenez ?

— Oh, comme c'est triste tout cela ! Je ne comprends absolument rien à ce que vous me racontez, Jules... Vous permettez que je vous appelle Jules ? Nous sommes amis maintenant. On se dit tout. Cependant, je sens une grande culpabilité en vous... Moi-même, j'ai perdu ma sœur et j'en porte toute la responsabilité. C'est lourd et difficile. Comme je compatis ! Dites-moi... Est-ce que cela vous aurait plu de retrouver votre femme ? Je veux dire après sa mort ? Imaginez qu'on vous ait proposé de la recréer à partir de cellules prélevées dans sa moelle épinière. Auriez-vous refusé ? Je pense que non... C'est ce que j'ai fait, avec ma sœur, vous savez... Je l'ai ressuscitée !

— Oui, mais Sechs n'a que sept ans.

— Elle va grandir.

— Elle ne vous rattrapera jamais. Elle est aussi très perturbée. Elle sait qu'elle est le clone de votre sœur...

— Non, c'est parce qu'elle sait que c'est moi l'unique Meryl ! Pas elle.

— Vous êtes surtout taré ! Schizophrène... C'est bien comme ça qu'on dit, Docteur ?

— Un schizophrène a plusieurs personnalités, mais il ne sait pas qu'elles coexistent en lui. L'une éclipse l'autre quand elle surgit. Moi, je sais que Meryl vit en moi et je l'appelle quand je veux.

— Appelez-la, alors ! Et demandez-lui si elle est d'accord avec tout ce que vous faites ici.

— Ça suffit ! Revenons à ce que VOUS faites ici. Sechs vous a aidé, n'est-ce pas ?

— Oui, Meryl junior a voulu s'enfuir d'ici. S'éloigner de vous, de vos travaux monstrueux, et vivre comme une petite fille normale. Elle s'est glissée dans mon coffre de voiture et est venue jusqu'à l'hôtel avec moi. Elle m'a tout raconté.

— Elle s'appelle Sechs, pas Meryl ! Et je sais déjà tout cela. Mon homme l'a récupérée à votre hôtel.

— Savez-vous, aussi, qu'elle est psychopathe ? Elle n'éprouve aucune émotion ni empathie, pour personne. Elle a voulu me tuer avec un couteau. Apparemment, elle a déjà tué ses deux sœurs, les numéros sept et huit...

Énervé, Merl Sattengel se leva d'un coup et prit une nouvelle seringue dans l'armoire au fond de la pièce. Il la remplit et revint vers la perfusion. Il injecta le liquide dedans.

— On va augmenter un peu la dose de thiopental, vous résisterez moins et me parlerez enfin de vous. Puis, il jeta nerveusement la seringue dans un bac en inox et se rassit à côté de la tête de Jules. Il lui redemanda d'un ton mielleux : dites-moi, Jules, qui êtes-vous ? Un flic ? Un journaliste ? Le père d'une de nos pensionnaires ? Pourquoi vouliez-vous toutes les faire sortir ?

— Je suis un ancien flic, commissaire de la PJ de Paris. J'ai démissionné, il y a longtemps, pour être avec ma femme, m'occuper de ma vigne et produire du vin... mais elle est morte en Argentine, alors qu'elle...

— Stop ! Oui, ça, je le sais déjà ! Un ancien flic, hein ? Vous vous êtes reconverti en détective privé ? C'est bien cela ?

— Non, je ne peux pas. J'ai un casier.

— Alors que faites-vous ici ?

— J'étais SDF. Je croupissais dans un terrain proche de l'endroit où vos vieux ont découpé Éva. Ils ont récupéré son bébé, n'est-ce pas ? Mais il n'a pas survécu. Pourquoi avoir fait cela ?

— C'est moi qui pose les questions, Monsieur l'ex-flic !

— Parce qu'elle s'est enfuie ? Avec l'aide de Sechs ? Pourquoi l'avoir tuée et charcutée ? Pourquoi ne pas l'avoir simplement reprise et remise dans un de vos cachots ?

— Mes gars n'ont pas eu le choix. Ils ont dû faire vite, car la police tourne beaucoup dans ce coin de Paris. Ils ont récupéré l'enfant comme ils ont pu. C'était l'assurance-vie d'un acteur très connu. Cela m'a coûté très cher. Il a fallu que je lui refasse une nouvelle assurance-vie à mes frais. Mais si on l'avait découvert, on aurait pu mettre à jour mon business... mes clients m'auraient lâché... ça aurait été la ruine.

— Sérieusement ? Vous pensez qu'on aurait reconnu cet acteur si l'on avait fait l'autopsie d'Éva et trouvé le bébé ? Vous êtes un gros malade !

— La police aurait fait un prélèvement d'ADN sur le bébé pour identifier le père génétique, non ? C'est toujours le premier suspect dans un crime. J'ai protégé mes intérêts et surtout ceux de mes clients. Mais revenons à vous, Monsieur l'ex-Commissaire : vous étiez SDF, vous m'avez dit ? Expliquez-moi comment un SDF arrive jusqu'ici, en voiture, pour faire évader mes filles. Racontez-moi... Ça doit être passionnant !

— Après la mort de ma femme, je suis revenu en France. On m'a jugé pour mes fautes. J'ai fait de la taule. Quand je suis sorti, je n'avais plus rien. J'ai fini dans la rue. Puis vous avez tué Éva. Un de mes anciens capitaines a été mis sur l'enquête. Il m'a trouvé dans un camp proche du lieu du crime. Il m'a tiré de là et j'ai commencé à l'aider. J'ai rencontré Madeleine, la mère de Lucie, une de vos *pensionnaires*, et elle m'a missionné pour retrouver sa fille.

— C'est formidable comme ce produit est efficace ! Vous me racontez absolument tout... C'est très bien, Jules ! J'apprécie votre entière collaboration ! Et je peux la trouver où, cette Madeleine ? Madeleine, comment déjà ?

— Carlier. Elle habite à Beaugrenelle.

— Et c'est où ça Beaugrenelle ?

— À Paris.

— Très bien. Et comment êtes-vous remonté jusqu'à nous ?

— Par Julien Latour. Je l'ai vite soupçonné d'enlever les filles qu'il draguait. Vous l'avez éliminé, lui aussi... Je me suis douté que Camille Verdana était la prochaine sur sa liste. J'ai appelé le numéro que Julien avait dans une de ses poches, et je vous ai vendu Camille.

— Et vous l'avez suivie jusqu'ici. Pas mal, Monsieur Lanvin ! Vous êtes un bon limier. Même si vous ne respectez pas trop les procédures, apparemment. Cela a dû être compliqué quand vous étiez dans la police. Je me trompe ?

— Non. Mais j'ai toujours eu d'excellents résultats et le soutien de mon supérieur hiérarchique. Je ne pouvais pas laisser Camille entre vos mains, après ce que je lui avais fait. Il fallait que je la sorte de là, avec Lucie...

— ... et les autres filles. J'ai compris. Vous avez un très grand cœur, Jules. Vous aimez sauver la veuve et les orphelines... Et vous avez fait ça tout seul ? Vous n'avez prévenu personne ?

— J'en ai parlé uniquement à Madeleine et à Éric.

— Éric ? Éric, comment ? Je peux le trouver où, lui ?

— Le lieutenant Éric Rantier, de la PJ, à Paris.

Merl Sattengel notait tout cela dans un petit carnet posé sur ses genoux.

— À part Madeleine et Éric, vous n'avez parlé de cet endroit à personne d'autre ?

— Non. Mais Éric en a peut-être parlé à Pascal.

— Qui ça ?

— Au Capitaine Pascal Cordis.

— À la PJ aussi, je suppose.

— Oui.

— Personne d'autre ?

— Je ne pense pas.

— Vraiment ?

— Vraiment !

Merl fit un signe de la tête à l'infirmière et lui confia son carnet de notes. Elle sortit aussitôt de la pièce pour prévenir des hommes de main.

— Merci infiniment, Jules, pour votre collaboration ! Mes hommes vont s'occuper de toutes ces personnes, maintenant. Mais que va-t-on faire de vous dans l'immédiat ?

— Si vous touchez à un seul cheveu de Madeleine, d'Éric ou de Pascal, je vous le ferai payer très cher !

— Oh là là ! Vous me faites très peur ! Vous ne pourrez pas les sauver, Jules, parce que vous allez les précéder dans l'autre monde, là où tout est calme, tranquille pour l'éternité... Soyez heureux : vous allez y retrouver votre femme ! Mais je vous l'avoue : j'hésite... entre vous administrer le produit final maintenant, alors que tout est prêt, ou vous garder encore un peu avec moi pour découvrir s'il reste des choses que vous ne m'avez pas racontées... Vous m'avez l'air d'un vieux roublard. Vous m'avez peut-être caché des informations... Je pense qu'on va d'abord s'occuper de vos amis et que je reviendrai vers vous un peu plus tard.

Merl se leva et éteignit la lampe. Jules souffla. Puis il ôta les sparadraps sur ses paupières et enfin ouvrit la porte pour sortir et appeler l'infirmière. Elle entra avec deux hommes et prit en passant un autre produit dans une armoire. Elle en emplit une nouvelle seringue puis s'approcha de la perfusion.

— NON ! hurla Jules, de toute la force de son désespoir. Votre chef a dit qu'il voulait me garder vivant pour m'interroger plus tard ! NON, NE FAITES PAS CELA !

LE LABORATOIRE

La SS sourit et injecta le contenu de la seringue dans la perfusion. La vue de Jules se brouilla presque immédiatement. Il sentit son sang chauffer puis son corps bouillir et devenir flasque. Il perdit connaissance quand les deux gardes lui ôtèrent la cage autour de sa tête et le soulevèrent de la table d'opération.

Jules se réveilla plusieurs heures après, en grelottant de froid. Il était allongé sur un matelas, uniquement vêtu de son boxer, dans une pièce parfaitement noire qui empestait l'humidité. Il ne devait pas y faire plus de douze degrés. Il se redressa en tremblant et chercha à tâtons une couverture sur son lit. Il découvrit un tas de vêtements, posé près de lui, et s'empressa de les enfiler dans l'obscurité la plus complète. Il manquait les chaussettes et les chaussures. Il fouilla au pied du lit, mais ne trouva rien. Il entreprit de se lever et d'explorer sa cellule. Les mains tendues devant lui, à l'aveugle, il progressa à petits pas. Il cogna tout d'abord son pied gauche dans un pot de chambre et proféra un juron. Puis il avança prudemment vers sa droite. Ses mains rencontrèrent la porte en bois, comme il s'y attendait. Il était dans un cachot identique à celui dans lequel il avait trouvé Lucie et Camille. Il suivit des mains le mur sur sa gauche et arriva à un angle. Il continua de nouveau sur sa gauche et buta contre un meuble. Il en fit le tour en cherchant à se le représenter grâce au toucher. C'était une commode, a priori, sur laquelle une bassine, un broc plein d'eau et un morceau de savon avaient été disposés. Il poursuivit le tour de la pièce à tâtons, retrouva le pot de chambre et enfin revint au lit. En s'y allongeant, il trouva une couverture pliée dans le coin opposé. Il l'étala sur le drap et se blottit en dessous pour se réchauffer. Il était content d'être encore en vie, mais se faisait peu d'illusions sur le temps qu'il lui restait. Docteur Maboul avait prévu de se débarrasser de lui. Il devait tenter de s'évader, et vite. D'autant plus que Madeleine, Éric et Pascal étaient en grand danger. Il devait les prévenir. Mais comment ? Il n'avait plus son portable. Et quand bien même, au fond de ce trou, les ondes ne passeraient pas.

Alors qu'il s'agitait sur son lit, exaspéré par son incapacité à agir pour sauver ses amis, il discerna un très léger bruit de l'autre côté de la porte. Comme un chat qui gratte le bois. La trappe s'ouvrit et laissa entrer une faible lumière rouge. Jules se leva, traversa la pièce rapidement les mains tendues devant lui jusqu'à buter dans la porte. Il s'agenouilla sur le sol, en face du passe-plat :

— Jules ? prononça une petite voix à peine audible dans l'encadrement. Jules ?

— Qui est là ? demanda-t-il d'une voix étouffée.

— Sechs. Si je te libère, tu m'emmènes avec toi, à Paris ?

— Oui, je t'emmène avec moi et l'on visitera tous les monuments... On ira tout en haut de la tour Eiffel. Tu peux me faire sortir de là ?

— Oui.

Jules entendit des targettes grincer et coulisser, puis la porte pivota vers l'intérieur. Il recula. Sechs entra, une lampe torche à la main, et lui fit signe de la suivre.

— Il faut libérer les filles ! chuchota Jules.

— Non, on ne peut pas, sinon on va se faire prendre. Tu reviendras plus tard les chercher si tu veux.

LE LABORATOIRE

— Mais au moins deux ! Lucie et Camille. Il y a de la place dans les voitures qui attendent dans la carrière. On peut les emmener avec nous.

— D'accord, mais que deux !

Sechs montra à Jules une porte et se dirigea vers l'autre. Ensemble, ils tirèrent les verrous en prenant soin de ne pas réveiller les autres filles. Dans le plus grand silence, ils firent sortir Camille et Lucie. Toutes deux, pieds nus et en robe de chambre, les suivirent sans dire un mot vers le couloir qui menait au blockhaus. Ils traversèrent le tunnel avec les rails. Ils passèrent ensuite la porte blindée pour se retrouver dans la carrière de pierre. Ils se mirent à courir jusqu'aux SUV. Jules aida Lucie qui avait du mal à avancer avec son ventre pesant.

L'alarme devait s'être déclenchée. Ils avaient très peu de temps. Jules fit monter les filles dans le premier SUV et leur demanda d'attacher leurs ceintures. Il prit place au volant et tourna la clé de contact. L'horloge au tableau de bord indiquait 01 h 36. Il accéléra, lâcha l'embrayage d'un coup et enfonça la double-porte du tunnel pour débouler en trombe dans la carrière. Le temps que les gardes du château se ruent sur les autres voitures, ils avaient à peine une ou deux minutes d'avance. Il dévala la route qui descendait de la propriété et arriva au portail. Sans ralentir, il enfonça ce dernier. Malheureusement, l'avant du SUV ne supporta pas ce second choc. Il explosa littéralement et produisit un énorme écran de fumée. Le radiateur se vida d'un coup et toutes les alarmes s'allumèrent sur le tableau de bord. Le moteur cala et le véhicule s'immobilisa au beau milieu du chemin.

Il fit sortir les filles et les emmena jusqu'à la ZX, garée un peu plus bas. Ils s'installèrent à l'intérieur et bouclèrent leurs ceintures. N'ayant plus la clé sur lui, Jules entreprit d'arracher le plastique sous le volant pour atteindre les fils du Neiman.

— Attendez ! lui dit soudain Lucie. C'est la voiture de ma mère, ça ?

— Oui, elle me l'a prêtée...

— Alors il y a une clé de secours sous le siège conducteur.

Jules passa la main sous son siège et trouva, en effet, scotchée contre la mousse de son assise, une autre clé. Il la glissa dans le Neiman et démarra en trombe. *Qui a une clé de voiture scotchée sous son siège ?* se demanda-t-il. *Et pour quoi faire ?* Décidément, Madeleine était pleine de surprises et avait d'étranges habitudes.

En bas de la montagne, la ZX vira à gauche pour prendre la route de Vallorbe. Jules jeta un coup d'œil dans les rétroviseurs : deux paires de phares étaient sur le point de les rattraper. Il accéléra, mais sa voiture ne faisait pas le poids face aux Mercedes des malfrats.

— Quelqu'un sait s'il y a un poste de police, ou de gendarmerie, à Vallorbe ?

— Dans le centre-ville, il faut traverser le pont et c'est à droite, lui indiqua Sechs.

Jules croisa le regard de la petite fille dans le rétroviseur intérieur et la remercia. Les yeux de Sechs ne reflétaient aucune émotion, ni crainte, ni excitation. Elle prenait tout ceci avec un détachement complet et ne semblait pas perturbée par ce qui se déroulait autour d'elle. Peut-être était-ce uniquement un jeu pour elle ? Une distraction qui brisait la monotonie quotidienne ? Ou bien était-elle complice du Docteur Maboul ? Ne les conduisait-elle pas dans un piège, juste pour s'amuser ? Jules se surprit à avoir peur. Peur de la situation dans laquelle il était, peur de ce qu'il allait arriver à Madeleine et à ses amis s'il ne les prévenait pas à temps, peur aussi de ce qui se passait dans la tête de Sechs à cet instant. Son regard était froid, son visage n'exprimait rien.

Jules fixa de nouveau son attention sur la route. Il fila à tombeau ouvert jusque dans le centre de la petite ville endormie et vira à droite, brutalement, à l'embranchement du pont. Les deux voitures n'étaient plus qu'à quelques dizaines de mètres derrière lui. Il traversa l'Orbe et tourna à droite dès qu'il aperçut l'enseigne de la gendarmerie. Il pila juste devant l'entrée éclairée et fit sortir les filles en toute hâte. Tous allèrent tambouriner à la porte vitrée, fermée de l'intérieur, pour demander de l'aide au planton qui regardait la télévision de l'autre côté du comptoir d'accueil. Les deux SUV se garèrent à quelques mètres de là. Des hommes descendirent, armés de fusils, et s'arrêtèrent au signal d'un des leurs. Ils hésitèrent.

En voyant l'état d'excitation des deux filles en robes de chambre, dont une visiblement enceinte, et de l'homme pieds-nus qui hurlait de leur ouvrir, le jeune gendarme se leva, décrocha les clés du tableau, tira l'arme de l'étui à sa hanche et s'approcha de la porte. À travers la vitre, il leur demanda ce qui se passait.

— Nous sommes poursuivis par ces gens qui veulent s'en prendre aux filles ! beugla Jules en pointant du doigt les hommes qui attendaient au coin du pont. Elles ont été enlevées ! Je les ai aidées à s'échapper. Vite ! Laissez-nous entrer, ils viennent pour les récupérer !

Le gendarme jeta un coup d'œil aux hommes près des deux voitures sombres qui stationnaient à l'angle du pont et remarqua les fusils qu'ils tentaient de dissimuler en les plaquant contre leurs jambes. Il hésita. Sechs se mit à crier : aidez-nous s'il vous plaît ! en tapant de ses petits poings contre la vitre.

Cela finit de le décider. Il ouvrit et les laissa entrer dans le hall.

— Vite ! Fermez ! Ils sont armés. Ils vont venir nous chercher !

Le gendarme, un peu hébété et inquiet, surveilla les hommes et les deux voitures, tout en refermant à clé la porte vitrée. Il les vit discuter entre eux, puis prendre un téléphone et parler longuement. Il s'écoula une bonne minute avant qu'ils ne remontent dans leurs voitures et entament un demi-tour pour retraverser le pont dans l'autre sens. Le gendarme souffla. Il rangea son pistolet et proposa les chaises de la salle d'attente à ses visiteurs.

Il passa derrière son comptoir et composa le numéro de son capitaine qui dormait paisiblement chez lui. Il lui fit un rapide résumé de la situation et lui demanda de venir de toute urgence.

LA CONFÉRENCE

Samedi 21 avril 2018, 14 h 30, salle des fêtes de Vallorbe.

Sechs, Lucie, Camille, Jules et la procureure, Martine Guérand, montèrent sur l'estrade et s'assirent aux côtés du Syndic[36] de Vallorbe, du capitaine de la gendarmerie et d'un préfet du district du Jura-Nord-Vaudois. Face à eux, sur la longue table qui les séparait de l'assistance, une forêt de micros dressés. Juste derrière, dans la salle des fêtes transformée en salle de conférence, une cohorte de journalistes qui ne tenaient pas en place sur leurs chaises, le crépitement des appareils photo, les lumières aveuglantes des flashs et des caméras de part et d'autre de l'assemblée qui filmaient les officiels de la région. Assis aux derniers rangs, Pascal Cordis et Madeleine, aux côtés des parents qui serraient avec tendresse leurs filles contre eux, écoutaient attentivement les questions des journalistes et les réponses du préfet. Samia, Cassandre et Léa étaient présentes également

---

[36] Chef de l'exécutif, élu, équivalent du maire, en France.

au centre de cette salle, soulagées de retrouver leurs parents et leur liberté. Près du mur du fond, quelques autres officiels de la région, des magistrats et des gradés de la gendarmerie, échangeaient à voix basse leurs commentaires et se tenaient aux courants des investigations en cours autour de l'orphelinat. Seul, debout dans son coin, le commissaire Hardouin trépignait d'impatience et se demandait ce qu'il faisait là.

Le Syndic essayait de canaliser la fébrilité des journalistes et de prendre les questions dans l'ordre. Cela faisait deux jours que l'affaire avait éclaté dans la presse. Toutes les télévisions suisses et frontalières tournaient en boucle sur ce faux orphelinat qui pratiquait le clonage humain et servait de banque d'organes pour de richissimes clients. L'affaire était en train de remonter jusqu'en Russie, en Chine, dans les Émirats arabes unis et aux États-Unis, en éclaboussant les plus grandes fortunes de ce monde, des personnalités du cinéma et des vedettes du show-business.

De nombreux curieux étaient venus des cantons adjacents, et même de France, pour découvrir cette bourgade habituellement si paisible où l'innommable s'était produit. Il n'y avait, cependant, plus rien à voir : toute l'équipe de l'orphelinat avait été appréhendée, à l'exception de Merl Sattengel et de quelques médecins qui restaient introuvables. La bâtisse était fermée et l'accès à la propriété gardé jour et nuit par la police.

Les filles en bonne santé avaient été rendues à leurs parents après des examens médicaux approfondis, disait le préfet. Les autres étaient à l'hôpital, soit pour accoucher, soit pour avorter quand elles le pouvaient encore, soit parce que leur état était jugé trop fragile. Celles qui devaient conduire à terme leur grossesse avaient rendez-vous dans les Établissements Hospitaliers du Nord Vaudois, dans quelques semaines, pour accoucher. Toutes avaient des visites planifiées avec des psychologues pour les aider à surmonter le traumatisme. Les enfants de l'orphelinat avaient été confiés aux services sociaux suisses qui se demandaient ce qu'ils allaient bien pouvoir en faire. Les requêtes en adoption des clones de stars foisonnaient, provenant du monde entier, mais les services les refusaient systématiquement. Quant aux clones de milliardaires, personne n'en voulait.

Sechs était mitraillée par les flashs des appareils photo. Les journalistes s'acharnaient sur le clone de la sœur du professeur fou qui avait mis en place ce commerce abject. Elle était considérée comme un animal de laboratoire, ou comme le résultat d'une expérience scientifique, plus que comme une petite fille victime d'un homme au cerveau dérangé. Le harcèlement des photographes à son égard la força à se replier sur sa chaise et à enfouir son visage entre ses mains. Puis, au bout de quelques minutes, n'y tenant plus, elle se cacha sous la table et se mit à hurler pour couvrir le crépitement des appareils et les questions des journalistes. Jules se leva, lui empoigna le bras et l'aida à sortir du bâtiment, sous le mitraillage incessant des photographes. Une assistante sociale et un médecin la prirent en charge pour la conduire au calme dans une voiture de gendarmerie à l'extérieur. Jules, lassé par cette mascarade, fit le tour de la salle, sous le feu de flashs, et alla rejoindre Pascal et Madeleine au fond. Les objectifs le suivirent et prirent les trois personnes en photos, sans savoir qui étaient les deux autres.

Lucie et Camille, coincées entre le Syndic et le capitaine

de gendarmerie, semblaient perdues au milieu de toute cette agitation. Hagardes, elles n'avaient pas le temps de répondre à une question qu'une autre arrivait déjà. Le préfet entreprit de calmer le jeu en décrivant en détail l'intervention qui avait conduit à l'arrestation de l'organisation, puis, très agacé, il mit fin à cette conférence de presse brutalement, sous les huées des journalistes frustrés. Les deux jeunes femmes se levèrent et firent rapidement le tour de la salle, sous la mitraille des photographes, pour retrouver un peu de tranquillité au fond.

Lucie se blottit dans les bras de sa mère et Madeleine la serra fort en l'embrassant. Jules fit barrage de son corps et tenta de repousser les journalistes. En vain. Madeleine l'agrippa alors par la manche et le tira vers elles pour qu'il vienne se joindre à leur câlin. Un peu embarrassé, Jules se retrouva plaqué contre les deux femmes qui refermèrent leurs bras autour de lui. Ils restèrent serrés tous les trois, pendant une longue minute sous les flashs, sans dire un mot.

Les membres de la presse furent invités fermement à quitter les lieux et à laisser les autorités avec les familles. Comme ils protestèrent et refusèrent, des gendarmes furent appelés en renfort pour les faire évacuer. Il s'en suivit une bousculade indescriptible avant que le calme ne revienne. Madeleine relâcha alors son étreinte autour de Jules et s'adressa à lui les larmes aux yeux :

— Merci, Jules… Mille fois merci, pour ce que tu as fait. C'était totalement fou de te jeter comme ça dans la gueule du loup… Mais tu m'as rendu ma fille chérie ! Je t'en serai à jamais reconnaissante… Qu'est-ce que tu vas faire maintenant ?

— Je ne sais pas… Je vais probablement être jugé pour

LA CONFÉRENCE

enlèvement et séquestration et retourner en prison...

— Je ne pense pas, non.

— Qu'est-ce qui te rend si affirmative ?

— J'ai discuté avec la procureure durant le voyage jusqu'ici. Elle va arranger un peu l'histoire. La version officielle sera que Camille t'a aidé à remonter la piste des ravisseurs, mais qu'elle s'est fait kidnapper par l'organisation. Que tu n'as rien pu faire. Mais grâce au traceur GPS que tu avais glissé dans sa poche, par précaution, tu l'as retrouvée.

— C'est complètement tiré par les cheveux. Pourquoi ferait-elle ça ?

— Je crois qu'elle a une petite idée derrière la tête.

— Une idée ? Quelle idée ? Tu m'inquiètes... Encore faut-il que Camille confirme cette version de l'histoire !

— Elle se charge de la convaincre.

— Et Hardouin ? Pourquoi est-il ici ? Il a l'air furax.

— Il aurait bien voulu te coffrer, je crois. Mais la Proc' l'en a empêché.

— Pourquoi a-t-elle accepté qu'il vienne dans ce cas ?

— Tu ne devines pas ?

— Pour lui montrer à quel point il avait tort ? La vache ! Il doit sérieusement lui en vouloir !

— Si l'horizon se dégage, comme il semblerait, que vas-tu faire ?

— Dans ce cas, je vais me chercher un boulot, pour me payer un petit studio, et repartir à zéro.

— Ça fait beaucoup de « *O* », tout ça ! railla Madeleine. Mon appartement ne te plaît pas ? Tu n'aimes pas sa... déco ?

— Si... mais...

— Lucie a toujours son appartement. J'ai réglé son loyer durant son absence. Sa chambre est vide à la maison. Si je te la loue pour un euro par mois, cela te conviendrait ? Le temps que tu te remettes sur pied... Tu ne vas quand même pas continuer à camper chez Pascal et sa femme en attendant d'avoir assez d'argent pour te payer un studio !

— Euh... Non...

— Alors, affaire conclue ! Et côté « *boulot* », tu comptes faire quoi ?

Un peu sonné par la proposition de Madeleine, Jules la regarda et mit un moment avant de répondre. Elle avait dégainé cette autre question pour ne pas lui laisser le temps de réfléchir à la première.

— Je ne sais pas... Ce qu'un ex-taulard peut faire... Caissier, magasinier, installer les rayons des supermarchés...

— Ça fait beaucoup de « *É* », tout ça ! reprit-elle en se moquant gentiment de lui. Et pourquoi pas détective privé ? Tu m'as l'air doué.

— Parce que j'ai un casier judiciaire qui m'en empêche désormais. Et quand bien même je pourrais, il faudrait que je refasse des études, que je décroche une licence d'ARP[37]...

---

[37] ARP : Agent de Recherches Privées. Communément appelé « Détective privé »

LA CONFÉRENCE

Cela coûte cher...

— J'ai encore des sous pour toi, puisque tu as résolu cette affaire plus vite que prévu. Tu crois que tu ne serais pas capable de décrocher cette licence, Monsieur l'ex-commissaire Lanvin ? Tu penses qu'avec ton « bac-plus-cinq » et tes années de police, tu n'arriveras pas à avoir une simple licence pour détective privé ?

— Si, mais... Il faudrait que je révise mon Droit sérieusement, parce que j'ai eu un peu trop tendance à l'oublier et à n'en faire qu'à ma tête ces dernières années...

— Je te laisserai travailler tranquille, toute la journée. Promis ! Il y a un bureau dans la chambre de Lucie. Tu y seras bien. Elle caressa les cheveux de sa fille d'un geste tendre. Tu es d'accord pour que Jules s'installe chez toi ?

Jules regarda Lucie qui lui adressa un énorme sourire et un clin d'œil coquin. Il rougit de la tête aux pieds. Puis se reprenant :

— De toute façon, ce n'est pas possible avec mon casier, Madeleine. Il faut arrêter de rêver...

— Imagine que ton casier ne soit plus un problème. Cela te tenterait ?

Tenter ? Curieux choix de mot... Jules prit soudain conscience que la question de Madeleine ne portait pas uniquement sur les études d'ARP. Elle lui proposait une collocation et peut-être bien plus. Elle savait ce qu'elle voulait et se donnait les moyens de l'obtenir. Elle semblait avoir tout réfléchi et organisé pour cela. Qu'avait-il d'autre à dire, sinon que cela lui convenait ?

— Oui. Cela me plairait beaucoup... À vrai dire, je ne sais faire que cela : fouiner et me jeter tête baissée dans les emmerdes. Jules eut conscience qu'il n'avait pas totalement répondu à la question de Madeleine, mais cela paraissait lui suffire pour le moment. Puis, il ajouta : comment la procureure pourrait-elle effacer mon ardoise ?

— Ça, c'est notre affaire.

— Tu peux m'expliquer ?

— On a longuement discuté pendant les cinq heures de route jusqu'ici. Elle est prête à faire un geste, si tu bosses dur et que tu décroches ton diplôme.

— Mais, enfin, elle ne peut pas effacer mon casier !

— Sans doute que non, mais elle peut appuyer ton admission en licence d'ARP malgré cela. Elle a des relations bien placées.

— Pourquoi ferait-elle ça pour moi ? Elle ne me connaît même pas ! À moins que... cela ne soit pour toi ?

— Elle a entendu parler de toi, de ta carrière... qui a été brillante...

— Qu'est-ce qu'il y a entre vous ? Qu'est-ce qu'elle te doit ?

Madeleine se figea un instant et hésita à répondre. Jules avait vu juste. Il avait senti quelque chose et, le connaissant, il ne lâcherait pas le morceau facilement. Lui mentir ne serait pas, non plus, un bon départ pour leur *cohabitation* :

— Disons que... Je l'ai aidée par le passé, sur une grosse affaire... et qu'elle me doit un service.

— Tu lui as servi d'indic ?

— Pas ici. Pas maintenant. Je te raconterai plus tard... Alors ? Es-tu prêt à retourner sur les bancs de la fac ?

— Je ferai de mon mieux, dit-il en souriant. Mais, tu sais, je ne suis pas un cadeau... Je veux dire comme coloc !

— Je ne suis pas facile, non plus. J'ai mon caractère. Mais je suis certainement plus souple que ton ex... Madeleine se mordit la lèvre et regretta aussitôt cette parole.

— Je ne peux pas te laisser dire ça. Tu ne sais rien de Caroline...

— Pardon ! Je suis vraiment navrée. Je ne voulais pas dire ça... Je me suis un peu renseignée sur toi, ton passé, ta femme, auprès de tes amis... Surtout auprès du capitaine Cordis. Je voulais en savoir plus sur toi, sur ce qui t'était arrivé... Je n'aurais pas dû... Je suis désolée, Jules... Oublie... S'il te plaît.

— C'est bon. Il n'y a pas de mal. Est-ce que moi aussi je pourrai en savoir plus sur toi, avant de louer la chambre de ta fille ? Qui es-tu ? Quelles sont tes relations avec la police ? La Proc' ? Les fabricants de faux papiers ? Où est-ce que je mets les pieds en venant chez toi ? Je dois m'inquiéter ?

— Tu jugeras par toi-même. Donne-moi juste un peu de temps pour tout te raconter... Ce n'est pas facile... Mais si on habite ensemble, c'est vrai que tu as le droit de savoir... Tu es un ancien flic, tu peux comprendre... J'espère que tu me pardonneras mes errances.

Madeleine sourit timidement et serra les mains de Jules avec embarras. Pascal Cordis, à quelques pas de là, n'avait rien manqué de leur discussion. Si son ancien chef semblait hésitant, un peu perdu, Madeleine, elle savait exactement ce qu'elle voulait. Elle avait décidé de le recueillir, de le remettre sur pied en lui faisant faire des études d'ARP. Et sans doute attendait-elle plus de cette cohabitation... Elle était consciente qu'il faudrait du temps. Ne pas brusquer les choses... C'était tout à fait le genre de femme qu'il fallait à Jules : solide, volontaire, compréhensive, à ses côtés. Pascal connaissait son histoire, au travers de ce que lui en avait dit la procureure. Et malgré cela, il était content que Jules ait rencontré une femme comme elle. Et puis, grâce à Madeleine, il allait pouvoir retrouver le calme de son petit appartement, avec Justine et Marie.

Il observa Hardouin qui faisait les cent pas au fond de la salle, le regard sombre. La Proc' l'avait traîné jusque-là pour lui rabaisser son caquet. Du coin de l'œil, il fulminait en voyant Jules goûter son succès. Tout le monde le félicitait. Il avait résolu cette affaire même s'il avait enfreint pas mal de règles et d'articles de loi. Il aurait voulu le coffrer, pour ça, mais ne pouvait pas. Il était protégé par la procureure. Hardouin ne pouvait rien aujourd'hui, mais il n'avait pas dit son dernier mot. Un jour, il finirait bien par le coincer et le coller en taule pour de bon. Entre les deux hommes, la guerre était ouverte depuis des années et Pascal se demanda ce qui avait bien pu advenir pour qu'ils se détestent à ce point. À l'occasion, il faudrait qu'il questionne Jules.

Il détourna le regard et trouva Camille assise seule, sur une chaise, dans un coin de la salle. Elle était perdue dans ses pensées. Il se dirigea vers elle.

— Ça va, Camille ?

LA CONFÉRENCE

— Oui… Non… Je ne sais pas… La mort de Julien, son implication dans ce trafic, le fait que j'étais la suivante sur sa liste, l'enlèvement par votre collègue, la cellule glaciale dans les sous-sols du château, ces tarés qui exploitaient le ventre des filles pour créer leurs clones… C'est vraiment trop pour moi. Par chance, ils n'ont pas eu le temps de m'en mettre un sinon je crois que j'aurais pété un câble. Tout cela m'a beaucoup secouée. Je ne sais pas comment je vais arriver à le surmonter.

— C'est normal. C'est extrêmement traumatisant tout ça. Mais ne t'inquiète pas, cela s'arrangera avec le temps, tu verras. La cellule psychologique pour les victimes est très bien, elle va t'aider. Tu parviendras à dépasser tout cela, parce que tu es plus forte que tu ne le penses. Tes parents ne sont pas ici ? Tu ne les as plus, peut-être ?

— Si. Mais ils habitent à New York. Je vis seule à Paris. Ils m'envoient du fric tous les mois pour payer mon loyer et mes études. Ils ne savent même pas que j'ai été kidnappée.

— Je vois… Que vas-tu faire maintenant ?

— Comment cela ?

— Tu comptes porter plainte contre Jules, pour enlèvement et séquestration ?

— C'est votre copain, c'est ça ? Vous êtes inquiet pour lui ?

— Oui… et non, je ne suis pas inquiet. Tu feras ce qui te semble juste et ce qui t'aidera à passer ce cap. Jules a toujours eu des manières… disons… « *bien à lui* » de conduire ses enquêtes. Il est prêt à tout pour arriver au but, et il réussit très souvent. Je n'approuve pas forcément ses méthodes, mais je dois reconnaître qu'il est efficace, intuitif, et qu'il démêle des affaires tordues sur lesquelles d'autres se cassent les dents.

— Vous l'admirez ?

— Non. Enfin... oui, un peu, je l'avoue. Il a des états de services remarquables... et de nombreux succès au compteur. Il a sauvé plein de gens au cours de sa carrière, tu sais... Mais c'est en partie parce que ses supérieurs ont fermé les yeux sur ses méthodes, ou même qu'ils les ont appuyées pour accroître les résultats de leur brigade. Cela l'a probablement conforté dans l'idée qu'il était intouchable et qu'il pouvait faire tout ce qu'il voulait. Les statistiques, ça commande tout : les budgets, les effectifs, la carrière du Divisionnaire, du Directeur... C'est comme ça qu'il a pu franchir les limites. Jusqu'à ce que la justice le rattrape. Et j'ai le sentiment que ça continue. (Il regarda la procureure discuter avec les Officiels de la région.) Il paraît que la fin justifie les moyens... Je ne suis pas d'accord avec ça. Aussi, tu as le droit de porter plainte contre lui, si tu veux. Mais sache que si tu le fais, il sera jugé et retournera en prison pour un très long moment. Il a déjà fait de la taule parce qu'il est sorti des sentiers balisés de la loi pour arrêter une organisation terroriste[38] qui enlevait et violait des femmes pour « *s'amuser* », qui faisait chanter des gens très haut placés, commettait des attentats meurtriers pour faire plier des gouvernements, n'hésitait pas à tuer pour protéger ses intérêts et menaçait la planète d'une extermination massive, chimique ou nucléaire.

— Rien que ça ? Vous rigolez ?

---

[38] La secte du Crépuscule. Voir les romans précédents.

— Non... Rien que cela ! Il a suivi la piste de cette organisation pour retrouver sa femme et la tirer de ses griffes. Il a démantelé toute l'organisation en remontant jusqu'au chef que les polices du monde entier cherchaient depuis un bon moment. Ses méthodes ont été *un peu limites*... Non, carrément limite ! Il s'est associé à un pirate informatique, il a traversé l'Atlantique clandestinement, alors qu'il était recherché par les polices européennes... Enfin bref... Il a franchi la ligne rouge très souvent, mais il est toujours arrivé au résultat qu'il s'était fixé. Là, il t'a utilisée pour démasquer ces criminels. Il a fait de toi sa « *chèvre* », comme on dit dans le métier. Pour faire sortir le loup du bois. Il ne t'a pas demandé ton avis. Il a cependant glissé une puce GPS dans tes vêtements pour ne pas risquer de te perdre... et ça, je te jure que c'est vraiment nouveau ! C'est exceptionnel de sa part ! Quand tu sais à quel point c'est une bille en technologie ! Et puis, il n'a pas hésité à se jeter dans la gueule du loup, tout seul, pour vous délivrer, vous toutes. C'est, d'une certaine manière, grâce à toi qu'il a pu remonter leur réseau et trouver où finissaient les filles enlevées... Comme Lucie... Comme la pauvre Éva, à qui ces salauds n'ont laissé aucune chance. C'est une bonne chose qu'on ait pu enfin mettre la main sur ces criminels et les arrêter... « *Ton* » Julien a fait kidnapper plein d'autres filles un peu partout en France. Comme Cassandre et Léa, que tu as croisées dans la salle. Il les draguait, il les droguait, puis les faisait embarquer par ses complices. Elles finissaient au château, pour mettre au monde des clones de milliardaires ou de stars. Aucune police n'avait découvert le pot aux roses. Des filles disparaissaient, mais on n'avait aucune idée d'où elles allaient. Le chef de cette organisation était probablement protégé par quelqu'un de bien placé en Suisse. Il aurait pu continuer ainsi un bon moment. Il s'est évaporé, mais la gendarmerie a mis la main sur son journal et ses dossiers, avant que ses complices n'aient eu le temps de tout détruire. Ses comptes bancaires sont bloqués. Il est recherché par Interpol. Il n'ira pas bien loin, on le coincera. Je te le promets. On peut dire qu'à vous deux, vous avez démantelé un sacré réseau... même si tu n'étais pas consentante.

— Vous me dites tout cela parce que vous aimeriez que je ne porte pas plainte contre lui, n'est-ce pas ?

— Je voulais juste que tu saches qui il est, et ce qu'il a fait, avant de décider quoi que ce soit. Il a été un de mes meilleurs chefs depuis que je suis dans la police. J'ai beaucoup appris avec lui.

— Vous franchissez les limites de la loi, vous aussi, pour arriver à vos fins ?

— Non, ça non ! Je ne le ferai jamais !

— Pourquoi ?

— Parce que mon métier consiste à faire respecter la loi et que je dois être exemplaire, moi-même, pour pouvoir arrêter ceux qui l'enfreignent. C'est comme ça que je vois les choses. Et puis, j'ai une famille, je n'ai pas envie de finir en prison.

— Jules n'a pas de famille ?

— Non, plus personne. Sa femme a été tuée par la secte. Cette organisation dont je t'ai parlé.

— Il ne réussit pas toujours alors...

— Non. Là, il n'a pas réussi. Ça l'a profondément ébranlé. En tout cas, bien plus qu'il ne veut bien le montrer.

— Et si l'on touchait à votre famille, à votre femme, ou à votre fille ? Vous franchiriez la ligne rouge ?

— Je ne sais pas ce que je serais prêt à faire en pareil cas... Je pense que je serai capable de tout pour les sauver... En effet... Et toi ? Tu vas faire quoi en rentrant à Paris ?

— Sans doute, terminer ma thèse. Tenter d'oublier que je suis tombée amoureuse d'un criminel. Oublier que j'ai voyagé dans le coffre d'une ZX pourrie, que j'ai été chloroformée une bonne dizaine de fois, vendue pour dix mille euros à des trafiquants, que j'ai échappé à l'insémination juste parce que votre copain est arrivé à temps... Pfff... Non, mais vous réalisez ? Mon ventre... vaut dix mille euros !

— Pour ces gens-là, la vie d'une personne ne vaut rien. Mais ne crois pas que tu n'es qu'un ventre ou que tu ne vaux que dix mille euros... Ta vie est beaucoup plus précieuse que cela !

— Pour qui ? Pour mes parents qui n'en ont rien à foutre de moi et qui me filent trois mille dollars par mois pour que je reste à Paris ? Si possible loin d'eux. Pour mon ex-petit copain qui ne voyait en moi qu'un bide à vendre ? Pour votre pote qui m'a prise pour sa *chèvre* ? Pour tous ces mecs, à la fac, qui me courent après pour me sauter ? Ou pour ceux qui me pelotent dans le métro ? Je suis qui, moi ? J'ai juste l'impression d'être un bout de viande... qu'on peut acheter.

— Ne dis pas cela ! Tu es encore sous le choc. Mais, tu sais... on n'existe pas pour les autres, Camille. On existe POUR soi et l'on se bat CONTRE les autres pour exister et défendre sa place dans ce monde. Il faut avoir beaucoup d'estime pour ce que l'on est, et croire en soi, pour pouvoir s'affirmer et affronter les autres, pour hurler qu'on existe et qu'on a toute sa place parmi eux. Sinon, ils vous écrasent, ils vous utilisent. La vie est une lutte permanente. Si tu baisses les bras, tu meurs. Pour le moment, tu ne sais plus où tu en es, tu es perdue. Tu reprendras petit à petit confiance en toi et les choses reprendront leur cours.

— Je vais me méfier de tout et de tout le monde dorénavant. Dès qu'on m'approchera, je penserai que c'est pour m'utiliser, pour m'agresser, ou pour m'enlever... Comment peut-on refaire confiance aux autres après ça ?

— Nos psys vont t'aider. On a des super-équipes dans la police. Ils ont l'habitude de prendre en charge des victimes dévastées par ce qu'elles ont vécu, et ils les remettent sur pied. Cela prendra un peu de temps, mais ça va aller.

— Vous embauchez dans la police ?

— Pourquoi ? Cela te plairait comme job ?

— Ma thèse porte sur l'éthique dans la recherche et le contrôle de ses dérives. Mais je crois que c'est une quête vaine : on n'arrête pas des gens qui veulent faire le mal avec des procédures ou des contrôles épisodiques des pairs. On les met en prison, c'est beaucoup plus efficace. Il faut arrêter ces tarés avant qu'ils ne nuisent aux autres.

— Il faut les deux. Le contrôle en amont permet d'éviter aux gens honnêtes de franchir les limites sans s'en rendre compte, mais il n'arrête pas les vrais criminels, qui eux le font sciemment. Ce boulot n'est pas de tout repos, ni bien payé, ni toujours très drôle, tu sais. On voit des choses horribles. On côtoie la lie de la société, la violence, les trafiquants, les meurtriers, les psychopathes... le mal à l'état brut. Il faut être très solide... Mais... peut-être que Jules aura besoin de quelqu'un pour l'aider dans son agence de détective ? Enfin quand il l'ouvrira, dans plusieurs mois. Tu auras peut-être fini ta thèse et tes séances de psy à ce moment-là. Tu pourrais lui demander ?

— Pour qu'il recommence à se servir de moi comme d'une chèvre ? Qu'il me jette dans les bras d'autres criminels pour les attraper ? Ah, non merci ! J'en ai marre de voyager dans le coffre des bagnoles ! Et puis... je ne sais pas si j'arriverai à lui pardonner... même s'il a sauvé Lucie et élucidé le meurtre d'Éva.

— Je comprends. En tout cas, ça serait vraiment sympa de ta part si tu ne l'enfonçais pas. Il est déjà bien fracassé.

— Oui, j'ai cru comprendre qu'il était déjà bien bas. Et que si je portais plainte, je l'envoyais en prison jusqu'à la fin de ses jours... Madeleine et Martine sont passées avant vous pour me décourager de le faire. La procureure voudrait que je soutienne sa version de l'histoire.

— Hein ? Quelle version ?

— Que j'ai été enlevée par l'organisation, comme prévu par Julien, et que c'est Jules qui m'a sauvée grâce au traceur qu'il avait mis dans mes vêtements... parce qu'il se doutait que je serais la suivante. Bref, que c'est un super-héros.

— Et tu vas dire ça ?

— Elle m'a promis de m'aider en retour. De me trouver un boulot.

— C'est dingue ! Elle arrange les choses comme elle le souhaite ! Qu'est-ce qu'elle veut faire de Jules ? Donc, tu es en train de me dire que je viens de passer un quart d'heure à essayer de te convaincre pour rien ?

— Non, pas pour rien. Vous allez pouvoir dire à votre copain, inquiet, qui n'arrête pas de nous regarder, que vous m'avez convaincue avec force d'arguments. Que vous êtes vraiment un bon ami, qui trempe sa chemise pour lui. Ne lui dites rien à propos des M & M's.

Pascal sourit et la remercia. Il la laissa pour aller voir Jules et Madeleine.

— Ah, Pascal ! Je suis content que tu sois là ! Tu viens de parler à Camille. Il faut que j'aille la voir pour me faire pardonner. Elle doit m'en vouloir à mort...

— Laisse-la digérer tout cela, pour l'instant. Cela va se tasser. Je pense qu'elle ne portera pas plainte contre toi. Tu as de la chance !

— C'est un immense soulagement. J'ai été dur avec elle. Quand je l'ai rencontrée, la première fois au café, je n'ai vu qu'une petite allumeuse, une tête de linotte qui s'amuse à mener les hommes par le bout du nez. Je n'ai pas eu une grande estime pour elle, je l'avoue. Elle ne méritait cependant pas le traitement que je lui ai fait subir. Mais en même temps, quelle autre piste avions-nous ?

— C'était ton idée. Ne m'inclus pas là-dedans, s'il te plaît.

— Tu as raison, pardon. En tout cas, merci Pascal ! Je ne sais pas ce que je ferais sans toi ! Alors, comment est-ce que cela se passe de ton côté avec les bœufs-carottes ?

— Cela s'arrange. L'enquête m'a mis hors de cause. J'ai pu reprendre ma carte et mon arme. Le brigadier qui était présent, et qui a laissé entrer le faux avocat, va recevoir un blâme. Il sera placé dans un autre service, mais cela n'ira pas plus loin. On va faire évoluer nos procédures : à l'avenir, on devra vérifier systématiquement que l'avocat qui se présente est bien inscrit au Barreau, connu dans nos fichiers, etc. On ne se contentera plus d'une simple carte professionnelle, surtout falsifiée.

— C'est une bonne chose. Au fait, tu remercieras Éric pour ses recherches, même si je n'ai pas pu les avoir à temps. Cela n'aurait sans doute pas changé grand-chose... Et comment va ce *cher* Hardouin ? Jules jeta un œil au fond de la salle.

— Comme toujours : imbu de lui-même et méprisant... Il est jaloux de ton succès. La Proc' l'a traîné ici pour lui montrer qu'on ne se moque pas d'elle comme ça. Je crois qu'elle veut le casser... Mais il a tout de même élucidé l'assassinat du fils du député Martel. Alors il est intouchable pour l'instant.

— Pourquoi tu restes chez lui ?

— Cela ne va peut-être pas durer... La Proc' essaye de me faire monter en grade.

— On dirait qu'elle t'a à la bonne. Tu vas passer Commandant alors ? Tu vas encadrer une équipe ?

— On dirait qu'elle « nous » a à la bonne ! Elle devrait aussi sauver tes fesses, à ce que j'ai compris. Elle sait s'y prendre pour manipuler son petit monde. Elle a des idées bien arrêtées sur chacun d'entre nous. Je pense qu'elle veut nous utiliser pour accroître ses résultats, grimper dans les tableaux de promotions... Alors, moi, commandant ? Peut-être... Mais il va falloir que je bosse ! Que je passe les concours. Ça va être compliqué d'étudier le soir à la maison, avec Marie et Justine. Et toi, Jules, qu'est-ce que tu vas faire maintenant ? Pascal fit un petit clin d'œil à Madeleine.

— Madeleine me propose de louer la chambre de Lucie. Je vais me remettre aux études, comme toi, et passer une licence d'Agent de Recherches Privées. Puisque j'ai un piston inattendu, il faut que j'en profite. Cela ne se présentera pas deux fois. Je vais donc refaire ce que je fais de mieux...

— Tu veux dire : les affaires de chiens écrasés ? Les constats d'adultère ? Les fraudes aux assurances ?

— Oui ! sourit Jules. Ça va être passionnant !

— Je t'envie ! En tout cas, j'espère que tu arrêteras d'enlever des gens, de les séquestrer et de te mettre dans des situations impossibles. Et vous, Lucie ? Comment ça va ?

— Ça va... C'est grâce à Jules et Camille que je suis sortie de ce cauchemar... Je suis allée la remercier.

— Et vous aussi, vous lui avez demandé de ne pas charger Jules ?

Lucie se contenta de sourire.

— Vous allez accoucher bientôt ?

— Oui. Je vais enfin pouvoir me débarrasser de ce ventre horrible... Demain, j'entre à l'hôpital du canton. Ils vont provoquer l'accouchement.

— Et je vais prendre une chambre d'hôtel à côté pour rester près d'elle, ajouta Madeleine. Je ne la lâche plus d'une semelle.

— Et... psychologiquement ? s'enquit Pascal.

— J'ai hâte de l'expulser et que tout ça soit fini ! C'est horrible, parce que c'est un pauvre bébé qui n'a rien fait, qui n'a pas demandé à venir au monde, et qui va se retrouver seul... mais je serai très contente quand il sera sorti de là.

— Et ensuite ?

— J'ai l'intention de me remettre sur pied, de reprendre ma vie, et très vite !

— Lucie, je trouve qu'après tout ce que vous avez subit, et durant tout ce temps passé dans la cave du château, vous avez une pêche et un moral incroyable ! Comment faites-vous pour ne pas sombrer, pour encaisser tout cela, et ne pas devenir folle ?

— Je crois que je tiens ça de ma mère. Elle lui lança un regard complice. Elle a une force extraordinaire ! J'en ai hérité. Je n'ai jamais perdu l'espoir qu'elle me sorte de là. L'évasion d'Éva nous a laissées espérer qu'elle préviendrait la police... On ne savait pas qu'elle avait été tuée. On attendait toujours. Mais je savais que ma mère ferait tout ce qu'elle pourrait pour me retrouver. Elle m'a appris à me battre, à ne jamais baisser les bras, à toujours croire en des jours meilleurs et à puiser mes forces au fond de moi... Je pense aussi que c'est ma haine de ces hommes qui m'a permis de tenir. Je me disais qu'ils finiraient bien par payer pour leurs crimes...

— Et ils vont payer. Sois en assurée... l'interrompit Madeleine. Mais tu risques de t'effondrer dans les jours qui viennent, ma chérie. Cela m'est arrivé si souvent, après un gros coup dur. Je ne suis pas Wonder Woman, tu sais, ajouta-t-elle en la serrant fort contre elle et en déposant un baiser sur son front. Pour le moment, tu tiens sur les nerfs, l'euphorie d'en être sortie, la colère et le désir de vengeance. Mais quand tout cela se sera retombé, tu réaliseras ce que tu as enduré et tu t'écrouleras. Je connais trop bien ça... Je l'ai vécu tellement de fois !

— Mais tu seras là ! Et je m'en relèverai, comme toi ! Je sais que cela ira, maintenant.

— Tu pourras profiter de la cellule psychologique à disposition des victimes, ajouta Jules en regardant Lucie avec tendresse. Elle t'aidera. Promets-moi d'y aller et de suivre les séances sérieusement. De tout faire pour soigner ces blessures qui, un jour ou l'autre, ressurgiront et te pourriront la vie. J'ai observé cela tellement souvent chez des victimes qui un jour se foutaient en l'air de désespoir.

— Promis, Daddy ! dit-elle avec malice. Je verrai les psys et je ne me foutrai pas en l'air, railla-t-elle avant d'aller retrouver Camille pour lui remonter le moral.

— Elle est incroyable et pleine de ressources, comme sa mère ! fit remarquer Jules en regardant Madeleine avec admiration. Euh... Pascal ?

— Oui, Jules ?

— Je peux t'entretenir un instant d'un sujet important... à l'écart ?

Les deux hommes s'excusèrent auprès de Madeleine et sortirent de la salle des fêtes pour discuter.

— Quand j'étais prisonnier, dans les sous-sols, ils m'ont fait parler, en m'injectant un produit. J'ai tout balancé, Madeleine, toi, Éric... Merl Sattengel a envoyé des hommes pour vous éliminer... Tu n'as rien remarqué de suspect ? Tu n'as rien entendu à propos de ces gars ? Ils ont été arrêtés ?

— Non. On n'a aucune information là-dessus. Tu les as vus ? Tu pourrais les décrire ?

— Non. Je voudrais que tu mettes en place une protection pour Madeleine, Éric, toi et ta famille. Je ne sais pas ce qu'ils sont devenus ni ce qu'ils vont faire... J'ai peur pour vous.

— Ils ne vont probablement plus rien faire, maintenant que l'organisation est démantelée. Ils vont sans doute disparaître dans la nature et chercher un autre boulot.

— Peut-être. Je l'espère... Mais j'ai peur que cela ne s'arrêtera pas là. Merl Sattengel est toujours introuvable.

— T'inquiètes, on le trouvera ! Europol est sur le coup. Les gendarmes ont réussi à sauver beaucoup de documents avant qu'ils ne soient détruits. On découvrira ceux qui l'ont soutenu... Où il peut se cacher... D'accord, je vais déclencher une procédure de protection de témoins. Reste près de Madeleine en attendant. Je préviens Éric. On se revoit très vite à Paris. Je devrai prendre ta déposition et celle des filles, pour clore ce dossier de notre côté.

— Oui, OK, merci... À très vite, Pascal.

SIXIÈME SANG

POSTFACE

Dimanche 10 avril 2022 – 11 h 30

Je mets le point final au manuscrit et je souffle, avant d'entamer une très longue période de réécriture et de multiples corrections de ce roman. Je regarde par la fenêtre. Il fait beau. Le printemps explose. La vie semble reprendre ses droits. Je repense à ces derniers mois, sombres, que nous venons de passer. Deux années bien étranges.

La pandémie de covid-19 a été un tsunami qui a bouleversé nos vies début 2020 et a suspendu tout ce que nous faisions. Toute la planète s'est figée, toutes les villes se sont vidées, les magasins sont restés fermés. Éviter la propagation du virus pour ne pas engendrer des millions de morts, telle était l'urgence du moment, car on ne savait rien de ce virus. Une précaution bien dérisoire, dans la mesure où la réaction des politiques à cette pandémie a été bien trop tardive et trop molle au départ. Le mal s'était déjà répandu partout grâce aux déplacements incessants des gens en avion et avait contaminé presque toutes les maisons du monde.

Nous avons passé une première année chaotique, sans

masques, sans protection, sans comprendre la propagation du virus ni ses fonctionnements internes. Puis la science est venue à notre secours. Elle a analysé puis expliqué le mécanisme de contamination et de réplication du virus. Nous avons eu des vaccins très rapidement qui ont fourni une protection certes légère et à durée limitée, mais mondiale et qui a permis à la vie de reprendre son cours, tant bien que mal, et de soulager nos hôpitaux. Qu'aurions-nous fait sans cela ? Serions-nous restés terrés dans nos appartements pendant trois ans, comme en Chine qui n'a pas eu un vaccin ni une couverture vaccinale efficace, le temps que tout cela se tasse ? Par chance, nous vivons au XXIe siècle. La médecine a fait d'énormes progrès en cent ans. Quand on pense aux divers épisodes de peste qui ont ravagé le monde au Moyen Âge, et pour lesquels on ignorait le vecteur de transmission, ou encore à cette grippe espagnole qui a fini de terrasser les populations au sortir de la Première Guerre mondiale, on peut se sentir heureux de vivre aujourd'hui. Tant de morts auraient pu être évités avec les connaissances et les moyens que nous avons maintenant.

Ce qui est paradoxal, c'est que plus la science avance, plus la connaissance progresse et explique les mécanismes complexes du monde dans lequel nous vivons, plus l'obscurantisme se répand dans la population pour rejeter ce progrès et ce savoir[39]. Est-ce parce que les lois et les merveilles de l'univers sont incompréhensibles pour la

---

[39] Pour 9 % des Français, la Terre est plate et le Soleil tourne autour d'elle, la Lune est plate également, car elle nous présente toujours sa même face (étude IFOP de décembre 2017).

majorité des gens ? Sommes-nous en train de revenir au début du Moyen Âge où l'on traitait de diablerie et l'on brûlait tout ce que l'on ne comprenait pas ?

Alors que l'on explore l'espace, que l'on va bientôt remarcher sur la Lune, qu'une station spatiale tourne autour de notre planète et que l'on promène des robots sur Mars, il y a de plus en plus de monde pour croire que tout cela n'existe pas. Plus on explore et comprend l'infiniment petit, les bactéries et virus, les cellules, l'ADN, les atomes et leurs composants, plus on perfectionne les ordinateurs – qui commencent à être quantiques et à fournir des résultats impressionnants – plus la médecine est précise et efficace plus les gens croient qu'on leur ment, qu'on leur injecte des puces 5G pour contrôler leur corps, leur esprit, et en faire des zombies dirigés par les gouvernements ou les multinationales. Pourquoi cette méfiance, ce rejet même parfois, de la science et de la technologie ? Aurions-nous peur de l'avenir ? De ce que nous sommes capables de faire ? Serions-nous nostalgiques d'une époque où tout était « magique » et surtout « écologique », où l'Homme était un animal qui vivait dans des grottes, en harmonie avec la nature et mourrait du tétanos ou d'une infection à cause d'une simple coupure ?

Ce rejet du progrès est-il une réaction épidermique aux avancées de plus en plus rapides de la science et de la technologie ? Est-il provoqué par la peur de ne plus rien contrôler ? Ou bien serait-il une manœuvre d'une poignée de personnes, ou de pays ennemis, moins avancés scientifiquement et surtout technologiquement, qui voudraient ralentir notre progression et déstabiliser notre société en exacerbant les peurs de nos concitoyens ? Une occasion pour eux de faire éclater notre monde en morceaux, le plonger dans le chaos, pour reprendre le dessus, technologiquement et politiquement ?

Si le vaccin contre ce coronavirus était d'un nouveau genre, à base d'ARN, c'est que les vaccins classiques ne fonctionnaient pas, ou très mal. La Chine a fait le choix d'un vaccin classique et ne s'est pas sorti des confinements à répétition à cause de son inefficacité. Du côté de la Russie, on n'a pas eu beaucoup d'information, mais elle a probablement été un peu plus épargnée grâce au peu d'échange qu'elle a avec les autres pays, et même entre ses villes. Mais son vaccin n'a pas été très efficace non plus. Repensez à Sanofi qui croyait pouvoir faire un vaccin classique pour l'Europe et qui a finalement abandonné, faute d'efficacité. Ils ont fini par acheter une licence d'un vaccin américain à base d'ARN. Il est clair que les USA ont désormais beaucoup d'avance sur nous en médecine, car ils s'appuient sur de nombreux fonds privés qui financent des recherches fondamentales, puis brevettent et commercialisent les résultats, même partiels.

Les nombreux articles de presse à propos de ce « nouveau » vaccin – très peu scientifiques, bourrés d'erreurs et encore moins pédagogiques puisqu'ils n'ont fait qu'exciter les peurs des gens pour accroître leurs tirages – ont fait prendre conscience au grand public que la médecine était entrée dans une nouvelle ère : celle de la manipulation génétique.

Ce n'était pourtant pas un fait nouveau. La recherche y travaille en effet depuis très longtemps, comme nous le verrons plus loin, et il existe déjà des thérapies géniques qui fonctionnent très bien. Le Téléthon, chaque année, récolte des fonds pour lutter contre des maladies génétiques rares. Mais tant qu'il s'agit de guérir quelques enfants malades par-ci par-là, porteurs de maux incurables de toute manière, personne ne se soucie de la méthode employée pourvu qu'elle marche. À moins que personne n'ait vraiment compris en quoi consistait cette « thérapie », sur laquelle la médecine moderne fonde ses plus grands espoirs ? Car, dans le cas présent, contre le coronavirus, il s'agissait d'immuniser des millions de gens grâce à des cellules à gènes modifiés et contre un nouveau virus qui n'était pas « si mortel que cela » (du moins en apparence, car il a fait sournoisement des millions de morts et de malades chroniques), sauf pour les personnes âgées et de santé fragile. Puisque les « jeunes » s'en sortaient sans trop de soucis (il faut relativiser cette idée reçue en observant les dégâts qu'a faits le virus chez certains jeunes qui sont désormais atteints de pathologies à vie), il suffisait alors de ne vacciner que les vieux et les malades, à les écouter. Tout en pensant que s'ils mouraient à cause du vaccin, après tout ce n'était pas si grave que cela, parce qu'ils étaient vieux ou déjà malades.

Avec la mise rapide sur le marché de vaccins à base d'ARN modifié du virus, le monde s'est soudainement inquiété de ce mécanisme de combinaison génétique dévoilé par toutes les Presses et de ses conséquences sur notre ADN. On a ainsi bien compris que tant qu'il s'agissait d'un traitement « pour les autres » la science était merveilleuse, mais dès qu'il s'agissait de soi, les gens étaient moins enthousiastes. Pourtant, ce mécanisme de combinaison d'ARN avec notre corps est la base même de la reproduction de tous les virus dans notre organisme. C'est une chose qui se produit chaque jour dans nos veines sans que nous en ayons conscience, que nous attrapions un rhume, la grippe ou la rougeole. Mais qui le sait ? Et qui se soucie que son ADN soit modifié ou non par la grippe hivernale annuelle ou la varicelle ?

Il est vrai que cette fois, ce mécanisme génétique était entre les mains de laboratoires privés qui se livraient une lutte acharnée pour sortir un vaccin en premier, et dont le profit était la seule, ou du moins la plus grande motivation, pour rentabiliser des décennies de recherche. Allaient-ils jouer les apprentis sorciers avec le code génétique de l'humanité, sans rien tester, dans le seul but de s'enrichir rapidement ? Qu'allait-il advenir de nous dans quelques années ? Découvrirait-on un scandale génétique dans dix ou quinze ans ? Certains d'entre nous allaient-ils devenir des sortes de zombies ? Des personnes qui allaient muter ? Allait-on stériliser l'espèce humaine ? L'exterminer ? La contrôler de l'intérieur sans qu'elle en ait conscience ?

Les réseaux sociaux se sont emballés et ont fait circuler toutes sortes de théories sur des complots tous plus farfelus les uns que les autres. Comme ces nanopuces 5G qu'on nous injecterait et qui permettraient de tous nous contrôler. Que quelqu'un m'explique comment cela est censé fonctionner ! La science aurait-elle fait un bon de mille ans dans le futur ?

Les gens devraient plutôt s'inquiéter de ce qu'ils lisent sur les réseaux sociaux et qui les contrôle bien plus efficacement qu'une nanoparticule (dont la plupart ne savent pas ce que c'est) et à bien moindre coût ! Bref. Des histoires à dormir debout et des fantasmes tirés des plus effrayants romans de science-fiction.

Ce sont ces mêmes réseaux sociaux qui ont accentué les craintes – sans doute justifiées – à propos de cette

POSTFACE

« nouvelle technologie » et le scepticisme sur la rapidité avec laquelle ces vaccins avaient été mis sur le marché, sans des contrôles longs et poussés. Étant donnés les scandales sanitaires qui ont éclaté dans les décennies précédentes, on peut aisément comprendre la réticence des gens à se faire inoculer en masse un produit dont on ne sait pas grand-chose et sur lequel on n'a aucun recul. On peut aussi penser que ces craintes ont été relayées et amplifiées par des lobbies et des pays qui avaient un intérêt particulier à faire du tort aux laboratoires américains (les seuls[40], ou presque, à maîtriser cette technologie génétique), à faire capoter la vaccination de l'Occident pour déstabiliser les États, engendrer des millions de morts, bloquer les économies et provoquer des révoltes en interne.

Alors des gens ont hurlé à l'expérimentation grandeur nature sur l'espèce humaine, sans précautions. Avait-on le choix ? Il fallait faire vite pour éviter des millions de décès de par le monde. Mais cette « nouvelle » technologie était-elle si novatrice et « incontrôlée » qu'on le disait ? Jouait-on réellement aux apprentis sorciers ? Ou bien était-ce maîtrisé « dans les grandes lignes » ?

Il est vrai que la peur de la transformation de nos gènes est viscérale. Il en est pour preuve les nombreuses histoires de science-fiction, telles que « *Bienvenue à Gattaca* » qui dépeint une société où la classe supérieure est créée par manipulation

---

[40] Après cette pandémie et la recherche ratée d'un vaccin classique, Sanofi-Pasteur s'est octroyé un budget de recherche sur l'ARN-Messager de plusieurs milliards d'euros pour rattraper son retard.

génétique et écrase la classe des êtres imparfaits nés naturellement, ou comme dans « *Le meilleur des mondes* » où ces deux sociétés d'affrontent. Mais c'est surtout le célèbre « *Je suis une légende*[41] », qui a trouvé écho en nous, avec cette pandémie, en explorant un avenir où l'humanité s'est transformée en zombies alors qu'elle voulait s'immuniser contre un grave virus avec un vaccin non maîtrisé.

Ce thème nous fascine et nous effraie à la fois. Il fait ressurgir notre peur de l'apprenti sorcier qui joue avec les mécanismes complexes de la création et du vivant, sans tout à fait comprendre ce qu'il fait, ni prévoir les conséquences de ses actes sur le moyen ou long terme. Ce sujet nous émeut particulièrement parce qu'il touche à l'essence de notre espèce, à ces quelques nucléotides qui nous séparent des animaux, à notre survie et à la transmission de ces gènes à notre descendance. Nous pourrions très bien altérer sans le vouloir toute l'humanité.

La découverte des gènes, au fond de nos cellules, puis l'utilisation de ceux-ci ou de virus modifiés pour soigner ne datent pas d'hier.

La recherche médicale en connaît bien plus aujourd'hui dans ce domaine qu'elle ne veut le dire ou l'afficher. Elle exploite déjà des gènes modifiés sans en faire état. Sans doute parce que ce sujet est sensible.

---

[41] « Je suis une légende » (« I Am Legend ») est un film d'anticipation post-apocalyptique américain réalisé par Francis Lawrence, sorti en 2007. Il s'agit de la troisième adaptation cinématographique du roman éponyme de Richard Matheson, paru en 1954 (Source Wikipédia).

POSTFACE

En effet, c'est en 1944 qu'Oswald Theodore Avery, et ses collaborateurs canadiens Colin MacLeod et Maclyn McCarty démontrent que l'ADN contenu dans le noyau d'une cellule porte les éléments d'information nécessaires à la reproduction de celle-ci et au maintien de la vie au global. Ils établissent ainsi les bases de la génétique moderne et de la biologie moléculaire. En 1953, James Watson et Francis Crick décrivent la structure à double hélice de l'ADN. En 1968, Marshall W. Niremberg et Har Gobind Khorana se voient attribuer le prix Nobel pour avoir déchiffré le code génétique des 20 acides aminés de la double hélice. Les deux chercheurs concluront que le code génétique est universel, qu'il existe chez toutes les créatures vivantes sur Terre.

Ensuite, tout ira très vite.

« Les premiers Organismes Génétiquement Modifiés (OGM) sont des bactéries [...]. La première tentative de transgénèse par l'américain Paul Berg et ses collaborateurs en 1972, consista en l'intégration d'un fragment d'ADN du virus SV40, cancérigène, dans le génome de la bactérie Escherichia coli présente à l'état naturel dans le tube digestif humain. Cet essai avait pour objectif de démontrer la possibilité de recombiner, in vitro, deux ADN d'origines différentes. L'ADN recombinant ne put être répliqué dans la bactérie. Cependant, devant la puissance des outils à leur portée, les scientifiques inquiets décidèrent, lors de la conférence d'Asilomar [en 1975], *d'un moratoire* [sur ces travaux] *qui sera levé* [ensuite] *en 1977*[42] ».

---

[42] Les OGM – Source Wikipédia.

En 1978, un gène humain codant pour l'insuline a été introduit dans la bactérie Escherichia coli (E. coli), afin que cette dernière produise de l'insuline humaine. C'est en 1983 que le Canada a autorisé pour la première fois la production commerciale d'insuline à partir de « E. coli GM » (Génétiquement Modifiée). Aujourd'hui, cette insuline est couramment utilisée dans le traitement du diabète.

Dans les années 80, les plantes génétiquement modifiées ont été envisagées comme une solution pour produire plus de nourriture sans utiliser de pesticide ni d'engrais. Les plantes OGM ont été officiellement autorisées au Canada dans les années 90 (dont une pomme de terre résistant au doryphore).

Si cela semblait une bonne idée, au départ, la main mise sur cette technologie par de grosses compagnies mondiales plus soucieuses de s'assurer d'énormes revenus financiers récurrents que de protéger la nature a permis de se rendre compte du danger de ces OGM : censés être stériles pour obliger les agriculteurs à sans cesse racheter des graines aux producteurs de semences, ces OGM ont finalement échappé à leurs créateurs et ont modifié les plantes avoisinantes, produisant des hybrides qui devenaient stériles à leur tour. Ces plantes étaient incontrôlables, impossibles à cantonner dans un espace régulé.

Dès lors, ces OGM ont été identifiés comme un vecteur de risque d'extinction de la biodiversité, conduisant à une incapacité des plantes modifiées à s'adapter à leur environnement naturel sans la main de l'homme. Un cercle infernal qui aurait fragilisé tout l'écosystème de la planète. Malgré ce danger bien réel, des pays continuent d'exploiter les plantes OGM et d'en payer, au bout du compte : le prix par une terre surexploitée, fragilisée, et stérile pour d'autres cultures. Le retour en arrière, dans ces endroits, ne sera pas possible avant plusieurs années ou peut-être même des décennies. Cette industrie a ruiné et poussé au suicide de nombreux agriculteurs de par le monde, et particulièrement en Inde.

À partir de cette époque, la génétique, exploitée par de grandes entreprises aux moyens financiers colossaux, a été perçue comme nocive par et pour l'humanité parce qu'elle ouvrait les portes à un avenir mortifère. Cette méfiance s'est reportée naturellement sur les premiers vaccins à ARN produits à grande échelle pour lutter contre le virus de la covid-19[43] en 2020.

Pourtant, force est aussi de constater que cette technologie est porteuse d'espoirs tant pour guérir des malformations génétiques que des maladies aujourd'hui considérées comme incurables.

« *La thérapie génique consiste à modifier génétiquement des cellules d'un patient, pour soigner ou prévenir une maladie. [...] Les cellules peuvent être modifiées in vivo, directement dans l'organisme du patient, ou ex vivo. Dans le second cas, des cellules souches sont prélevées chez le patient, modifiées en laboratoire, puis réinjectées (© Inserm, F. Koulikoff*[44]*). Elle a été initialement conçue comme une*

---

[43] Virus SARS-CoV-2.

[44] Source : https://www.inserm.fr/dossier/therapie-genique/ extrait du dossier INSERM.

approche thérapeutique destinée aux maladies monogéniques (c.-à-d. liée à la dysfonction d'un seul gène), délivrant aux cellules un gène "sain" capable de suppléer le gène "malade". Aujourd'hui, les modalités et les indications se révèlent beaucoup plus larges, avec 65 % des essais cliniques qui concernent le traitement de cancers, des maladies musculaires, respiratoires, oculaires, cardiaques ou encore neurologiques. Les approches se sont beaucoup diversifiées, reposant sur différentes stratégies correctives, vecteurs et modalités de thérapies géniques. »

J'en détaille quelques-unes ci-dessous, parmi toutes celles décrites dans l'article de l'INSERM :

Suppléer un gène « malade »

« Cette première stratégie consiste à importer la copie d'un gène fonctionnel dans une cellule cible, pour qu'il s'y exprime et aboutisse à la production de la protéine qui fait défaut. Le gène est acheminé grâce à un vecteur (comme un virus modifié). Il s'agit de la première stratégie développée en thérapie génique, pour traiter les maladies monogéniques. Le gène thérapeutique importé ne modifie pas le gène malade : il vient simplement s'ajouter au patrimoine génétique des cellules pour compenser la fonction déficiente.

Éliminer ou réparer un gène altéré directement dans la cellule.

Cette technique, appelée « édition génomique », permet de réparer des mutations génétiques de façon ciblée. Elle nécessite d'importer plusieurs outils dans la cellule : des enzymes spécifiques (nucléases) qui vont couper le génome là où c'est nécessaire, et un segment d'ADN qui sert à la réparation du génome et permettra de retrouver un gène fonctionnel.

Cette approche est encore très expérimentale, mais la révolution apportée par la simplicité du système CRISPR (les ciseaux du génome) suscite des espoirs extrêmement importants. Plusieurs essais cliniques sont déjà en cours aux États-Unis et en Chine.

Modifier l'ARN pour obtenir une protéine fonctionnelle

Cette technique consiste à faire produire par la cellule une version modifiée de la protéine qui lui fait défaut. Cela nécessite l'injection de petits oligonucléotides antisens qui se fixent sur l'ARN messager transcrit à partir du gène muté et en modifient l'épissage, une étape importante avant sa traduction en protéine.

Ces approches ont fait leurs preuves dans des essais cliniques et deux médicaments, l'Eteplirsen et le Nusinersen, ont récemment obtenu une autorisation de mise sur le marché pour traiter respectivement la myopathie de Duchenne et l'amyotrophie spinale.

Produire des cellules thérapeutiques par thérapie génique

Pour certaines pathologies complexes, il n'y a pas un gène unique à réparer ou à remplacer. Mais il est possible de concevoir des stratégies indirectes : en associant thérapie cellulaire et thérapie génique, on peut obtenir des cellules qui possèdent de nouvelles propriétés thérapeutiques. C'est par exemple le cas des CAR-T-Cells dans le domaine du cancer : des lymphocytes T de patients atteints de leucémies B sont *prélevés et génétiquement modifiés pour les armer d'un récepteur chimérique (CAR). Ce récepteur reconnaît l'antigène CD19 présent sur les cellules malignes, ce qui permet de les éliminer une fois les CAR-T réinjectées au patient. De nombreux essais cliniques de thérapie génique et cellulaire utilisant des lymphocytes antitumoraux redirigés sont en cours. Les premiers produits de ce type ont obtenu récemment l'autorisation de mise sur le marché (Kymriah et Yescarta).*

Utiliser des virus génétiquement modifiés pour tuer des cellules cancéreuses

Ces virus sont appelés oncolytiques. Ils sont modifiés génétiquement pour infecter spécifiquement les cellules tumorales qu'ils détruisent. Un premier virus oncolytique, issu d'une souche d'herpès, a obtenu une autorisation de mise sur le marché en 2015 (Imlygic). Il est indiqué dans le traitement du mélanome. »

Ces traitements microscopiques et avant-gardistes agissent sur notre infiniment petit pour réparer et remettre en bon ordre de marche les rouages de la machine globale de notre corps. Ils dénotent cependant une vision « mécanique et systémique » que la médecine a de notre corps et qui véhicule un certain nombre de travers.

« [Car] *chaque être humain éprouve l'unité de son corps, quand le fonctionnement de celui-ci est silencieux, discret, voire absent de la conscience*[45]*, même si l'évidence de sa disponibilité pour effectuer tous les actes de la vie courante ne lui permet pas de s'interroger sur ce qui en fait l'harmonie.*

À peine ressent-on la violence d'un coup, le surgissement d'une douleur dans le ventre, la tête, le cou, les dents, une articulation, que l'attention se focalise soudain sur cette zone qui confisque à son profit toute l'économie du corps. Et cette douleur justifie alors le recours à celui qui est réputé avoir la meilleure réponse adaptée, avec cette impression que l'unité du corps est menacée par cette irruption soudaine d'une défaillance locale. Simplement, le reste du corps est attentif à ce que la restitution ad integrum *du trouble partiel réinsère cette partie dans un tout harmonieux, veillant plus ou moins consciemment à ce que cette attention, soudain focalisée à une zone précise, ne crée pas de sécession.*

La médecine est venue peu à peu s'immiscer dans ce dialogue [entre les différentes parties du corps] *et même l'interrompre, au nom de la science qui prédit, met en évidence, rassure ou inquiète. Peu à peu, le "dit" de la médecine remplace le "su" du corps (ce que révèle la médecine devient plus important que ce que perçoit le corps). Or, la médecine ne peut être qu'analytique et isoler les signes. Elle ne peut pas prendre en compte l'unité, sauf à se mettre à distance ou à transférer ses moyens de connaissance dans une*

---

[45] Extrait de l'article « Le corps en pièces détachées. Enjeux scientifiques, économiques et philosophiques » :
https://www.cairn.info/revue-les-tribunes-de-la-sante1-2005-1-page-37.htm

vision globale plus ou moins teintée alors de spiritualité ou de magie. Le paradoxe croissant réside dans cette substitution de l'imagerie et de la biologie à la réalité du corps.

L'éclatement du corps a cru à grande vitesse. À un point tel que le corps lui-même [...] a fini par ne plus intéresser la médecine. La sémiologie médicale, c'est-à-dire l'étude des symptômes et des signes, est à peine enseignée. [...] Écouter un malade et surveiller sa plainte est vécu comme du temps perdu. Or, comme un adage médical le dit : "Écoutez le malade, il vous donnera le diagnostic" ; ce temps essentiel est en voie de disparition.

Examiner complètement un malade, c'est-à-dire lui restituer son unité perdue, est perçu comme une procédure inutile, voire indiscrète et même dérangeante. [...] Peu à peu, le corps n'est vécu par la médecine que comme un ensemble de pièces détachées dont chacune a son autonomie ou plutôt dont chacune est envisagée comme telle. Et le corps est prié de se conformer à cette vision médicale. [...]

Les greffes d'organes, reins, foies, poumons, intestins, pancréas, des membres, bras, mains, genoux, ont contribué, par leur succès, à cette conception d'un corps-machine indéfiniment réparable dont les éléments sont interchangeables d'un l'individu à un autre. Si le bras d'un mort peut être greffé sur l'avant-bras d'une personne amputée, cela signifie que ce bras est un instrument et simplement cela. Les débats restent vifs entre ceux qui pensent que le cerveau peut être réinvesti par un foie greffé, l'instrument influençant la commande, et ceux qui restent sceptiques sur cette possibilité réelle. »

Cette évolution de la médecine est désormais irréversible,

car elle promet aux patients malades, ou amputés, des réparations spectaculaires.

« Albert le dit sans détour et avec ses mots : "J'ai bien failli y passer." Ce solide gaillard de 52 ans, artisan à Besançon, se remet d'une grave leucémie. Il y a un an, les médecins ne lui donnaient guère plus de quelques semaines à vivre quand ils ont tenté l'opération de la dernière chance : une greffe de sang placentaire. Albert a reçu une injection de cellules souches, prélevées sur un cordon ombilical. S'il est aujourd'hui en vie, c'est grâce à une petite fille née dans une maternité des environs. Les cellules embryonnaires du bébé ont colonisé sa moelle osseuse et reconstitué son système immunitaire dévasté par la maladie.

[C'est certainement pour cela que] *des organes au sang, en passant par les tissus et les fameuses cellules souches, les éléments du "kit" humain font l'objet d'un étonnant commerce à travers la planète. Ce marché en pleine expansion pose bien des questions éthiques, à l'heure où la science peut régénérer des pans entiers du vivant[46] ».*

« Les cœurs de porc[47] ont été longtemps considérés, dans le but de remplacer les cœurs humains, en raison de leurs similitudes. Certaines personnes ont d'ailleurs déjà reçu des

---

[46] Extraits de l'article « Corps à vendre en pièces détachées » de L'Express : https://www.lexpress.fr/actualite/sciences/corps-a-vendre-en-pieces-detachees_725859.html

[47] Extraits de l'article « Première greffe réussie d'un cœur de porc chez un patient humain » (11/01/2022) https://sciencepost.fr/greffe-coeur-de-porc-humain/

valves cardiaques porcines en remplacement. Greffer un cœur entier n'avait en revanche jamais été tenté. Les responsables du système médical de l'Université du Maryland étaient cependant convaincus que la procédure [NDLA : greffer un cœur complet] *pourrait faire gagner plus de temps au patient.*

Pour cette grande première, le Dr Bartley P. Griffith, de la faculté de médecine du Maryland, a fait équipe avec le Dr Muhammad M. Mohuiddin, créateur du Cardiac Xenotransplantation Program. Ensemble, ils ont étudié la technique au cours des cinq dernières années. Pour la procédure, ils ont utilisé un cœur génétiquement modifié proposé par l'entreprise de médecine régénérative Revivicorn basée à Blacksburg, en Virginie, ainsi qu'une combinaison de médicaments destinés à empêcher le système immunitaire de rejeter le nouvel organe.

Le porc avait évolué avec une dizaine de modifications génétiques. Quatre gènes ont été désactivés, dont un qui code pour une molécule provoquant une réponse agressive de rejet chez l'Homme. Un gène de croissance a également été inactivé pour empêcher le cœur du porc de continuer à croître après son implantation. De plus, six gènes humains ont été insérés dans le génome du porc donneur de manière à rendre l'organe porcin plus tolérable pour le système immunitaire du transplanté.

[…] *Alka Chandna, vice-présidente des enquêtes de laboratoire de l'organisation de défense des droits des animaux, People for the Ethical Treatment of Animals, s'est quant à elle élevée contre la procédure (une xénotransplantation), jugeant la pratique dangereuse et contraire à l'éthique. « Le risque de transmettre des virus*

POSTFACE

inconnus avec l'organe animal est réel et, en temps de pandémie, devrait être suffisant pour mettre fin à ces études pour toujours », a déclaré Mme Chandna dans un communiqué. *« Les animaux ne sont pas des hangars à outils à piller, mais des êtres complexes et intelligents. Il serait mieux pour eux et plus sain pour les humains de les laisser seuls et de rechercher des remèdes en utilisant la science moderne ».*

Nous voici donc entrés dans l'ère du clonage d'animaux, proches de l'homme, afin d'utiliser leurs organes en xénotransplantation[48] : la médecine va chercher dans les espèces animales proches, des organes qui lui font cruellement défaut chez les humains, par manque de donneurs. Nous allons donc très probablement assister à l'émergence d'une nouvelle industrie chargée de cloner des animaux génétiquement modifiés, pour être compatibles avec les humains, afin de fournir des organes de remplacement à ceux-ci.

Certes, ce n'est pas ce que Merl Sattengel a fait dans son château en Suisse. J'ai volontairement utilisé des clones enfants pour choquer le lecteur, mais ce que nous nous apprêtons à mettre en place comme industrie avec les animaux est un peu du même ordre. Non ?

Aussi étonnant que cela puisse être, le clonage d'animaux n'a pas que pour but de créer des banques d'organes, ou de

---

[48] Xénotransplantation = xénogreffe = greffe de tissus ou d'organes provenant d'une espèce animale sur une autre espèce animale. Ex. : greffe d'organe de porc sur l'homme.

fournir quantité de nourriture à l'espèce humaine. Il peut aussi avoir un intérêt contre le réchauffement climatique.

« *C'est vrai que ça ressemble à du Michael Crichton. Ce qu'il imaginait dans* Jurassic Park *est maintenant possible. Nous avons désormais les outils génétiques, comme CRISPR qui est en soi une révolution pour les sciences génétiques. Ils nous permettent de placer des gènes individuels qui codent des caractéristiques spécifiques dans le génome des êtres vivants.* [affirme Ben Mezrich du projet Woolly Mammoth][49]

Avant, nous recherchions des informations dans l'ADN. Maintenant, nous pouvons le composer. Le monde dans lequel nous vivons est très différent du monde [qui nous attend en] *2050, surtout si l'on tient compte de ce que l'on développe aujourd'hui en laboratoires. On parle de différents types de technologies, d'intelligence artificielle et de robotique. Mais je crois que ce n'est rien comparé aux avancées constatées en biologie. À partir du moment où vous pouvez recréer des gènes, reconstruire les bases de toute forme de vie, il n'y a pas de limite à ce que vous pouvez faire. La grande question est : "Pourquoi ressusciter un mammouth laineux ?" La raison, c'est la Russie. Les plaines sibériennes ou les steppes sont ces vastes étendues de terre composées de pergélisol, où les populations animales sont sur le déclin. Cela n'a pas toujours été le cas. Et le problème, c'est que la toundra est*

---

[49] Extraits de l'article du National Geographic : https://www.nationalgeographic.fr/environnement/2021/07/le-mammouth-pourrait-etre-ressuscite-pour-lutter-contre-le-rechauffement-climatique

une sorte de bombe à retardement. Il faudrait brûler toutes les forêts du monde trois fois pour obtenir la quantité de carbone prise au piège dans le pergélisol. Et au fur et à mesure que le monde se réchauffe, le pergélisol fond et libère le CO2.

Sergei Zimov et son fils Nikita mènent une expérience depuis les années 1980. Ils ont délimité une zone de la toundra dans laquelle ils ont réintroduit les animaux de l'époque du Pléistocène, comme des rennes, des bisons et des chevaux Yakut. Ils ont également apporté un tank soviétique pour imiter [l'écrasement mécanique du sol produit par] *un mammouth. Ce qu'ils ont découvert, c'est que vous pouvez réduire la température du pergélisol jusqu'à 9,4 °C en réintroduisant ces animaux.* [D'une part en écrasant le sol gelé mais aussi] *parce que les grands herbivores encouragent la croissance des graminées des steppes, qui à leur tour ont un effet albédo élevé. Ces graminées de couleur claire reflètent la lumière du soleil dans l'atmosphère comme un miroir, réduisant la chaleur absorbée dans la Terre, les températures et donc la fonte du pergélisol.*

[Pour remplacer le char et réintroduire les mammouths] *vous devez séquencer l'ADN d'un mammouth préhistorique. Vous en extrayez un échantillon et vous séquencez le génome. Vous choisissez ensuite les caractéristiques les plus importantes qui font du mammouth l'animal qu'il est.* [Car] *99 % de son génome est similaire à celui de l'éléphant d'Asie.* [...] *Contrairement à* Jurassic Park, *vous ne clonez pas un mammouth laineux. Le matériel disponible dans les carcasses s'est dégradé pendant les 3 000 à 12 000 ans au cours desquels il a été irradié et malmené par l'érosion naturelle. Au lieu de cela, vous synthétisez les gènes, vous les placez dans un embryon d'éléphant d'Asie, vous replacez l'embryon* dans le ventre de la génitrice et celle-ci donnera naissance à un mammouth laineux. Le laboratoire de Church travaille aussi sur le projet d'un ventre synthétique pour assurer la gestation. Leur objectif est d'obtenir un premier bébé d'ici deux à trois ans. [NDLA : en 2024 ou 2025, donc.]

[Question du National Geographic :] L'*idée de "fabriquer" de nouvelles formes de vie en laboratoire n'est pas sans rappeler Frankenstein, ou une tentation de se prendre pour Dieu. D'un point de vue éthique, que penser de ces avancées scientifiques ?*

[Réponse de Mezrich :] *C'est une grande question. Il faut anticiper tous les aspects éthiques avant de se lancer dans une telle entreprise parce que la science peut prendre de l'avance sans se soucier de la morale. Dans ce cas, je crois que ramener à la vie des espèces éteintes comme le mammouth est moins de l'ordre de se prendre pour Dieu que de rectifier une erreur que l'être humain a commise* [NDLA : exterminer ces animaux]. *La plupart des conservationnistes seraient, je pense, d'accord avec ça. Et les scientifiques se prennent pour Dieu de façon quotidienne. Quand vous tentez de soigner le cancer ou d'éradiquer la malaria, vous interférez dans les processus de vie.*

Ce qu'il y a de plus inquiétant, c'est qu'aucune entité n'encadre ces recherches. Partout dans le monde, il existe des laboratoires travaillant sur ce genre de sujet. Plusieurs pays sont impliqués et la plupart des scientifiques estiment que leurs recherches supplantent les autorités locales ou même étatiques. »

La dérive n'est donc pas bien loin. À partir du moment où l'on peut interférer avec le code génétique des animaux et par conséquent des humains, l'envie d'améliorer les espèces, ou, tout au moins, de n'en garder que les meilleurs spécimens et de les reproduire est très tentante.

Il suffit d'être scientifique et de travailler dans un État totalitaire pour pouvoir mener des recherches plus ou moins contestables avec la bénédiction du gouvernement. Ainsi, que penser de l'article suivant :

« En novembre 2018[50], le scientifique chinois He Jiankui annonçait qu'il avait modifié des gènes d'embryons humains, créant de ce fait les tout premiers bébés génétiquement modifiés au monde. En effet, ces bébés génétiquement modifiés avec la technologie d'édition de gène CRISPR-Cas9, sont bien nés en Chine à la fin de l'année dernière [NDLA : fin 2018]. *Bien que cette nouvelle ait bouleversé le monde scientifique (ou plutôt le monde entier), He Jiankui a continué de défendre la procédure qu'il a employée lors de son étude. À présent, une nouvelle recherche suggère que la modification génétique dont ces embryons ont bénéficié pourrait améliorer leurs capacités d'apprentissage et de mémorisation.*

Le chercheur chinois à l'origine de la procédure, He Jiankui, a utilisé l'outil d'édition de gènes CRISPR pour modifier l'ADN de sœurs jumelles et leur octroyer une

---

[50] Extrait de l'article « Un chercheur affirme que les bébés chinois génétiquement modifiés... », Trust My Science, 25 février 2019 : https://trustmyscience.com/bebes-chinois-modifies-genetiquement-pourraient-avoir-capacite-apprentissage-amelioree/

résistance au virus de l'immunodéficience humaine (VIH), susceptible de se transformer en sida. Toute cette opération s'est déroulée avant la naissance des deux filles, appelées Lulu et Nana, alors qu'elles étaient encore des embryons.

Selon certains chercheurs, la désactivation du gène CCR5 aurait pu faire plus que simplement les immuniser contre le VIH. Apparemment, l'élimination de ce gène pourrait avoir amélioré leur mémoire, développant également ainsi leur potentiel d'apprentissage. Un processus similaire a déjà été démontré pour améliorer la récupération chez les patients ayant subi un AVC, et rendre des souris plus intelligentes.

Alcino J. Silva, un neurobiologiste à l'Université de Californie, à Los Angeles (UCLA), [pense] *que cette modification a eu de nombreuses conséquences pour les jumelles. "L'interprétation la plus simple est que ces mutations auront probablement un impact sur la fonction cognitive de ces enfants".*

Mais Silva, qui a effectué de nombreuses recherches sur le gène CCR5, affirme que les "bébés édités" suscitent un intérêt malsain au cœur de la Silicon Valley. Lors de ses travaux, il est venu à se demander quels étaient les véritables motifs de la procédure du chercheur chinois, He Jiankui. "J'ai soudainement réalisé — Oh merde, ils sont vraiment sérieux au sujet de ces conneries !", a déclaré Silva en parlant du moment où il avait entendu parler des jumelles pour la première fois. [...]

D'un point de vue éthique, il existe une très grande différence entre corriger des déficits chez des patients, et altérer le génome humain d'enfants à naître dans le but de les améliorer. [...]

POSTFACE

Nous ne savons pas quels seront les résultats de ces manipulations génétiques. Et même si la communauté scientifique s'accorde aujourd'hui à condamner ces manipulations génétiques, dites transhumanistes, cela ne veut pas dire qu'elles ne seront pas efficaces ou réalisables. » [NDLA : le chercheur chinois a été condamné, fin 2019, à trois ans de prison.]

Le domaine de la génétique est en effervescence, et partout l'on expérimente, on joue avec les limites de l'éthique.

L'entreprise coréenne Sooam Biotech[51] a été créée en 2006 par le professeur Hwang Woo-suk[52] qui a prétendu avoir cloné des cellules humaines. Apparemment, il aurait annoncé cela pour se faire de la publicité et prouver qu'il était compétent, mais c'est l'effet inverse qui s'est produit : il a été discrédité. La difficulté du clonage d'embryons humains a fait douter ses pairs et son escroquerie a été mise à jour. Cependant, depuis 2018, les progrès de la science ont permis le clonage de primates (des singes) qui sont assez proches de l'homme. La science progresse vite. En réalité, la société Sooam Biotech clone uniquement des chats et des chiens de

---

[51] Article France 24 du 23/02/2022 — Agriculture, médecine... 25 ans après Dolly, les désillusions du clonage :
https://www.france24.com/fr/%C3%A9co-tech/20220223-agriculture-m%C3%A9decine-25-ans-apr%C3%A8s-dolly-les-d%C3%A9sillusions-du-clonage

[52] Podcast de France Inter du 11 avril 2018 sur le professeur Hwang https://www.radiofrance.fr/franceinter/podcasts/affaires-sensibles/affaire-hwang-l-ivresse-du-clonage-9451886

clients fortunés, désespérés d'avoir perdu leurs amis à quatre pattes. En 2018, la chanteuse et actrice Barbra Streisand avait ainsi annoncé avoir fait cloner sa chienne Samantha, pour 50 000 dollars, et avoir récupéré deux chiennes lui ressemblant.

En mars 2009, *« un gynécologue italien célèbre et controversé*[53]*, Severino Antinori, a affirmé avoir cloné trois bébés, vivant dans des pays d'Europe de l'Est, dans un entretien accordé à l'hebdomadaire Oggi. « J'ai contribué à faire naître avec la technique du clonage humain trois enfants. Il s'agit de deux garçons et d'une fille qui ont aujourd'hui neuf ans. Ils sont nés sains et ils sont en excellente santé à l'heure actuelle », assure-t-il dans cette interview.* […]

Severino Antinori, surnommé l'« accoucheur des grand-mères », est devenu célèbre pour avoir permis à des femmes ménopausées d'avoir des enfants. « Le respect de la vie privée de ces familles m'interdit d'aller plus loin », ajoute-t-il, précisant que la méthode employée était « une amélioration de la technique utilisée par le généticien écossais Ian Wilmut qui a cloné la brebis Dolly ».

Au journaliste de l'hebdomadaire qui lui rappelait que le clonage était interdit par la loi en Italie, le docteur Antinori a préféré « parler de thérapies innovantes, de reprogrammation

---

[53] Extrait de l'article RTL INFO du 03/03/2009 : Clonage humain – un gynécologue italien affirme l'avoir fait 3 fois.
https://www.rtl.be/info/magazine/science-nature/clonage-humain-un-gynecologue-italien-affirme-l-avoir-fait-3-fois-96470.aspx

génétique » plutôt que de clonage. Le scientifique (né en 1945) est devenu mondialement célèbre en 1994 pour avoir permis à une Italienne de 63 ans de devenir mère.

Aujourd'hui, le clonage est un outil comme un autre pour les scientifiques, avec ses qualités et ses défauts, et la difficulté qu'on lui connaît. On ne fait plus du clonage pour faire du clonage : il sert toujours à des fins thérapeutiques. On ne clone pas des êtres en entier (du moins à ce que l'on sait pour le moment), mais seulement des cellules, pour guérir un cancer par exemple. On modifie génétiquement des animaux et leurs organes, pour qu'ils soient tolérés par le corps humain en vue d'une greffe. Il est fort probable que demain on « imprimera » en trois dimensions des organes produits à partir de nos propres cellules souches pour recréer un de nos organes défaillants et nous le transplanter. Des essais ont d'ailleurs déjà été réalisés sur un petit bout de chair humaine. Ce n'est que le début. Si la technique se développe, le clonage ne sera alors plus nécessaire.

On peut donc raisonnablement se poser la question « Jusqu'où ira la médecine à l'avenir dans le domaine de la manipulation génétique ? » Jusqu'où sommes-nous prêts à aller, en tant qu'individu ou en tant que société, pour réparer notre corps et prolonger notre vie ?

Jusqu'à modifier les cellules de nos enfants, dès leur naissance ou peut-être encore dans le ventre de leur mère, pour corriger un gène défaillant et leur assurer une vie meilleure ? Ou élever des clones de nous, ou de nos enfants, pour prélever sur eux des organes sains et nous assurer une vie plus longue et en meilleure santé, si l'imprimerie en 3D ne suffit pas ? L'avenir nous le dira.

Je ne peux terminer cette postface sans citer le roman d'anticipation d'un de mes anciens collègues de la société COGNITECH, qui m'a profondément marqué quand je l'ai lu : « Reproduction interdite » de Jean-Michel Truong –1988.

Même si ce roman date un peu, il y aborde déjà tous les thèmes et les problèmes que soulève cette technologie dans une société future où le clonage humain a été autorisé et est devenu une industrie : le clone est-il un être humain à part entière, ou seulement du bétail qu'on élève ? A-t-il des droits ? A-t-il une âme ? Quels trafics ignobles les humains imagineront-ils autour de ces créatures ? Resteront-elles, d'ailleurs, aussi dociles qu'on l'espère ?

C'est en pensant à lui, à son roman précurseur, et en lisant les articles cités précédemment (surtout celui à propos du cœur de porc modifié pour être transplanté) que m'est venue l'idée d'écrire cette nouvelle enquête de Jules Lanvin sur l'enlèvement de jeunes femmes, pour servir de mères porteuses à une industrie de clones pour milliardaires. Il est vrai que de nombreuses femmes disparaissent chaque année en France et l'on n'en retrouve que très peu. Que deviennent-elles ?

Je rends donc grâce à Jean-Michel pour m'avoir inspiré cette histoire, au regard de l'actualité médicale actuelle (vaccin ARN, manipulations génétiques et clonage de cellules). Et je vous invite à découvrir son roman.

Quant à Jules Lanvin, il en verra bien d'autres dans de prochaines aventures.

DU MÊME AUTEUR

<u>*Les Enquêtes de Jules Lanvin :*</u>

La trilogie du Crépuscule :

Tome 1 – Dans l'ombre du Crépuscule – *juillet 2017*

Tome 2 – Les Flammes du Crépuscule – *avril 2019*

Tome 3 – Le Crépuscule des hommes – *décembre 2020*

Sixième Sang – *septembre 2023*

SIXIÈME SANG

SUIVEZ MON ACTUALITÉ !

Abonnez-vous à mon BLOG pour avoir des infos exclusives : http://christiancanella.eklablog.com

Abonnez-vous à ma page auteur sur AMAZON :
https://www.amazon.fr/Christian-Canella/e/B076NV5ZGK

Suivez-moi aussi sur les réseaux sociaux :

https://www.facebook.com/ChCanellaAuteur/

https://www.instagram.com/ChCanellaAuteur/

https://twitter.com/ChCanellaAuteur/

Et prochainement sur TikTok…
https://www.tiktok.com/@christiancanellaauteur

Si vous avez aimé ce roman, parlez-en autour de vous et sur vos réseaux sociaux. Aidez-moi à me faire connaître. Merci !

SIXIÈME SANG

Manuscrit déposé auprès de Copyright France :

Tout droit de reproduction, complète ou partielle, de l'œuvre interdite sans l'accord de l'auteur.

À PROPOS DE L'AUTEUR

Christian Canella est né à Paris, un jour d'automne 1965. Il a commencé à écrire ses premières nouvelles à l'âge de 14 ans, sur les bancs du collège.

Ingénieur diplômé en Intelligence Artificielle (IA), il a travaillé de nombreuses années dans le développement d'outils informatiques (basés sur des techniques d'IA) pour l'aide à la conception de pièces, l'aide au diagnostic médical, la surveillance d'Internet et le renseignement. Il a également travaillé quelques années dans le domaine de la cybersécurité.

Attaché à la préservation et à la transmission des connaissances et des savoir-faire humains, il a été formé par ses pairs au métier de « Cogniticien » en 1988.

En 1999, il se lance dans la grande aventure de l'écriture. Ses thrillers-policiers sont intenses et embarquent les lecteurs dans des aventures palpitantes. Ses romans, basés sur des événements réels, invitent les lecteurs à réfléchir aux dangers de notre société et aux dérives potentielles de la technologie.

SIXIÈME SANG

Printed in France by Amazon
Brétigny-sur-Orge, FR